KB034507

그래봤자
책,
그래도
책

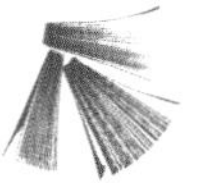

그래봤자 책, 그래도 책

초판 1쇄 발행 2021년 1월 10일

초판 2쇄 발행 2021년 12월 10일

글쓴이 박균호 **펴낸이** 박성모 **펴낸곳** 소명출판 **출판등록** 제13-522호

주소 서울시 서초구 서초중앙로6길 15, 2층

전화 02-585-7840 **팩스** 02-585-7848

전자우편 somyungbooks@daum.net **홈페이지** www.somyong.co.kr

값 17,000원

ISBN 979-11-5905-568-3 03810

그래봤자 책, 그래도 책

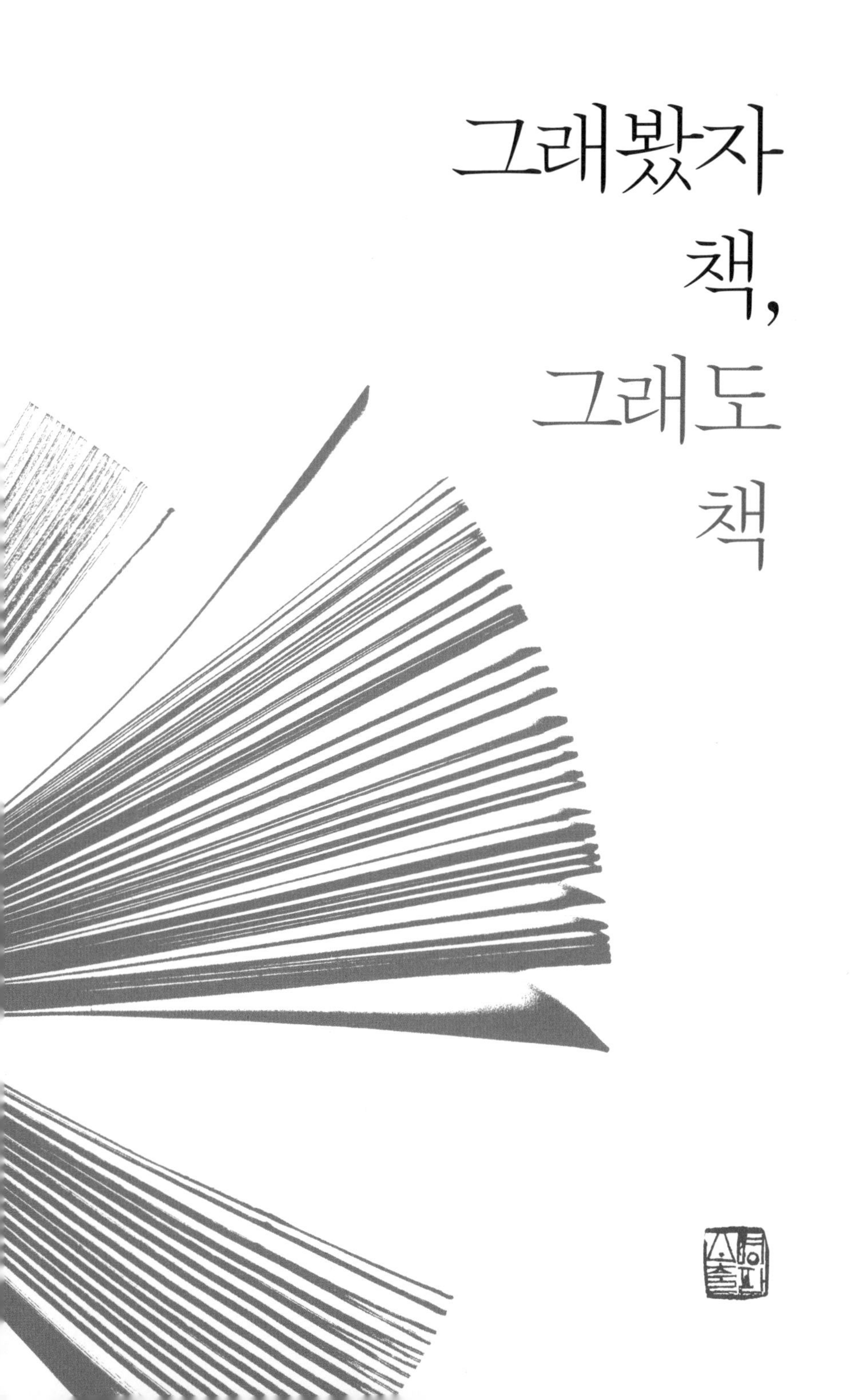

프롤로그 우여곡절 끝에 나오는 한 권의 책

2020년 2월 마르틴 하이데거의 『숲길』 제2판이 출간되었다. 세상 사람들이 그를 실존주의를 대표하는 철학자로 생각한다지만 철학을 알지 못하는 나에게는 가까이 가기 힘든 인물이다. 『숲길』이 아무리 진리를 향하는 철학자의 고뇌와 성찰을 담은 대작이라지만 나에게는 가까이 가기 힘든 책이다.

그냥 지나가려는데 누군가 2008년에 나왔다가 절판이 된 초판의 시세를 보여주었다. OH MY GOD! 정가가 32,000원에 불과한(?) 2008년판 절판본 『숲길』은 찾는 사람이 많아서 십수만 원의 가격이 매겨져 있었다. 분명 배송받자마자 몇 초 만에 어두운 서재 구석으로 직행할 것을 예감하고도 『숲길』을 주문했다. 아무 두려움이나 주저함이 없었다.

사실 내가 가장 신뢰하고 좋아하는 책 목록은 정가보다 비싼 가격으로 거래되었던 절판본이 새로 출간된 경우다. 『박찬욱의 오마주』, 『윤동주 자필 시고 전집』, 『음식과 요리』, 『상상된 공동체』 등 셀 수 없는 책들이 재출간되었다. '드디어 재출간'이란 문구만 보아도 가슴이 설렌다. 기록되지 않고 주목받지 않는 책 마케팅이 있듯이 책 속에 담겨 있지 않는 재미있는 책 이야기가 많다.

책에 기록되지 않는 또 다른 세상이 있다는 말이다. 책은 용도가 다양한 물건이다. 읽어도 되고, 장식품으로 써도 되고, 라면 냄비 받침대로도 쓸 수 있다. 심지어 벽돌처럼 두꺼운 책은 호신용 무기로도 사용할 수 있다. 책을 읽을 때도 마찬가지다. 책은 여러 가지 시각으로 읽을 수 있다. 본문만 읽고 서재에 두는 것은 아쉬운 일이다. 본문에 기록되지 않은 재미있고, 알아야 하는 이야기가 많다.

한 권의 책이 세상에 나오기 위해서는 여러 가지 우여곡절을 겪는다. 작가가 원고를 쓰다가, 출판사가 출간을 진행하다가, 번역가가 번역하다가 뜻하지 않는 난관이나 변수를 만날 수도 있다. 우여곡절은 책을 만드는 사람들에게는 반갑지 않지만, 독자들에게는 구경거리나 읽을거리다.

작가나 출판사는 책을 좀 더 알리기 위해서 온갖 노력을 하고 아이디어를 짜낸다. 좋은 결과를 얻기도 하겠지만 그러다 보면 무리수도 두게 되고 쓴 실패도 겪게 된다. 본문 속에 있는 단어 하나, 삽화 한 점, 표지 디자인, 책의 크기와 제목에도 독자들이 미처 깨닫지 못하는 온갖 땀과 노력이 숨어 있다. 책을 만드는 사람들은 이런 과정들을 치르는 것이 죽을 맛이지만 독자들은 또 하나의 읽을거리가 될 수 있다.

최인훈 선생은 평생 『광장』을 고치고 또 고쳤다. 2020년에 『광장』을 새 책으로 사서 읽는 독자들은 '그간의 사정'을 알지 못한다. 안타까운 일이다. 세계문학전집을 내는 출판사들은 고심하고 의미를 담아서 제1번 목록을 정한다. 제1번 목록을 그저 '처음 나온 책'으로만 생각하는 것 또한 안타까운 일이다. 작가는 온 영혼을 담아 제목을 정했는데 그 의미를 알지 못하는 것 또한 안타까운 일이다.

독자들이 알지 못하거나 무시하는 책과 관련된 흥미로운 이야기를 이 책에 담았다. 책은 살아 있는 생명체다. 저자와 출판사가 만나서 책이 태어나고 자라고 늙는다. 사연이 없는 사람이 없듯이 사연이 없는 책은 드물다. 책이 겪은 사연을 이 책에 담았다. 책의 줄거리나 작품성보다는 책이 겪은 우여곡절이나 책이 살아오면서 겪은 기쁜 일과 슬픈 일을 담았다.

저자와 출판사가 공을 들인 앞모습을 보고 감동과 공감을 하듯이 책과 관련된 주변 이야기 또한 재미가 있으리라 믿는다. 이 책은 많은 사람들의 도움이 없었으면 세상에 나오지 못했다. 새삼 감사를 드린다.

차례

01

02

03

04

01

『율리시스』는 어떻게 전설적인 작품이 되었나?

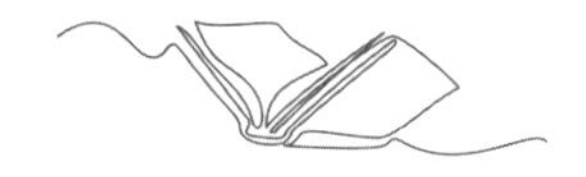

독서 커뮤니티에도 신출내기를 위한 혹독한 신고식이 존재한다. 강호의 고수들에게 잔뜩 예의를 차리고 좋은 책을 추천해 달라는 신출내기들이 올린 글에는 댓글이 순식간에 달리는데 그 댓글의 다수는 제임스 조이스의 『율리시스』나 『피네간의 경야』다.

이런 책은 일반적으로 3만 원이 넘는 고가의 책이다. 초보들은 책읽기 박사들이 추천해 준 책이니 기꺼이 비싼 값을 치르고 주문을 한다. 마침내 도착한 두툼하고 묵직한 『율리시스』를 보고 감격해 하는 것도 잠시이고, 첫 쪽을 펼치자마자 분명 우리말인데, 본인은 한글을 해독할 줄 아는 문명인인데, 검은 것은 글씨고 흰 것은 여백이라는 것 이 외에는 도무지 무슨 말인지 알 수 없어 깊은 좌절에 빠진다.

한때 이 신고식을 주관한 가해자 중 한 명이어서 하는 말이다. 그대여, 이 일로 너무 좌절하거나 분노할 필요는 없다. 『율리시스』가 당신의 책장에 자리하는 순간부터 당신은 더 초보 독서가가 아니며 오히려 책을 좀 아는 사람이라면 누구나 당신의 심오한 독서력을 찬양할 것이니 말이다. 이 책 한 권으로 당신은 '제임스 조이스'를 아는 사람 즉, '뇌가 섹시한 사람'으로 신분 상승을 하게 된다. 독서가에 있어서 『율리시스』야 말로 가장 손쉬운 신분 상승의 사다리다.

5쪽만 읽고 조용히 책을 덮었다고 해서 양심의 가책을 느낄 필요는 없다. 어차피 당신에게 혹독한 장난을 친 선배 독서가 중에서도 『율리시스』를 끝까지 읽은 사람은 없다. 선배들은 '인내하라, 그리하면 읽힐 것이다'라는 주옥같은 충고를 하지만 어차피 그 말을 하는 사람도 안 될 것을 알고 하는 거짓말이다.

『율리시스』가 독자들만 괴롭힌 것이 아니다. 저 유명한 전설의 '제임스 조이스 율리시스 17장 마지막 줄 파리똥 사건'을 상기해보자. 제임스 조이스는 글 내용도 난해하게 쓰면서 괴상하고 난해한 필체를 자랑했다. 당최 뭐라고 쓴 것인지 알 수 없는 경우가 많아서 조판공들은 졸지에 극한의 직업을 체험하게 된다. 조판과 인쇄 과정에서 제임스 조이스의 의도와는 달리 잘못 인쇄된 경우가 허다했다. 뭔 말인지 해독이 가능해야 제대로 인쇄를 할 것 아닌가 말이다.

제임스 조이스를 연구한 학자들에 따르면 당장 초판만 해도 약 2,000개의 오류가 있었다고 한다. 저자가 교정쇄를 꼼꼼하게 확인했더라면, 오류를 줄일 수 있었겠지만 당시 제임스 조이스는 지병이었던 녹내장 때문에 안구 건강이 엉망이어서 그럴 형편이 못 되었다. 어쨌든 17장 파리똥 사건은 수천 개의 조판 오류 중에서 화제성이나 의외성에서 최고봉을 자랑한다. 사건의 내막은 제임스 조이스의 육필원고의 17장 마지막 부분 즉 Where? 다음에 마침표(.)와 관련된 것이었다. 문장부호로 흔히 사용되는 문장을 마친다는 '그' 표시 말이다.

제임스 조이스에게는 의미심장한 마침표였으나 이를 본 인쇄공 눈에는 그저 파리똥으로 보였다. 인쇄공은 Where?를 마지막 문장으로 생각해 제임스 조이스의 혼이 담긴 마침표를 파리똥으로 생각하고 인쇄에서 누락시키는 대형 사고를 치고 만다. 모를 때는 물어봐야 한다는 교훈을 망각한 죄를 저지른 인쇄공은 제임스 조이스의 거의 광기에 가까운 꾸지람을 들어야 했다.

그런데 어차피 도무지 알아볼 수 없는 제임스 조이스의 원고를 받아 든 순간 그는 자기 운명을 예감했을지도 모른다. 17장의 파리똥이 아니더라도 제임스 조이스의 의도를 정확하게 인쇄하는 것은 불가능할 테니까 '대충' 인쇄하고 도망치는 것이 상책일 것이라는 생각을 했을지도 모른다. 이길 수 없는 전쟁터로 향하는 장수의 심정이라고 해야 할까.

인쇄공이 17장의 마침표를 파리똥이라고 착각한 것이 이해되고 동정이 갈 만하다. 마침 제임스 조이스가 이 17장의 마침표를 매우 중요하게 생각하고 인쇄공이 알아보기 쉽게 '유난히' 크게 마침표를 표시해서 원고를 넘겼다. 인쇄공 입장에서는 당연히 마침표로 보이지 않고 파리똥으로 보이지 않았겠느냐는 말이다.

그건 인쇄공의 입장이고 제임스 조이스 입장에서는 분노할 만도 한 것이 자신이 중요하다고 생각해서 유난히 강조해서 표시를 했는데도 마침표를 누락한 것이다. 제임스 조이스는 수많은 질문에 대한 대답을 마침표로 표현한 것이고 어쩌면 이 마침표야말로 본인 문학의 클라이맥스일 수도 있다. 쓸데없이 수많은 논란과 연구를 소모한 17장 파리똥은 결국 제임스 조이스의 의도대로 유난히 큰 마침표로 인쇄되었다. 만약 당신 서재에 『율리시스』가 있는 독자라면 17장 마지막 문장을 확인해보자. 다른 마침표보다 훨씬 거대한 마침표가 있으면 제대로 인쇄된 판본이고 그 마침표가 없으면 잘못 인쇄된 판본이니 즉시 출판사에 연락해서 교정의 중요성을 엄중히 훈시하고 교환받기 바란다.

17장 파리똥 사건은 국내 번역판에도 이어졌다. 제임스 조이스의 권위자인 김종건 선생도 당연히 문제의 17장 파리똥을 주시했다. 내가 소장하고 있는 2007년 생각의나무에서 나온 판본은 위풍당당한 17장의 거대한 파리똥이 위용을 자랑한다. 소문에 듣자

린바드 그리고 폐결핵 환자 찐바드.[193]

언제?

컴컴한 침대로 가자 백주(白晝)의 사나이 다킨바드의 로크 새〔鳥〕[194]와 닮은 모든 바다오리의 밤의 침대 속에 뱃사공 신바드의 로크 새를 닮은 바다오리[195]의 네모난 둥근 알이 한 개 놓여 있었다.[196]

어디?

•

『율리시스』 17장의 굵은 마침표

(김종건 역, 생각의나무, 2007)

하니 1990년대 후반에 나온 모 출판사의 『율리시스』 17장에는 파리똥이 없다는 흉흉한 소문이 있으니 참고하기 바란다.

『율리시스』에 관한 서평은 어렵고 재미없다는 것만 믿어야 하지 의외로 재미난다는 말로 선량한 독서가를 현혹하는 선동에 속아 넘어가서는 안 된다. 정말로 『율리시스』를 읽고 이해한 지인이 있다면 다른 종교를 믿지 말고 그분을 신으로 모셔야 한다. 그런데도 왜 독서의 고수들은 『율리시스』를 권하는가? 왜 우리는 『율리시스』를 읽어야 하는가? 이유는 간단하다. 그냥 『율리시스』를 읽는다는 것 자체로 이미 당신은 독서가의 최고봉에 등극하기 때문이다. 이해 따위는 필요 없다.

난해함 그 자체로 인식되는 『율리시스』는 대체 왜 이렇게 유명해졌을까? 이 질문에 대한 대답은 1990년대 말 한국에 살았던 까마귀에게 일어났던 사건을 생각하면 쉽게 나온다. 그 당시 까마귀 고기가 정력에 좋다는 소문이 났고 뜬금없이 한국의 중년 남자들이 까마귀 사냥에 나서는 바람에 졸지에 까마귀가 멸종될 위기에 처했던 사건 말이다.

도저히 유명해지기 어려운 책이 사람들 입에 회자하기 시작하는 것은 다양한 이유가 있지만, 그중 유력한 요인 중의 하나가 '외설 시비'다. 지금은 난해한 책으로만 알려졌지만 『율리시스』가

처음 출간된 당시에는 '야한 책'으로 소문났다. 초창기 독자들이 『율리시스』에 열광한 것은 다른 이유도 많겠지만 '야한' 책 이라는 것 또한 작용했다. 아닌 게 아니라 『율리시스』는 수많은 섹스 이야기가 담겨 있다. 그 난해함에 가려서 그렇지 그 당시 기준으로 따지면 외설로 판금을 해도 크게 억울하지 않은 책이다.

『율리시스』는 1918년부터 1920년까지 뉴욕의 문학지 『리틀 리뷰』에 연재되는 형태로 집필되었고 마침내 1922년 2월 2일 제임스 조이스의 40번째 생일날 파리에서 책으로 출간되었다. 저 유명한 셰익스피어앤컴퍼니에서 문제작을 출간하는 용기를 발휘했다. 소설을 완성했지만 그 어떤 인쇄업자도 쳐다보지도 않는 비관적인 상황이 절망적이었던 제임스 조이스가 기분 전환 차원에서 들른 예술인을 위한 파티에서 실비아 비치라는 여성을 만난다. 실비아 비치는 셰익스피어앤컴퍼니라는 영미문학 전문서점을 운영하는 서점인으로 그의 소설을 출판하겠다고 나섰다. 책을 내겠다고 했지만 인쇄업자를 찾지 못하니 뾰족한 수가 있겠는가? 영국과 미국의 인쇄업자에게 수모를 당하다가 마지막에는 묘한 독기가 생겨서 어차피 또 거절당할 게 뻔하니 기왕이면 가장 이름난 최고의 인쇄소에 거절당하자는 심정으로 당시 프랑스 최고의 인쇄소를 찾아간다. 문제가 많은 작품이기는 하지만 성공할 경우 그 열매는 달콤할 것이라는 '하이 리스크 하이 리턴high risk high return'을 미끼 삼아 인쇄업자를 구워삶는 데 성공했다.

외설적인 이유로 연재가 중단되는 예도 있었다. 이름도 무시무시한 뉴욕의 '사회악방지위원회'가 외설적인 내용으로 가득 찬 『율리시스』라는 사회악에 지면을 내주는 『리틀 리뷰』를 고발했고 법원은 '사회악방지위원회'의 우국충정에 동의했다. 『리틀 리뷰』는 잡지를 그만두는 한이 있더라도 연재는 중단 못 한다며 호기롭게 버텼다. 『리틀 리뷰』도 제임스 조이스 못지않게 비범한 곳이어서 대중의 기호와 영합하지 않는다는 슬로건을 내걸기도 했으니까 말이다. 우리의 용감한 『리틀 리뷰』는 결국 말 그대로 정말 강제 폐간되어 장렬히 산화했다.

1922년 가을 런던에서 최초의 영어판이 발간되었지만 그중 500부는 미국 정부에 의해서 불태워졌다. 1923년에 500부를 낸 3판은 그중에 499부가 영국 세관에 압수당하는 고난을 겪기도 했다. 1929년에는 뉴욕에서 대략 2~3천 부가 출간이 되었지만, 대다수는 압수되어 파기되었다. 파리, 런던, 뉴욕 등에서 출간되었지만, 미국에서는 음란한 내용이라는 이유로 무려 12년 동안 판매 금지되었다.

12년 동안 판금된 책은 당연히 사람들의 입에 오를 수밖에 없고 관심을 끌 수밖에 없다. 책 꽤 읽은 사람들은 물론이고 호기심이 조금이라도 있는 사람이라면 누구나 만나서 너무 야해서 판

셰익스피어 앤 컴퍼니 서점

ⓒ 오길영

제임스 조이스 동상

ⓒ 오길영

금이 된 금서 『율리시스』 이야기를 하는 것은 당연한 일이었다. 일부의 극성인 독자들은 불법 복사본을 나눠서 읽기도 했을 터였다.(읽고 나서 무슨 말인지 도무지 몰랐겠지만)

대다수의 평범하고 불법적인 독서를 할 용기가 없었던 독자들의 호기심은 12년 동안 원천 봉쇄되었다. 독자들의 입장에서는 답답하기도 했던 것이 미국과 영국은 물론 영어권 국가들은 모두 판금이 되는 바람에 궁금하다고 우회경로로 수입을 해서 읽을 수도 없었던 책이 『율리시스』였다.

이 순간 자본주의의 원리와 힘이 작용하게 된다. 모두가 읽고 싶어하는 상품을 팔 수 있기만 하면 큰돈을 벌 수 있다고 생각한 출판업자와 예술을 외설로 보는 정부의 처사가 답답하고 안타까웠던 잠재적인 독자들은 『율리시스』는 외설적인 책이 아니라는 주장을 재판으로 가지고 간다.

이 대목에서도 『율리시스』를 독자에게 읽히기 위한 랜덤하우스 출판사의 기묘한 작전이 동원되었다. 랜덤하우스 출판사는 일부러 유럽에서 『율리시스』를 밀수하다가 압수당해 주기로 한다. 랜덤하우스가 고의로 압수당한 『율리시스』는 향후 재판에서 자신들이 승소하는 데 유리하도록 제작된 '특별본'이었다. 『율리시스』가 단지 외설적인 소설이 아니라 문학적으로 높은 가치가 있다는 평론가의 서평을 '특별히' 수록한 판본이었다. 세상이 계획대로만 움직여주면 얼마나 좋겠는가. 랜덤하우스의 계획은 완벽했지만 문제는 그 당시 '야설'을 '직구직접 구매'해서 읽으려는 사람이 하도 많아서 세관원이 문제의 『율리시스』 특별판을 보고도 그냥 넘어가려 한 것이다. 세관원 입장에서 생각하면 이해가 되는 것이, 야설이 무슨 폭발물도 아니고 그렇다고 전염병을 옮길 수도 있는 위험한 식품도 아닌데 그 많은 야설 '직구족'을 다 단속하려면 얼마나 일이 많고 바쁘겠는가.

다급한 것은 랜덤하우스 출판사였다. 사회에 악이 되는 야설을 왜 압수하지 않느냐고 세관원에게 항의하는 웃기고 슬픈 무리수를 동원한 끝에 마침내 『율리시스』를 압수당하는 데 성공한다. 우여곡절 끝에 재판을 대비한 특별본을 압수당하는 데 성공한 랜덤하우스는 압수당한 『율리시스』를 되돌려받기 위한 소송을 제기한다.

'독자들에게, 율리시스를 허하라'라는 재판 결과로 마침내 1934년 미국 랜덤하우스 출판사에서 첫 '공인된' 『율리시스』가 출간되기에 이른다. 영국에서는 조금 더 늦게 1936년에 '관청이 판매를 허락한' 판본이 시장에 나왔다. 그러니까 『율리시스』를 최초로 누구나 다 사서 읽을 수 있는 책으로 인정한 최초의 영어권 국가는 미국이었는데 정작 제임스 조이스의 고국인 아일랜드는 대놓고 판금 조치를 하지 않으면서도 세관을 통해서 『율리시스』가

아일랜드로 유입되는 것을 막는 꼼수를 부리다가 1960년대에 와서야 아일랜드 독자들에게 『율리시스』를 자유롭게 읽을 자유를 허가했다.

그건 그렇고 12년 만에 마침내 합법적으로 전설로만 내려오던 야한 소설 『율리시스』를 읽을 수 있게 되었다는 뉴스를 접하고 '부디 내 돈을 받아. 대신 『율리시스』를 내 품에'를 외치며 서점으로 맨발로 달려간 1934년의 미국 독자들의 최후는 어땠을까? 내 글재주로는 그 허망한 심정을 표현할 방법이 없다. 다만 1934년 서점 문이 열기도 전에 맨발로 달려간 순진한 독자들의 실망감, 분노 그리고 허탈감 또한 『율리시스』의 유명세에 한몫 했다고 조심스레 추측해본다.

세계문학전집 1번에는 특별한 뭔가가 있다고?

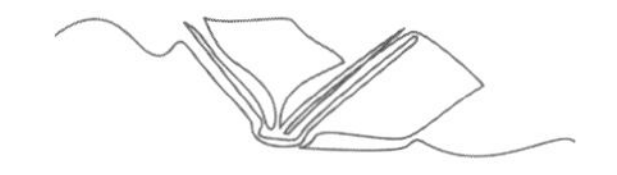

세계문학전집에 관한 독자들의 쟁점은 번역, 디자인, 가격, 초역 여부 등이다. 한 출판사의 전집을 한 번에 구매하는 것보다는 작품별로 번역이 더 좋은 판본을 선택하고, 표지 디자인이 더 예쁜 판본을 고르는 것은 좋은 소비라고 생각한다. 책을 좋아하다 보면 책에 관한 좀 더 세밀한 궁금증을 가지게 되는데 '세계문학전집 1번'에 담긴 출판사의 의도나 성향을 생각해 보는 것도 그중의 하나다.

화투 놀이를 할 때 상대의 첫 패를 주목하라는 말이 있다. 과연 좋은 전략이다. 패를 받으면 그 판을 어떻게 운영해야 할지 정하고 첫 패는 그 시나리오를 다지는 초석이니까 말이다. 야구도 마찬가지다. 1번 타자는 제일 먼저 나오는 타자가 아니고 살아서 나갈 확률이 가장 높은 선수로 뽑는다. 1번 타자를 선택한 나름의 전략과 이유가 있다.

마찬가지로 막대한 예산과 거대한 설계가 필요한 문학전집을 내면서 1번을 아무런 의도 없이 '그냥 제일 먼저 내게 된 목록'

이기는 어렵다. 세계문학전집의 종갓집이자 2020년 1월 현재 360번까지 출간한 민음사의 1번은 이윤기 선생이 번역한 『변신 이야기』가 차지했다. 무려 기원전에 쓰인 작품이다.

민음사 세계문학전집

민음사는 500번, 700번을 넘어 1,000번을 달성할 수 있다는 비전과 목표를 가지고 있는 세계문학전집의 터줏대감답게 가장 많은 발행 권수를 자랑한다. 처음부터 기원전 작품을 선택함으로써 동서고금의 좋은 작품은 다 섭렵하겠다는 의지로도 읽힌다. 민음사는 친절하게도 자사가 운영하는 인터넷 방송을 통해서 그 정답을 알려주었다.

발간 21년째를 맞고 있고 모두 합쳐서 1천만 부를 판매한 역사와 규모를 자랑하는 민음사 세계문학전집의 1번이 『변신 이야기』인 이유는 민음사의 문학전집의 기획 의도와 가장 잘 맞기 때문이라고 한다. 서양을 공부하자면 가장 중요한 것이 기독교와 『변신 이야기』다. 이 두 개가 서양의 정신적이고 문화적인 뿌리를 차지하며 '그리스 로마신화'의 상당 부분이 『변신 이야기』에 빚을 지고 있다. 『변신 이야기』를 발굴하고 확대 보급하는 것이 세계문학전집의 발간 취지와 부합하기 때문에 1번으로 선택했다는 것이다.

민음사가 세계문학전집을 시작할 무렵만 해도 '그리스 로마

신화'만 주로 출간이 되었지 『변신 이야기』를 주목한 출판사는 거의 없었다고 한다. 야심차게 『변신 이야기』를 1번으로 밀었지만 이윤기 선생의 번역은 중역이며, 천병희 선생의 번역본이 더 나은 선택이라는 의견이 많다.

결국 민음사가 21년 전에 『변신 이야기』로 세계문학전집을 출발한 것이 당시로서는 파격적인 선택이었다고 할 수 있다. 파격적인 출발이긴 한데 사실 이 행위가 가장 기본적이고 중요한 인문학적인 행위다. 인문학이라는 것이 본디 고전을 발굴하고 널리 알리는 것이 모태가 되어 시작된 것인데 우리나라 사람들이 크게 주목하지 않은 『변신 이야기』를 1번으로 선택해서 독자들의 주목을 받게 하고 더 많은 독자가 읽게 한 것은 출판사가 할 수 있는 가장 인문학적인 공헌이라고 생각한다. 다만 『변신 이야기』는 중역이라는 것이 아쉽다. 중역이 눈에 거슬리는 독자라면 천병희 선생이 번역한 『변신 이야기』는 중역이 아니니 살펴볼 만하다.

내친김에 민음사의 세계문학전집에 관한 궁금증을 더 해결해보자. 눈이 밝은 독자들은 눈치를 챘겠지만, 민음사의 세계문학전집에서 표지 그림도 없고 심지어 뒤표지에 다른 목록에는 실려 있는 줄거리와 작품 설명이 없는 유일한 책이 있다. 『호밀밭의 파수꾼』이 그 주인공이다.

간단히 말하면 원저작권자인 제롬 데이비드 샐린저1919~2010

의 요청에 의한 것이라고 한다. 샐린저는 '내 책을 출간할 때는 표지에 아무것도 없었으면 좋겠다'는 뜻을 피력했고 민음사는 원저자의 뜻을 따른 것이다. 2001년에 출간된 초판 1쇄본은 다른 목록과 마찬가지로 표지 그림과 저자 소개가 있었는데 2쇄본부터는 표지 그림과 뒷면 저자 사진이 없는 현재의 표지로 변경했다.

다만 1951년에 발간된 원서의 디자인은 저자 소개와 사진 약력이 없이 말馬이 그려진 표지가 2010년 저자가 작고할 때까지 사용되었다. 민음사는 이를 고려해서 샐린저 탄생 100주년을 기념한 판본은 1951년 초판본 디자인을 그대로 채택했다. 재미있는 것은 유일하게 표지 그림이 없고 제목만 인쇄되어 있어서 가장 성의가 없고 예쁘지 않은 목록이라고 생각될 수 있는 『호밀밭의 파수꾼』이 민음사 세계문학전집에서 가장 많이 팔리는 목록이라고 한다.

민음사 세계문학전집의 또 다른 업적이 있다. 1980년대까지만 하더라도 우리나라에서 출간하는 세계문학전집에는 한국 작품이 없었다고 한다. 사실 '세계문학전집'인데 서양 작품만 일색인 풍조를 비판하는 독자들도 많았다. 그래서 그런지 민음사는 홍길동전을 200번, 이광수의 『무정』을 250번으로 전집에 포함시켰다.

다음으로 나도 그렇고 대부분의 독자가 불변의 진리라고 생각하는 문제를 생각해보자. 세계문학전집은 전집으로 한 번에 사는 것이 아니고 한 권씩 낱권으로 사야 한다는 명제 말이다. 이에

『변신 이야기』와 민음사판『호밀밭의 파수꾼』

대해서 물론 낱권으로 사는 것이 좋은 방법이긴 한데 전집을 한 번에 사는 것이 나름의 장점도 있다고 하는 민음사 직원의 주장이 신선했다. 독자마다 취향이 다른데 전집으로 사두었다가 한 권씩 무작위로 꺼내서 읽는 과정을 통해서 자신만의 취향을 찾아간다는 설명이다. 무수한 실패를 통해서 자신만의 독서 취향을 찾아가기 위해서 전집 구매도 나쁘지 않다는 설명이다. 이토록 우아하고 인문학적인 마케팅이라니!

을유 세계문학전집

출판사 이름이 왜 '을유'인지 궁금해하는 독자들이 있다면 그 답은 쉽게 나온다. 이 출판사가 1945년 창립되었는데 그 해가 '을유'년이었기 때문이다. 유구한 전통을 가진 출판사답게 묵직한 목록을 주로 낸다. 을유 세계문학전집의 영광스러운 1번은 토마스 만의 『마의 산』이다.

『마의 산』은 을유 세계문학전집의 정체성과 나아갈 방향을 잘 보여준다. 을유 세계문학전집은 잘 팔릴 것 같은 목록보다는 균형감을 중요하게 생각한다. 나라별 목록 수를 비슷하게 맞추고 잘 알려진 목록과 알려지지 않은 목록도 적절히 안배하다 보면 자연스럽게 우리가 잘 모르는 목록이 많아 보일 수밖에 없다.

무엇보다 을유 세계문학전집의 가장 큰 장점은 번역이다. 『마의 산』만 해도 그렇다. 서울대 독문과를 나와서 『마의 산』으로 박사 학위를 받은 그러니까 국내에서 구할 수 있는 토마스 만의 최고 전문가를 모셔다가 번역을 맡겼다. 번역가의 질뿐만 아니라 번역위원들 간의 만장일치와 삼중 교차 점검이라는 시스템을 가동한다.

을유 세계문학전집이 얼마나 정확한 번역에 몰입하는지는 『젊은 베르테르의 슬픔』을 통해서 알 수 있다. 온 국민이 『젊은 베르테르의 슬픔』이라고 아는 책을 좀 더 정확한 번역이라면서 『젊은 베르터의 고통』이라는 제목으로 출간을 했다. 판매량보다는 '논문에 인용될 수 있는 번역'을 추구하는 을유출판사다운 결정이다.

문학과지성사 대산세계문학총서

문학과지성사의 대산세계문학총서의 1번은 그 이름도 생소한 『트리스터럼 섄디』라는 영문학 작품이다. 혁신적인 소설 기법으로 문학의 새로운 전범을 보여준 초기 영문학의 대표작이라는 찬사를 달고 있지만 2001년이 되어서야 우리나라에 처음 번역되었다. 대산세계문학총서는 초역의 비중이 압도적으로 높은 문학전집이며 『트리스터럼 섄디』가 그 정체성을 대표한다.

하드커버이며 띠지에 '국내 처음으로 번역'이라는 문구가 선명하게 새겨져 있다. 초역이 많다 보니 당연히 국내 독자들에게는 낯선 목록이 많다. 대산세계문학총서는 출판사 이름이 들어가지

『마의 산』과 『트리스트럼 샌디』

않은 유일한 전집이다. 교보생명에서 운영하는 대산문화재단의 지원을 받아서 내는 문학전집이기 때문이다. 일종의 공익사업이기 때문에 번역가에 대한 대우가 좋아서 번역의 질 또한 좋을 수밖에 없다. 이 전집의 모토가 '작품성은 뛰어나지만 독자들에게 덜 알려진 작품을 소개'한다는 것이다. 이 전집의 많은 목록들이 독자들로 하여금 낯설다는 느낌은 주지만 작품성은 뛰어난 것들이 많다. 좀 더 진지하고 수준 높은 독서를 원하는 독자들이 도전할 만한 작품들을 많이 낸다.

대산세계문학총서의 또 다른 특징은 시집의 비중이 다른 전집보다 높다는 것이다. 『트리스터럼 섄디』가 보여주는 대산세계문학총서의 정체성은 표지 디자인에 그다지 정성을 기울이지 않지만 튼튼한 하드커버로 대표되는 묵직함도 들 수 있다. 이 신념은 다소 변화를 겪어서 44번 『경성지련』의 경우 화려한 꽃 그림이 표지에 장식되어 있고 소프트 커버다.

열린책들 세계문학전집

열린책들의 세계문학전집의 1번이 도스토옙스키의 『죄와 벌』이 차지한 것은 당연한 일이다. 러시아문학 전문출판사로 시작한 열린책들이 달리 다른 목록을 선택할 이유가 없다. 러시아 전문출판사로서 열린책들의 위엄은 도스토옙스키 전집을 세 차례에 걸쳐서 다른 장정과 판본으로 냈다는 것과 1,794쪽의 『푸시킨 전집』을 낸 것으로 충분하다.

『푸시킨 전집』은 푸시킨 연구로 박사학위를 받은 전문가인 석영중 교수가 번역을 맡았지만 아쉽게도 푸시킨이 남긴 '시'의 일부를 담지 못한 미완의 전집이 되고 말았다.

열린책들의 설립자 홍지웅 사장의 도스토옙스키 사랑은 고려대 철학과 1학년 시절로 거슬러 올라간다. 무턱대고 읽었던 어린 시절과 달리 철학을 공부하면서 읽는 도스토옙스키는 전혀 다른 작품으로 그에게 다가왔다. 그때부터 홍지웅 사장은 도스토옙스키에 몰입했고 2주 만에 정음사판 전집을 독파했다. 철학과에 입학했지만 도스토옙스키를 연구하기 위해서 러시아어를 공부하기 시작했다. 결국 대학원에서 러시아문학을 전공했는데 1986년 자택 지하창고에서 책상 몇 개로 출판사를 시작하고 나서 처음 낸 것이 알렉산드르 솔제니친의 『붉은 수레바퀴』전7권였다. 자신이 잘 아는 분야라고 생각한 러시아문학은 생각보다 판매가 부진했다.

그때부터 도스토옙스키 완역 전집을 시도하기 시작했는데 그의 꿈은 무려 13년이 흐른 2000년 6월에 이루어졌다. 독자들이 '푸른색 버전'이라고 부르는 양장본 전집이 출간되었다. 5년 뒤인 2005년에는 소위 '빨갱이 버전'으로 알려진 뭉크의 그림으로 장식된 표지로 사랑을 받은 2판이 나왔다. 2007년에는 고급 장정을 가

도스토옙스키 전집 3가지 판본과『죄와 벌』

진 '수집가용 한정판'이 출간되었다. 같은 해에 양장을 포기한 저렴한 보급판도 내놨는데 두께가 워낙 두꺼워서 '벽돌 책'이 되었다.

보급판 덕분에 도스토옙스키의 판매고는 올라갔는데 누적 판매가 20만 부를 훨씬 넘었다. 개정을 거듭하면서 번역이나 오탈자에 대한 독자들의 불만은 줄어들었고 지금은 안정된 번역으로 자리 잡았다.

문학동네 세계문학전집

문학동네 세계문학전집의 1순위는 세상 사람들이 가장 좋아하는 고전 중 하나이며 지금까지 10차례 영화로 제작되었고 가장 유명한 첫 문장 중의 하나로 유명한 『안나 카레리나』다. 무리하지 않고 무난한 작품을 선정하겠다는 취지가 엿보인다. 문학동네는 이 취지에 맞게 대체로 명성이 높으면서도 독자들이 편안하게 다가갈 수 있는 목록을 많이 출간했다. 초역의 비율도 점차 올라가고 있는 것을 보면 어느 정도 균형감 있는 시리즈를 목표로 둔 듯하다.

펭귄클래식 코리아 펭귄클래식

펭귄클래식 코리아의 '펭귄클래식'은 클래식이라는 시리즈의 이름으로 자신들의 기획 의도를 보여준다. 펭귄클래식의 1번은 『유토피아』다. 소설이 아닌 인문서인데 시리즈 이름이 문학전

문학동네 세계문학 시리즈

집이 아니고 그냥 클래식고전이니까 인문서도 포함될 수 있는 것이다. 펭귄클래식은 소설이나 시 같은 문학작품뿐만 아니라 『유토피아』, 『시학』, 『군주론』과 같은 인문서도 포함하는 전집이다. 놀랍게도 『대학·중용』도 펭귄클래식의 이름으로 나왔다.

펭귄클래식 코리아는 1번인 『유토피아』를 통해서 다른 출판사와는 달리 자신들은 인문서도 전집에 포함하겠다는 계획을 알렸다.

창비 세계문학

'창비 세계문학'은 대한민국을 대표하는 문학 전문 출판사라는 명성과 오랜 전통에 비해서 출발이 늦었다. 출발은 늦었지만, 표지 디자인은 수려하다. 마치 유럽에 사는 귀족의 서재에 놓여 있을 만한 멋이 있다. 방금 산 책이라도 십 년은 서재에 있었던 것 같은 빈티지한 기품이 느껴진다. 창비 세계문학의 1번은 『젊은 베르터의 고뇌』다.

많은 독자가 『젊은 베르테르의 슬픔』으로 알고 있는 제목을 원문에 충실히 하고자 저렇게 정했다. 익숙한 제목이라는 쉬운 길을 버리고 어려운 길을 택한 것이다. 평범한 출발인 것처럼 보이지만 사실은 그렇지 않다. 서양문학사에서 처음으로 '세계문학'의 위치에 오른 작품이 바로 『젊은 베르터의 고뇌』라는 창작과비평의 설명에 고개를 끄덕이게 된다. 또 괴테가 인류의 보편적인 가치를 만들어가자는 세계문학론을 주창했다는 점에서 창비가 추구하는 가치에 부합하기 때문에 1번으로 선택했다.

『젊은 베르터의 고뇌』에는 후발주자이지만 마케팅적인 전략보다는 기본에 충실하겠다는 의지가 담겨 있다. 전집에 러시아, 미국, 중국, 라틴아메리카의 대표 시선집을 포함시킨 것 또한 기본에 충실한 시리즈라는 것을 말하고 싶은 것으로 생각한다.

이 책을 번역한 임홍배 선생은 단순한 번역가라기보다는 괴테 연구로 박사학위를 받았고 『괴테가 탐사한 근대』를 비롯한 괴테와 관련된 여러 저서를 출간한 괴테 연구자로 해야 하므로 번역의 질 또한 믿을 만하다. 한국에서 가장 유명한 소설 제목 중 하나를 포기한 자신감은 괜히 생기는 것이 아니다.

시공사 세계문학의 숲

시공사가 2010년부터 시작한 '세계문학의 숲' 시리즈의 1번은 알프레트 되블린의 『베를린 알렉산더 광장』이 차지했다. 독일의 표현주의 문학을 대표한다는데 제임스 조이스의 『율리시스』와 비견된다니 달리 무슨 설명이 더 필요하겠는가. 여러 세계문학전집의 1번 중에서 가장 난해한 작품 중의 하나이지만 가장 명확하게 해당 문학전집의 진로를 알려주는 1번이기도 하다.

시공사는 지금에 잘 알려진 고전을 소개하는 것이 아니고,

지금은 잘 모르지만, 꼭 소개되어야 할 미래의 스타를 발굴하는 것을 목표로 삼았다. 이런 목표를 설정했으니 그 악명 높은 '의식의 흐름' 기법을 채택한 『베를린 알렉산더 광장』이야말로 1번으로서는 제격이겠다. 세계문학의 숲에는 김석희를 비롯한 해당 언어의 레전드급의 번역가가 많이 포진되어 있는데 『베를린 알렉산더 광장』의 번역을 맡은 안인희 번역가 또한 독일문학에서는 알아주는 베테랑이다. 안인희 선생은 제2회 한독문학번역상을 수상한 바 있다. 표지디자인 또한 마케팅에 충실하지 않고 시공사 자체의 해석이 드러날 수 있는 이미지를 적극적으로 활용하기로 했다. 『베를린 알렉산더 광장』의 표지가 이 정책을 대표한다. 1차 세계대전이 끝나고 히틀러가 이끄는 나치 정당이 서서히 세력을 얻어가는 1920년대 말의 베를린을 소재로 삼은 원작과 어울리는 표지를 만들었는데 1920년대 베를린의 다양한 모습을 소재로 한 작품으로 유명한 독일의 화가 조지 그로스의 작품을 채택한 것이다.

시공사의 세계문학의 숲 시리즈의 표지를 살펴보면 표지 자체가 하나의 비평이라는 생각을 하게 된다. 친절하고 익숙하지는 않지만 깊은 생각거리를 던져준다.

『젊은 베르테의 고뇌』와 『베를린 알렉산더 광장』 1

등록문화재가 된 시집

『진달래꽃』

1935년 1월 26일 자 『동아일보』에는 전 해에 유명을 달리한 한 문인의 추도회가 열린다는 소식이 실렸다. 1934년 12월 24일 크리스마스이브가 기일인 이 문인의 추도회에는 당시 문학계의 별들이 다 모였는데 그 면면을 열거하면 이렇다. 김기림, 김동인, 김동환, 이광수, 정지용 등이다.

이승에서의 마지막 인사라도 하듯이 아내와 술을 늦게까지 마신 이 문인은 아내가 술에 취해 잠이 들었다는 것을 확인한 다음 낮에 장터에서 미리 구한 다량의 아편을 삼키고 다시는 돌아올 수 없는 다른 세상으로 가버렸다. 본명이 김정식인 이 문인을 우리는 김소월이라고 부른다.

사망할 당시 한가롭게 향촌생활을 하며 무슨 저술에 착수했다고 알려진 김소월이 왜 아편을 했는지는 정확하게 알려지지 않다가 2012년 권영민 단국대 석좌교수가 김소월의 증손녀인 성악가 김상은 씨로부터 그 이유를 알게 되었다. 김상은 씨에 의하면

소월은 당시 극심한 관절염에 시달렸고 고통을 잊기 위해서 아편을 복용했다고 한다.

그가 불과 33살의 나이로 자결할 당시 그에게는 아내와 3남 2녀의 자녀가 있었다. 그가 가지고 있던 재산이라고는 10년 전인 1925년 12월 26일에 스승 김억의 자비 출판으로 나온 『진달래꽃』이 고작이었는데 이마저도 책이 거의 팔리지 않아서 절판된 상태나 마찬가지였다. 초판으로 발행한 200부마저 다 팔리지 않았다.

다른 시집에서 흔히 보이는 발문, 해설은 물론이고 시인의 약력 소개도 없이 오로지 127편의 시만 실린 이 시집이 먼 뒷날 국민적 공감을 얻는 시집이 될 것이라고 예상한 사람은 거의 없었다. 『진달래꽃』이 출간된 당시에는 전문 독자와 비평가로부터 크게 주목을 받지 못했다. 돈이 안 되는 시를 써서 가족을 먹여 살릴 수 없다는 절망감과 함께 적성에 맞지 않은 사업을 벌였다가 실패를 거듭한 가장 김소월은 고단한 삶으로부터 도피하고 싶었는지도 모른다. 자결하기 며칠 전 아내에게 했다는 '세상을 사는 것이 참 고달프구려'라는 말이 당시 소월의 심정을 잘 보여준다.

2015년 12월 19일 서울의 화봉문고에서 열린 제35회 화봉현장경매에서 김소월의 중앙서림 총판 판본 『진달래꽃』이 1억 3,500만 원에 낙찰되었다. 한국의 현대문학 경매사상 최고 금액이다. 이전까지의 최고가는 2014년 11월 7천만 원에 낙찰된 백석의 초판본 시집 『사슴』이었다. 김소월의 생전에 남긴 유일한 시집 『진달래꽃』은 오산학교 시절 스승이었던 김억 시인이 꾸려가던 경성의 매문사라는 출판사에서 1925년 12월 26일에 나왔다.

가격은 1원 20전이었는데 당시 쌀 한 가마가 10원 정도였다는 것을 고려하면 꽤 비싼 시집이었다. 초판을 200부 정도 찍을 것으로 추측되는데 지금은 단 4권만이 소재가 파악되며 이 4권 모두 제470호 근대문화유산 등록문화재가 되었다.

『진달래꽃』은 책 제목과 같은 '진달래꽃'을 비롯해 127편의 시가 16부로 나누어 실려 있다. 어른이라면 한 손에 쏙 들어갈 만한 작은 문고판이었다. 『진달래꽃』은 매문사에서 간행했는데 총판매소에 따라 '중앙서림' 총판 판본과 '한성도서주식회사' 총판 판본이 존재한다. 그러니까 두 종류가 한 출판사에서 같은 날짜에 나온 동본이종인 것이다. '중앙서림' 총판 판본은 표지에 진달래꽃이 옛 표기 방식으로 인쇄되어 있고 '한성도서주식회사' 총판 판본은 『진달내꽃』이라는 현대식 표기법 제목과 진달래꽃 그림이 그려져 있다.

두 판본은 발행한 날짜와 발생소가 같은데 '한성도서' 총판본이 거칠고 질이 낮은 갱지이고 편집 오류가 여러 곳에 있는 반면에 '중앙서림' 판본은 내지가 모조지인 데다 편집 오류가 거의 없다. 표지 사진으로도 두 판본은 차이가 있다. 즉 중앙서림 판본은 인쇄체이지만 한성도서 판본은 필기체다.

제목의 표기 방법과 철자법 그리고 내지의 종류를 근거로 중앙서림 판본만이 초판본이며 한성도서 총판 판본은 제호나 그림 등이 시대에 맞지 않기 때문에 초판본이 아닌 재판본이라서 문화재로 지정하면 안 된다는 주장이 있었다. 그러나 1920년대에도 표지에 화려한 그림이 들어가고 '꽃'으로 표기한 사실이 인정되면서 결국 중앙서림 총판 판본 1책과 한성도서 총판 판본 3책 총 4책이 문화재로 등록되었다.

근대 이후 문학 작품집이 문화재로 등록된 것은 『진달래꽃』이 유일하다. 문화재로 등록된 중앙서림 총판 판본 1책을 발굴한 고서적상의 후일담이 흥미롭다.

1993년 헌책을 팔겠다는 60대 초반 남자의 집에 있는 책 더미에서 『진달래꽃』 초판본을 발견했는데 순간 너무 놀라서 '억!'이라는 감탄이 저절로 나오는 것을 간신히 참았다고 한다. 마치 피라미드 속의 보물을 처음 발견한 탐험가의 흥분이 연상된다. 책을 사 오고도 두어 달간 전 주인이 거래를 취소하자고 찾아오는 것은 아닌지, 숨겨 놓은 보물이 진본이 맞는지 고민을 하다가 간신히 『진달래꽃』을 집어 들었다고.

차마 밝은 조명으로는 살펴볼 용기가 나지 않아서 어두운 방에서 한참 동안을 어루만지고 냄새를 맡아보고서야 그는 『진달래꽃』 초판임을 직감했다. 진본이 맞는지 검토를 하고 흠이 있는 것을 수리하는 데 거의 20개월을 소요했다.

이 중앙서림총판 판본 『진달래꽃』은 당시 이 책을 애타게 찾았고 소장할 자질이 충분하다고 여겨진 윤길수 씨의 품 안으로 간다. 윤길수 씨는 『진달래꽃』을 하루만 빌려달라고 부탁했는데 고서적상 또한 흔쾌히 허락했다. 고가의 책을 빌려달라는 사람이나 기꺼이 빌려준 주인이나 어떤 의미에서 대인배임에 틀림없다.

당시 중소기업체의 과장으로 근무하고 있었다는 윤길수 씨는 다음날 약속대로 책을 다시 가져왔고 1995년 당시에는 큰 금액이었던 책값 180만 원을 지급했다고 한다.

1925년 12월 중앙서림 총판 표지

신연수 제공

— 36 —

못 니 저

못니저 생각이 나겟지요,
그런대로 한세상지내시구려,
사노라면 니칠날잇스리다。

못니저 생각이 나겟지요,
그런대로 세월만 가라시구려,
못니저도 더러는 니치오리다。

그러나 또한긋 이럿치요,
「그립어살틀히 못닛는데,
어세면 생각이 써지나요?」

—3—

예전엔 밋처 몰낫서요

봄가을업시 밤마다 돗는달도
「예전엔 밋처몰낫서요。」

이럿케 사뭇차게 그려울줄도
「예전엔 밋처몰낫서요。」

달이 암만밝아도 쳐다볼줄을
「예전엔 밋처몰낫서요。」

이제금 저달이 서름인줄은
「예전엔 밋처몰낫서요。」

『진달래꽃』 초판 내지

엄동섭 · 웨인 드 프레메리, 『원본 『진달내꽃』 『진달내곳』 서지 연구』, 소명출판, 2014.

책 사냥꾼, 북케이스에 집착하다

『르네상스 미술가 평전』

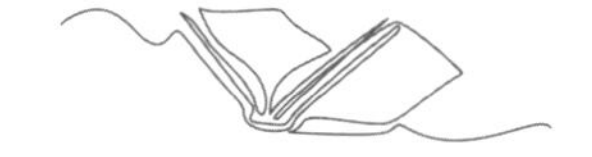

책을 좋아하고 수집하는 형편이지만 가끔 '꼭 이렇게까지 해야 하나'라는 생각이 들 때가 있다. 한길사에서 나오는 『르네상스 미술가 평전』 이야기다. 이 책은 원래 1986년 탐구당에서 나온 『이탈리아 르네상스 미술가전』의 개정판 격이다. 제목처럼 르네상스 시대에 활약하던 미술가들의 작품과 일대기를 다룬 책이며 미술사를 전공하는 사람들에게는 중요한 책인데 절판이 되어서 전설의 희귀본이 되었다.

20년 전쯤에 읽고 싶은 생각도 없었고, 미술 전공자도 아니라 꼭 필요한 책도 아니지만 단지 '구하기 힘든' 희귀본이라는 이유로 아무 생각 없이 6만 원을 주고 샀었다. 물론 사두기만 하고 한쪽도 제대로 읽지는 않았는데 20년간 소장하면서 이 책을 타인에게 양도할 뻔한 적이 여러 번 있었다.

우선 내가 쓴 첫 책 『오래된 새 책』에 대한 큰 서평 기사를 써 준 기자에게 넘길 뻔했었다. 당시 그 기자가 고마워서 내 서재에 있는 책 중에서 마음에 드는 책이 있으면 드리겠다고 호언장담을 했는데 그 기자 양반이 지목한 책이 바로 『이탈리아 르네상스 미술가전』이다. 우리나라에서 제일가는 국립대에서 미술사를 전공한 양반이니 어쩌면 당연한 선택이기도 하겠다. 방심하다가 허를 찔렸다. 어쩌겠는가. '제발 이 책 만은'이라는 궁색한 말 한마디와 함께 그 상황에서 '도망'을 칠 수밖에.

책 수집가에게 양심과 염치는 사치다. 물고기에게 잠수복만큼이나 어울리지 않는 조합이기도 하다. 『이탈리아 르네상스 미술가전』은 그 이후로 내 서재에서 평온한 나날을 보냈다. 이 책을 탐내는 자잘한 인사가 없지는 않았지만 거절을 못 하는 내 성격으로도 개의치 않게 무시할 수 있을 만큼의 잔파도에 불과했다.

긴 태평성대는 큰 위기를 가지고 온다. 나로서는 거부할 수 없는 이유를 가지고 『이탈리아 르네상스 미술가전』를 양도해 달라고 부탁하는 이가 나타났다. 자신을 대학생이라고 소개한 예의 바른 처자였다. 자신의 아버지께서 시한부 인생을 선고받았는데 돌아가시기 전에 꼭 이 책을 읽고 싶다는 설명이었다.

시한부 인생과 아버지라는 단어의 조합만으로도 무장해제되어버린 나의 고민은 양도할지 말지가 아니었다. 소유욕 말고는 나에게 큰 의미가 없는 책인데, 죽음을 앞둔 분의 소원을 못 들어주겠느냐는 생각을 했다. 내가 한 고민은 시한부 인생을 사는 분에

탐구당 판 『이탈리아 르네상스 미술가전』과 한길사판 『르네상스 미술가 평전』

게 돈을 받고 양도하는 것이 사람이 할 짓인가에 대한 것이었다. 며칠 동안 고민한 끝에 그 효심 깊은 처자에게 『이탈리아 르네상스 미술가전』를 넘기겠다는 뜻을 전한 것은 당연한 결과였다.

그 처자의 대답이 의외였다. '아버님께서 다른 사람이 소중히 소장하는 책을 가져오는 것은 도리가 아니다'라고 하셨단다. 『이탈리아 르네상스 미술가전』 소장 20년 인생에 또 다른 위기가 찾아왔는데 종류가 다른 것이었다. 책을 아낀다고 하지만 속으로는 배타적 소유를 즐기는 책 수집가들에게는 공공의 적이며, 이길 수 없는 적이며, 적이지만 감히 대놓고 적대시할 수 없는 적이 나타난 것이다.

그 무시무시한 적의 이름은 바로 "재출간".

내가 쓴 첫 책이며 희귀본의 재출간을 지향한다는 취지로 썼다는 『오래된 새 책』은 그러니까 출발부터 '거짓말'이었다. 희귀본을 소장한 사람은 누구나 그 책이 재출간되는 것을 원치 않는다. 내 의도와는 달리 『오래된 새 책』에 언급된 희귀본들은 거의 다 재출간되었으니 책을 낸 표면적인 목표는 달성되었지만 내 본심과는 정반대의 결과를 만들었으니 인생은 아이러니한 것이 맞는 모양이다.

다른 희귀본 수집가들의 사정은 모르겠는데 내 경우는 재출간본을 항상 사는 편이다. 골프에서 홀인원을 하거나 우승을 한 경쟁자에게 경의를 표하고 축하를 해주는 것처럼 돈이 안 될 것이 분명한 미술서 책을, 게다가 내용을 대폭 추가해서, 더 좋은 판형으로 내준 한길사와 김언호 사장님에 대한 존경심의 표현으로 한길사가 제목을 바꿔 재출간한 『르네상스 미술가 평전』을 기꺼이 주문했다.

총 6권 세트로 나왔는데 제1권이 2018년 5월에 나왔으니 '구매'하는 데 일 년이 걸린 대작이다. 이따금 인터넷서점에서 '한길사'를 검색해서 출간 여부를 확인하는 정성을 발휘해서 마침내 마지막 6권까지 거금을 투입해서 샀다. 배타적인 소유의 즐거움은 사라졌지만 20년간 소장한 책의 새로운 판형을 손에 넣는다는 것은 즐거운 일이다.

불만이 전혀 없는 것은 아니다. 1권을 시작으로 6권까지 한 땀 한땀 정성을 들여서 전권을 손에 넣었는데 한길사가 6권 전집을 완간하면서 북케이스까지 함께 증정한다는 것을 알았다. 출간된 순서로 낱권으로 구매를 해서 하드 케이스가 없는 나로서는 억울한 일이다. 더 충성스러운 독자가 오히려 손해를 보는 경우가 아니냐고 생각하다가 멈칫하게 된다.

이미 몇 해 전에 손자를 봐서 할아버지가 된 친구가 있는 중늙은이가 고작 북케이스 때문에 감정이 상한다는 것이 웃기지 않는가 말이다. 출판사에 연락해서 6권 전집을 따로 사서 케이스를 못 받았으니 지금이라도 좀 받을 수 없느냐고 부탁할까 생각하다가 이게 웬 주책이며 진상짓인지 반성하게 되기도 한다.

진즉에 출판사 전화번호는 알아놨지만 차마 전화를 못하고 차일피일 미루다가 일주일이 지나갔다. 결국 '울분'을 참지 못하고 술김에 옛 애인에게 전화하는 것처럼 '의식의 흐름에 따라' 한길사에 연락을 하고 말았다. '웬 찌질이세요?'라는 핀잔을 들을 마음의 준비도 했다. 내 전화를 받은 출판사 직원의 반응이 놀라웠다.

'당연하다'는 듯이 내 억울함을 접수했고 '낱권으로 사서 케이스를 못 받았는데 다소 찌질한 독자'를 위한 '업무 매뉴얼'에 의 거해서 내가 구매한 『르네상스 미술가 평전』 사진과 주소와 연락처를 알려주면 택배로 케이스를 보내주겠단다. 이 일로 내가 얻은 소득은 케이스가 아니다. 나 같은 이가 '또' 있다니, 그것도 여러 명이라는 사실이다!

북케이스와 관련해서 또 다른 사건이 있었다. 화려한 리커버 버전으로 독자들의 지갑을 털어가는 장인인 열린책들 출판사에서 2019년 말 또 하나의 신무기를 발표하였다. 기존에 나와 있던 6권 세트 『천일야화』를 2권짜리의 호화찬란한 합본 특별판을 출시한 것이다. 새 책을 사려거든 한 달 정도 장바구니에 넣어두었다가 그래도 마음이 변치 않으면 구매하라는 충고를 한 이력이 있는 나는 즉시 주문을 했고 결제를 했다. 발송 대기 중이라는 문구를 보고서도 그 사이에 다른 돈 많은 독자가 내 책을 강탈하면 어떻게 할까라는 걱정에 사로잡혔다.

다행히도 무사히 도착한 책을 부둥켜안고 감상을 하는데 비닐 랩핑을 굳이 뜯어야 할까라는 생각에 이르렀다. 어차피 읽지 않고 소장할 책인데 소장 가치를 떨어뜨려서는 안 된다는 생각에 그대로 관상용으로 모셔두었다. 미래를 내다보는 혜안이었을까. 자랑스럽고 뿌듯한 마음에 『천일야화』 특별판을 아직도 사지 못한 동료들을 불쌍하게 여기면서 독서 커뮤니티를 순시하다가 어이없는 사실을 알게 되었다.

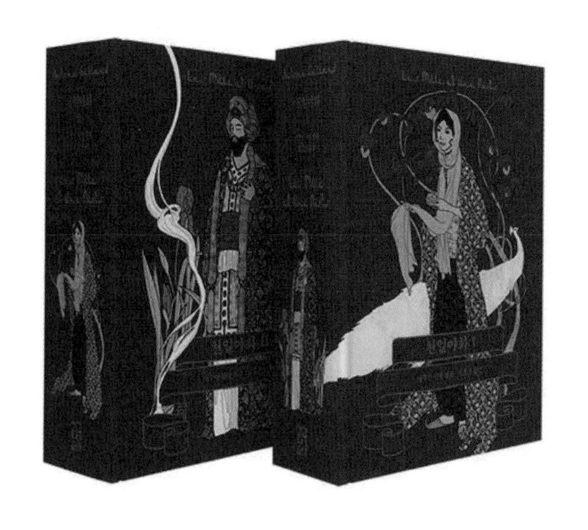

『천일야화』 합본 특별판

2권짜리 특별판이 들어가는 북케이스가 따로 있는데 이게 자동으로 따라오는 것이 아니고 포인트를 차감하는 형태로 따로 구매를 해야 한단다. 놀라고 어이없는 마음에 인터넷서점을 다시 둘러보니 과연 수려한 북케이스가 위엄을 자랑하고 있었다. 부들부들 떨면서 고객 게시판에 글을 남겼다. 빌어먹을 포인트는 얼마든지 가져가시고 제발 저 예쁜 북케이스를 보내달라고 말이다. 담당 직원은 매사에 엄격하시고 치밀한 분이셨다. 북케이스만 따로 보내면 파손의 위험이 있으니 그렇게는 못하겠고 안타깝지만 북케이스는 포기하란다.

울면서 해당 출판사에 문의를 했다. 출판사 직원 왈 북케이스가 책의 수량만큼 제작한 것이 아니며 해당 서점하고 다시 이야기 하라는 것이다. 세상에 북케이스가 발행된 책보다 더 숫자가 적다니. 그렇다면 북케이스의 가치가 더욱 높아지는 것이 아닌가. 맹렬히 인터넷서점 고객 게시판으로 다시 달려갔다. 아예 비닐 랩핑을 뜯지 않은 자연 그대로의 상태이니 반품을 신청하겠다고 말이다. 반품하고 새로 북케이스를 포함해서 다시 주문하겠다고 통사정하였다. 서점 직원도 하도 어이가 없었는지 답변이 한참 만에 돌아왔다. 정 그렇다면 반품을 받아주는 은혜를 베풀 것이니 곱게 포장을 해서 다시 보내란다. 반품을 받고 다시 7일을 기다리라는 엄명도 잊지 않았다.

서점 직원의 성은에 넙죽 절하고 기다리고 또 기다려서 제대로 된 『천일야화』 합본 특별판이 내 손에 들어왔다. 잊지 못할 감격스러운 날이었다.

장인 정신이 돋보이는 주석 달린 책들

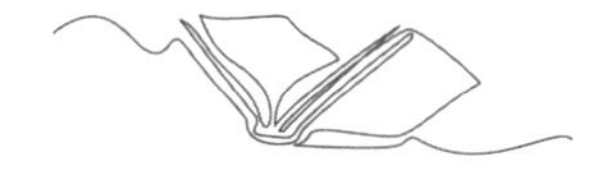

주석註釋을 읽는 독자가 있고 그렇지 않은 독자가 있다. 전자는 원문을 제대로 이해하고 저자의 의도를 정확하게 알기를 원하고 후자는 완전 지성체이거나 귀찮고 본문에 집중하기 위해서 주석을 읽지 않는다. 본문을 해석하고 설명해 주는 주석의 가장 오래된 책은 성경이다. 목회자의 가장 중요하고도 기본적인 사명은 성경의 구절 속에 담긴 절대자의 의도를 파악하고 그것을 신도들에게 알리는 것이다. 성경에 대한 주해서가 많은 이유다. 주석은 그 기원이 오래된 만큼 위치, 크기, 작성 시기, 작성 주체에 따라 종류가 다양하다. 주석학이라는 학문이 존재하는 것도 이상한 일이 아니다.

주석을 읽거나 좋아하는 독자들은 대부분 미주보다는 각주를 좋아한다. 미주는 책 말미에 따로 모아서 단 주석이고 각주는 본문 밑에 달린 것이다. 미주는 글을 읽다가 책 끝에 있는 미주를 다시 찾아봐야 하지만 각주는 시선만 아래로 두면 읽을 수 있기 때문에 독자들이 각주를 좋아하는 것은 당연하다. 또 유난히 미주를 확인하기 불편한 책을 만났을 때 육성으로 출판사에 원망을 하는 독자들도 있다.

내 경우에는 각주를 좋아하는데 밑에 달린 것보다는 본문 옆에 달린 주석방주, 旁註를 더 좋아한다. 시선과 고개를 아래로 바꾸는 것보다는 옆으로 돌리는 것이 편하기 때문이다. 정확한 통계는 알 수 없으나 최근에 발간되고 또 각주가 달린 유명한 책들은 대부분 각주가 옆에 달려 있다. 책을 좀 더 깊이 있게 읽기를 원하는 독자들에게 인기가 높은 '주석 달린' 책을 소개한다.

『주석 달린 시리즈』, 현대문학

『주석 달린 허클베리 핀』, 『주석 달린 버드나무에 부는 바람』, 『주석 달린 월든』, 『주석 달린 안데르센 동화집』, 『주석 달린 고전 동화집』, 『주석 달린 크리스마스 캐럴』로 이루어진 시리즈다. 원래는 11권으로 기획되었는데 6권으로 멈추었다. 고전을 어렵다고 생각하게 되는 이유는 고전이 쓰인 당시의 시대적 상황과 독자가 읽는 시기의 상황이 다르기 때문이다. 고전이 출간된 당대의 독자들은 고개를 끄덕이며 읽게 되는 구절이 현대의 독자들에게는 고개를 갸우뚱거리게 된다. 현대문학에서 '주석 달린' 시리즈를 펴낸 이유가 여기에 있다. 고전 속에 담긴 그 당시의 상황과 의미를 현대의 독자들이 이해하기 쉽도록 주석을 달아서 펴냈다.

이 시리즈의 1번으로 출간된 『주석 달린 허클베리 핀』은 무려 941쪽의 방대한 분량이다. 허클베리 핀과 관련된 삽화, 사진, 인쇄물, 만화, 지도, 지나치게 외설적이어서 교체되었던 도판까지 포함되었다. 아쉬운 것은 절판된 목록이 다수라는 점이다.

『Alice – 이상한 나라의 앨리스. 거울 나라의 앨리스』, 북폴리오

세계 최고의 '루이스 캐럴' 전문가인 마틴 가드너가 쓴 '주석 달린 앨리스'의 결정판을 번역한 책이다. 평생 앨리스를 연구한 학자가 앨리스에 대해서 아는 모든 것을 담았고 원본 삽화와 연필 스케치도 실려 있다. 현대 우리나라 독자들이 이해하기 어렵거나 놓쳤던 앨리스에 숨어있던 말장난을 일일이 해석했다. 원문보다 주석이 훨씬 더 분량이 많은 기이하고 놀라운 책이다. 이 책은 아름다운 표지로 우리나라 독자들에게 인기가 높았는데 아쉽게도 절판이 되어서 새 책으로는 살 수가 없다.

『로마제국 쇠망사』, 민음사

번역을 하면서 단 주석역주, 譯註이 아니고 저자 자신이 단 자주自註가 달린 책이다. 나는 대광서림판과 2008년부터 출간된 민음사판 그리고 원서인 Folio Society판본을 소장하고 있는데 대광서림판과 Folio Society판본은 주석이 하단에 달려 있고 민음사판은 본문 옆에 달려 있다.

에드워드 기번은 책 전체 분량의 4분의 1에 달하는 방대한 주석을 남겼다. '기번의 잡담'이라고도 부르는 4,700개의 각주는 본문에 대한 배경 설명뿐만 아니라 기번의 개인적인 감회도 포함되어 있다. 특히 로마제국 당시에 대한 자신의 의견을 주석으로 피력했고 기번이 살았던 18세기 영국의 현 상황과 비교한 것도 흥미롭다. 주석이 독특하고 문체가 아름다워서 『로마제국 쇠망사』를 역사서가 아닌 문학 작품으로 읽어도 손색이 없다. 만약 원서로 이 책을 읽고 싶다면 Esston Press 수집가용 한정판본을 권한다. 세상에서 가장 기발하고 멋진 책등 디자인이다. 쇠퇴해 가는 로마제국을 책등 디자인으로 잘 표현했다.

『종의 기원 톺아보기』, 소명출판

주석의 효용성을 극대화한 책이다. 『종의 기원』을 제대로 읽어보고 싶은 한국의 독자에게는 축복과도 같은 책이다. 전공자들도 읽기 어려운 『종의 기원』을 일반인들도 읽을 수 있는 자세하고 친절한 주석이 가득하며, 그 배치와 편집 또한 독자에게는 더 이상 편할 수 없다. 원문을 정확하게 이해하도록 도와줄 뿐만 아니라 현대의 독자들이 처한 상황과 이슈와 연관지은 주석이 아름답고 귀하다. 주석이라는 것이 지레 겁먹으라고 달아 놓은 게 아니라 어려

『Alice－이상한 나라의 앨리스 거울 나라의 앨리스』

『로마제국쇠망사』. Easton press판

『종의 기원 톺아보기』

운 것을 쉽게 안내하기 위한 것이라는 말에 가장 좋은 예가 바로 『종의 기원 톺아보기』다.

『열하일기』, 돌베개

『열하일기』를 모르는 한국인은 드물지만 읽어본 한국인도 드물다. 한국인이라면 꼭 읽어봐야 할 고전 중의 하나인 『열하일기』를 읽어 보겠다고 시도하는 사람들에게는 가장 친절한 판본이라고 생각한다. 실학자 박지원이 정조 시대에 쓴 고전을 요즘 독자가 주석 없이 읽는다는 것은 고전은 재미가 없고 어렵다는 선입견을 공고히 할 뿐이다. 이 책에는 원문에 나오는 물건 사진과 여행 경로에 따른 지역 사진, 관련 인물 사진 등이 가득하다. 중·고등학교 교과서를 연상하게 하는 쉽고 자세한 주석이 풍부하다. 한국에서 박지원 관련 책을 가장 많이 낸 돌베개는, 『열하일기』 번역을 위해 중국 현지를 4번이나 답사하고 촬영했다.

『주석 달린 셜록 홈즈』, 현대문학

「심청전」을 읽다가 '공양미 300석'이 대체 지금의 기준으로 얼마 정도의 가치인지 궁금했던 독자들이라면 분명 이 책을 사랑하게 될 것 같다. 고전 작품을 읽다가 가장 흔하게 궁금한 부분이 '요즘 돈으로 얼마인지'가 아닐까. 『주석 달린 셜록 홈즈』는 독자들의 이런 궁금증에 가장 친절한 책이다. 세상에서 가장 유명한 셜록학 권위자로 추앙받는 레슬리 S. 클링거가 직접 편집한 주석뿐만 아니라 옮긴이도 직접 '요즘 돈으로' 주석을 달았다. 번역가 승영조는 독자들 사이에 셜록에 관한 좋은 번역가로 명성이 높다. 3천 개 이상의 주석은 셜록 홈즈의 무대가 되는 빅토리아 시대의 영국의 일상과 시대상을 자세히 알려주기 때문에 이 자체로 훌륭한 빅토리아시대 역사책으로도 부족함이 없다. 보물섬이나 다름없는 책이기도 하다.

『주석 달린 드라큘라』, 황금가지

『주석 달린 셜록 홈즈』로 세계적인 명성을 얻은 레슬리 S. 클링거의 또 다른 걸작이다. 『주석 달린 드라큘라』는 『주석 달린 셜록 홈즈』와 마찬가지로 빅토리아 시대가 만들어낸 매력적인 문학작품이기도 하지만 훌륭한 역사서이기도 하다. 천여 개가 넘는 주석과 백여 점의 삽화와 자료 사진을 통해서 빅토리아 시대를 넓고 깊게 이해할 수 있다. 빅토리아 시대의 모든 것을 주석으로 담았다고 해도 틀린 말은 아니다. 레슬리 S. 클링거는 『주석 달린 셜록 홈즈』에서와 마찬가지로 이 책의 주석을 통해서 사건과 연관된 오류, 날짜, 지명의 오류를 지적한다. 드라큘라를 단순히 공포소설로 읽어서는 곤란하다. 이 책에는 당시의 시체 매장 풍습, 녹음과 수

혈, 속기술, 뇌수술과 같은 당시로서는 그저 상상에 불과했던 최첨단 기술이 동원된 스릴물이다. 대부분의 '주석 달린 책'이 그러하듯이 높은 가격과 휴대의 불편함은 고전을 깊고 넓게 이해하기 위해서 감수해야 할 부분이다.

『도스토옙스키 전집』, 열린책들

출판사가 독자에게 하는 가장 불친절한 행위 중의 하나는 러시아문학 작품을 내면서 등장 인물의 이름을 따로 정리해주지 않는 것이다. 한국인 독자가 러시아 고전을 읽으면서 겪는 가장 불편함이 '이름의 난해함'이라고 생각한다. 『도스토옙스키 전집』을 사랑하는 나는 2000년에 나온 초판, 2002년에 나온 신판, 그리고 2007년에 나온 수집가용 한정판을 모두 소장하고 있는데 읽는 것은 휴대성이 가장 좋고 표지가 예쁜 2002년판으로 읽었다. 표지기 뭉크의 그림으로 장식된 '빨갱이' 버전 말이다.

『도스토옙스키 전집』에 남다른 애정이 있는 출판사답게 빨갱이 버전은 책의 앞부분에 등장인물을 애칭과 함께 잘 정리해두었다. 감사한 일이다. 우연히 헌책으로 사두기만 하고 읽지는 않은 푸른색 표지의 초판본을 펼쳐 보았다. 신판에는 있는 등장인물 소개가 없다. 아무래도 이 문제에 대한 독자들의 불만이 제기되었고 신판에 등장인물을 따로 표시한 것으로 생각했다.

등장인물 소개가 없는 초판을 더 펼쳐보다가 '울컥'하게 되었다. 책갈피를 하나 발견했는데 단순한 책갈피가 아니었다. 책갈피의 형태로 등장인물이 정리되어 있었다. '등장인물 책갈피'는 두툼해서 오래 사용할 수 있다. 새삼 열린책들 출판사의 세심함과 장인정신에 놀라게 되었다. 분실의 위험이 있지만.(실제로 내가 헌책으로 산 초판에는 '등장인물 책갈피'가 없는 것도 있었다) 읽으면서 궁금할 때 마다 확인하기에는 책갈피 형태가 더 편리하다. 등장인물을 확인하는 용도와 책갈피의 용도를 겸용할 수 있으니 이토록 간단하면서도 유용한 아이디어라니!

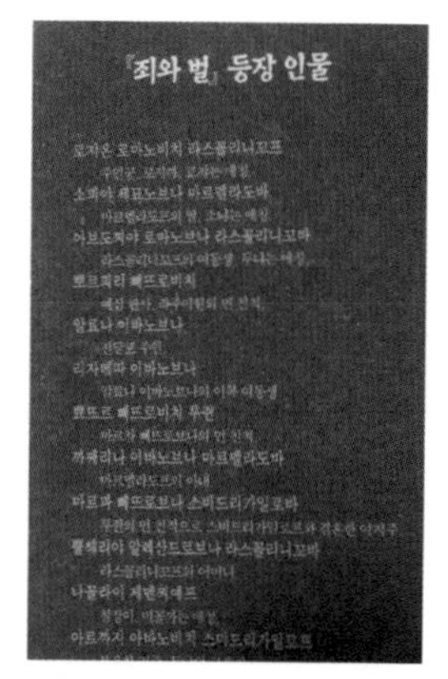

『도스토옙스키 전집』 책갈피

그러면 신판은 초판에 비해서 퇴보를 한 것인가? 아니다. 신판에는 무려 『도스토옙스키 읽기 사전』이 전집에 포함되어 있다. 『도스토옙스키 읽기 사전』은 참으로 거대한 주석이 아닐 수 없다. 도스토옙스키 작품을 좀 더 체계적이고 재미있게 읽을 수 있도록 열린책들에서 출간한 책이다. 도스토옙스키의 모든 작품별로 인물, 역사적 사건, 러시아의 지역 및 행정 구역, 관등, 속담 등을 담았다. 주석의 산맥이 아닐 수 없다. 상상하기 어려운 고통과 노력으로 이 책을 완성한 편저자 조윤선 선생에게 경의를 표한다.

유럽 여행을 간다면 이 책들과 함께

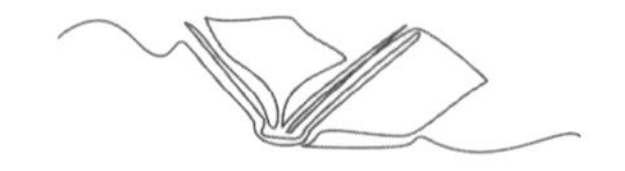

이은화의 『가고 싶은 유럽의 현대 미술관』

한국인에게 이은화 작가만큼 유럽의 미술품을 재미나게 이야기해 줄 작가가 또 있을까 싶다. 유럽에서 미술사와 현대미술학으로 학위를 취득했는데 본인 또한 작품 활동을 하는 예술가이기도 하다. 무엇보다 유홍준이나 오주석 선생을 떠올리게 할 만큼 자상한 글솜씨을 갖추었다. 미술 작품에 관한 글을 읽으면서 서양의 흥미로운 동화 이야기를 듣는 것처럼 흥미가 넘친다.

낯설고 어렵다고 생각될 수도 있는 현대미술에 대한 이은화 작가의 이야기를 듣다 보면 지금까지 예술을 껍데기만 보았었다고 생각하게 된다. 이토록 흥미진진한 인간사가 담겨 있는데 왜 그동안 멀리했는지에 대해 후회도 하게 된다. 가족과 함께하는 여행에서 가족들에게 이은화 선생이 쓴 책에서 읽은 내용을 들려준다면 이보다 더 행복한 경험이 또 있겠냐는 생각도 하게 된다.

위) 홉브로이히박물관 섬 내의 랑앤재단

아래) 크뢸러 뮐러 미술관 입구

ⓒ이은화

『가고 싶은 유럽의 현대미술관』에는 이은화 작가가 지난 20년간 유럽의 미술관을 직접 찾아다닌 경험을 바탕으로 꼭 소개하고 싶은 미술관과 작품에 대한 이야기가 담겨 있다. 영국박물관과 같은 고전적인 코스보다는 뭔가 새롭고 숨어 있는 보석과도 같은 미술관을 가보고 싶은 사람들을 위한 책이 『가고 싶은 유럽의 현대미술관』이다.

예를 들면 휴식과 웰빙음식을 제공하는 독일 홈브로이히박물관 섬, 자전거를 타고 관람하는 네덜란드 크뢸러뮐러미술관, 거대한 화력발전소를 개조해서 만든 미술관 테이트모던, 19세기 근대 명품의 집결지이자 반 고흐, 밀레, 세잔, 마네, 모네 등의 작품을 소장한 오르세미술관, 파리에서 가장 발칙한 미술관을 찾는 관람객에게 일순위로 권하는 팔레 드 도쿄, 유리와 철재로 심플하게 건축한 외관이 멋진 베를린 신국립미술관 등이다. 이 책은 위험한 책이기도 하다. 워크홀릭이었던 사람을 아트홀릭으로 변모시킬 수 있으니까.

전원경의 『영국, 바꾸지 않아도 행복한 나라』, 『런던, 숨어 있는 보석을 찾아서』

유럽 몇 개국을 대충 둘러보는 것이 아니고 영국을 집중적으로 톺아보기를 원하는 사람을 위한 책이다. 문자 그대로 아껴가면서 읽게 되는 책이다. 『영국, 바꾸지 않아도 행복한 나라』는 아마도 영국에 관한 최고의 스테디셀러인데 동화를 읽는 것처럼 흥미진진한 내용도 그렇지만 저자의 맛깔스러운 문체 또한 일품이다.

런던에 싫증을 느낀다면 인생에 싫증을 느낀 것이라는 찰스 디킨스의 명언을 갖다 붙이지 않더라도 전통과 코스모폴리탄적인 매력이 넘치는 런던의 이야기는 재미날 수밖에 없다. 나도 영어와 영문학을 전공했지만 이 책을 읽고 영어와 영문학에 대한 새로운 사실을 많이 알게 되었다.

대학 시절 지겹도록 들었던 '영어사전'을 집필한 새뮤얼 존슨이 '셰익스피어 전집'을 편찬했다는 것, 계급에 따라 현저하게 영어의 어휘와 발음이 다르다는 것은 흥미로웠다. 그저 졸업을 위해서 외워야 하고 시험의 대상으로만 여겼던 새뮤얼 존슨과 찰스 디킨스의 인간적인 면모와 뒷이야기를 읽으니 새삼 그들이 따뜻한 인간으로 다가오는 묘한 경험을 한다.

어쩌면 런던 사람조차도 알지 못하는 그들의 특징과 행동에 대한 기원의 분석도 놀랍다. 런던을 여행하려는 사람의 관광안내서로도 부족하지 않고 문화인류학을 공부하는 학생들에게는 참고자료로도 쓰일 만한 책이다. 런던을 가장 런던답게 기술한 책이기도 하다.

『영국, 바꾸지 않아도 행복한 나라』

리수출판사 제공

김태진의 『아트 인문학 여행 이탈리아 편, 파리 편, 스페인 편 세트』

유럽을 아름답고 지적으로 여행하도록 도와주는 책이다. 인류 역사상 최고의 창의력이 용솟음쳤다는 이탈리아를 시작으로 예술의 도시 파리를 거쳐 현재의 스페인을 관광 대국으로 만든 문화 예술을 둘러보는 3번째 책으로 이어진다. 저자인 김태진 교수가 하도 재미나게 문화와 인문학 이야기를 풀어나가서 흥미 위주의 책으로도 오해받을 수도 있겠다. 『아트 인문학 여행 세트』는 웃고 손뼉을 치면서 정신없이 읽었는데 책장을 덮고 나면 묵직한 감동과 여운을 얻는 책이기도 하다. 이탈리아 편에서는 도시별로 그 도시에서 활약했던 이탈리아 르네상스 시대의 화가와 그 작품들에 관한 이야기를 흥미롭게 들려준다.

예술과 인문학을 재미나게 접목한 이 책이 가지고 있는 또 하나의 중요한 매력은 텍스트도 텍스트이지만 미국 프로사진작가협회 사진 명장인 백승휴 작가가 촬영한 아름다운 이탈리아의 풍경을 담은 사진이다.

이탈리아 편의 폭발적인 인기에 힘입어 출간된 파리 편은 루이 14세부터 시작해서 현대 파리의 미술과 예술까지 여행한다. 이런 책에서 사진과 삽화의 역할은 중요한데 파리를 비롯한 프랑스가 자랑하는 절경이나 명소를 전문으로 촬영하는 프랑스 사진작가의 작품을 담았다는 점에서 자랑할 만하다. 프랑스문화 입문용으로도 읽어도 되고 프랑스미술 입문용으로도 훌륭하다.

베르사유 궁전, 콩코르드 광장, 나폴레옹, 다비드, 루브르박물관, 보들레르, 오르세미술관, 고흐, 벨 에포크 등 프랑스문화와 예술의 아이콘에 대한 오감이 즐거워지는 이야기와 사진을 즐길 수 있다. 스페인 편에서는 그라나다, 마드리드, 바르셀로나 등 스페인을 대표하는 도시들이 등장한다. 벨라스케스, 가우디, 달리 등 스페인을 만든 예술가들의 숨겨진 이야기들과 함께 200장이 넘는 아름다운 스페인 사진이 담겨 있다. 달리 또 무슨 설명이 필요할까.

백경학의 『유럽 맥주 여행』

성공한 맥주 덕후가 쓴 유럽 맥주 여행안내서다. 저자 백경학은 종각역에서 광화문 쪽으로 걷다 보면 만나게 되는 '옥토버훼스트'라는 수제 맥줏집을 운영하는 못 말리는 맥주 애호가다. 맥주가 자연스럽게 연상이 되는 나라인 독일에서 3년간 생활하면서 유럽의 유명한 양조장과 맥주 공장을 순례한 피땀으로 쓴 책이다.

맥주의 기원, 수도원 맥주, 명화 속에 담긴 맥주 이야기 등으로 시작해서 세계 여러 곳의 맥주 이야기를 들려준다. 아돌프 히틀러, 윌리엄 셰익스피어, 마르틴 루터, 알베르트 아인슈타인 등의 인물과 맥주와의 인연을 흥미롭게 소개하기도 한다. 여행과 관련된 이 책의 미덕은 유럽의 맥주 축제에 관한 정보가 풍부하다는 것이다. 만약 당신이 테니스 팬이라면 윔블던 대회 기간에 맞추어 영국을 여행한다면 그 즐거움과 행복은 배가 될 것이다.

마찬가지로 맥주 애호가라면 이 책에 언급된 독일의 맥주 축제 정보를 따라서 여행해 보자. 또 뮌헨을 대표하는 6대 맥줏집을 순례하는 더 좋을 수 없는 행복한 여행을 누릴 수 있다.

조용준의 『유럽 도자기 여행』

도자기를 찾아서 세계여행을 하겠다고 생각하게 만드는 책이다. 저자 조용준 선생은 오로지 도자기 여행이라는 주제로 동유럽 편을 시작으로 북유럽, 서유럽 편까지 3권의 책을 냈다. 또 일본과 우리나라 이천의 도자기를 주제로도 책을 낸 도자기에 관한 애정과 지식은 그 누구도 따라갈 수 없다.

도자기를 따라서 여행을 하다 보면 역사와 예술 그리고 과학에 관한 지식을 자연스럽게 체득하게 된다. 좋은 품질의 도자기를 만들기 위해서는 좋은 재료를 골라야 하고 화력을 적절하게 조절해서 구워내야 한다. 또 아름다운 문양을 그려 넣어야 한다. 결국 좋은 도기를 생산하기 위해서는 과학과 예술을 겸비하는 당대의 지식이 집대성되어야 한다.

임진왜란이 도자기 전쟁으로 불리는 것이 우연이 아니다. 비엔나에서는 자국의 이익을 추구하는 강대국 간의 외교전이 치열

프랑스 지엥(Gien)의 꽃시계덩굴(Passiflore) 라인

© 조용준

했고 고위 만찬이 자주 열렸는데 이들의 식탁에 올리기 위한 고급 도자기가 항상 필요했고 또 외교를 하기 위한 선물로 쓰기 위해서 도자기 기술이 발달될 수밖에 없었다는 이야기, 색깔과 문양이 밝고 경쾌해서 미국의 일상 식기로 대량 수출된 폴란드 도자기 이야기, 유럽 사람들이 도자기의 원료가 되는 점토의 특성 때문에 흰색 도자기를 꿈도 못 꾸다가 우리 백자를 보고 기절초풍한 이야기, 유럽이 한국을 비롯한 동양의 도자기에 감탄하다가 이제는 거꾸로 도자기를 수출하는 위치에 서게 된 이야기 등 흥미로운 도자기 이야기가 펼쳐진다.

『유럽 도자기 여행』은 단순히 인문학적인 지식을 전달하고자 하는 책이 아니다. 도자기를 따라서 유럽을 여행할 수 있도록 실용적인 정보와 사진 자료가 가득하다.

알렉산드로 솔제니친을 서재로 모셔오기

『수용소군도』

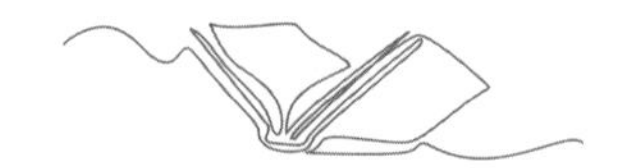

알렉산드르 솔제니친이 쓴 『수용소군도』를 한 권짜리 소설로 생각하는 사람이 많다. 사실 『수용소군도』는 소설이 아니고 논픽션 기록물에 가깝다. 과거 소련은 1918년부터 1988년까지 '굴라크'라는 수용소를 운영했는데 여기에는 정치범, 전쟁포로, 강력범죄자 등이 수용되었다. 북한의 정치범 수용소인 '노동 교화소'의 원조가 바로 '굴라크'다.

『수용소군도』는 솔제니친이 직접 경험한 '굴라크'의 실상을 고발한 기록물이며 이 책의 서문에도 밝혀져 있듯이 허구의 사건이나 인물이 전혀 존재하지 않는다. '굴라크'에 수용되었던 200여 명의 다른 죄수의 체험담, 기록, 기억이 『수용소군도』에 담겨 있다. 솔제니친은 『수용소군도』를 1958년부터 10년에 걸쳐서 집필했는데, 원고 속에 등장하는 실명의 인물들을 보호하기 위해서 출간을 미루다가 소련의 정보기관 KGB에 의해서 발각되는 바람에 원고의 일부를 서방으로 방출시켰고 마침내 프랑스에서 출간되었다.

1929년에서 1953년 사이에 '굴라크'에서 모진 고문, 노동으로 인한 사망자가 최소 160만 명, 최대 1,000만 명이라고 한다. 인간이 생활하기에 최악의 조건은 모두 갖춘 곳이라고 해도 과언이 아니다. 『수용소군도』를 집필함으로써 '굴라크'의 실상을 고발한 솔제니친은 명성을 얻고 조국을 잃었다. 노벨상을 받았지만, 무려 20년에 걸친 망명생활을 해야 했다.

국내에서 최초로 『수용소군도』 번역본을 출간한 출판사는 '한얼문고사'다. 이 번역본을 둘러싼 흥미로운 사건이 있다. 1974년 5월 2일 자 『경향신문』의 기사에 이 사건의 전모가 밝혀져 있는데 요약하면 이렇다. 1973년 파리에서 『수용소군도』가 출간되자 한얼문고사는 한국외대 교수이자 러시아어 1세대 번역가인 김학수 선생에게 1백만 원의 고료를 지불하고 번역을 의뢰했다. 참고로 이 당시 쌀 한 가마니가 1만 2천 원이었다고 한다.

어쨌든 한얼문고사가 김학수 선생에게 번역을 의뢰하고 『수용소군도』를 출간한다는 소식을 접한 모 출판사 대표는 이 책을 인쇄하는 업체의 정판공 즉 원고의 최종 인쇄판을 완성하는 직원을 꾀어 교정지를 자신들에게 빼돌리게 하고 그 대가로 3만 6천 원을 주었다. 물론 그 정판공과 모 출판사 대표는 절도와 절도 교사 혐의로 입건되었다.

1974년 4월 25일에 『수용소군도』 번역본을 출간한 한얼문고사가 이미 시장에 자신들의 원고와 같은 내용의 책이 출간된 것을 알고 경찰에 신고했기 때문이다. 파리에서 러시아어판 『수용소군도』가 출간된 것이 1973년 12월인데 반년이 채 지나지 않아서 러시아어 원전 번역판이 우리나라에 나온 것이다. 비록 완역본이 아니고 요약본이지만 우리나라 출판계 역사를 통틀어서 매우 뜻깊은 업적이라고 생각한다. 영역본을 중역한 것이 아니고 러시아어 원전을 번역한 것 또한 놀라운 일이다. 이 일은 전적으로 김학수 선생의 공이다.

작고한 지 수십 년이 지났지만 지금도 김학수 선생이 번역한 러시아문학 책을 찾아서 헌책방을 헤매는 독자가 많다. 원저자인 '솔제니친'은 '수용소군도' 때문에 오랜 시간 망명생활을 해야 했는데, 우리나라에 『수용소군도』를 가장 먼저 소개한 김학수 선생은 최고의 러시아어 번역가이지만 첨예한 냉전체제 때문에 생전에 러시아를 단 한 번도 가본 적이 없다고 한다. 참고로 한얼문고사는 1970년 김지하의 『황토』를 출간했고 이는 한국을 대표하는 금서 중의 하나가 되었다. 당연하지만 1974년에 나온 『수용소군도』는 지금은 찾기 어렵다. 1977년 한그루교육이라는 곳에서 『수용소군도』를 출간한 흔적은 인터넷서점에서 확인할 수 있는데 자세한 서지사항을 알 수가 없어서 안타깝다.

1988년 6월 '열린책들'에서 김학수 번역으로 6권짜리 완역본으로 출간되었는데 '당연히' 지금은 구하기가 매우 어렵다. 온라인 중고서점에 무려 30만 원에 팔겠다는 매물이 보일 뿐이다. 이 판본은 우리나라 최초의 『수용소군도』의 완역본이다. 또 한 가지 흥미로운 사실은 이 전집의 뒷표지 사진이 솔제니친이 1953년 수용소에서 석방되는 날 특별 수용소에서 촬영한 것인데 1974년 '한얼문고'에서 나온 요약 번역본의 앞표지 사진으로도 쓰였다는 것이다.

김학수 선생은 1989년에 작고했다. 사실관계를 확인할 수는 없지만, 우리나라 최초로 『수용소군도』를 완역 출간한 이듬해에 유명을 달리했다는 사실은 어쩌면 생의 마지막 남은 불꽃을 이 작업에 소진하신 것은 아닌가 하는 생각이 든다.

1995년 4월 열린책들에서 6권짜리 완역본을 재출간했다. 적어도 러시아문학 애호가라면 열린책들을 귀하고 고맙게 여겨야 마땅하다. '물론' 이 전집도 절판이 되었다. 번역가인 김학수 선생이 1989년에 이미 작고하셨으니 이 판본의 번역은 특별히 새로울 것이 없을 수밖에 없다. 그런데도 새 판본을 출간했다는 것은 러시아문학에 대한 출판사의 애정이 남다르다는 것을 증명한다.

2009년 두 차례의 완역본의 출간과 절판을 거친 열린책들에서 요약본으로 한 권짜리 『수용소군도』를 출간했고 요즘 대부분의 독자는 이 판본으로 『수용소군도』를 읽는다. 이 판본은 현재도 꾸준히 팔리고 독자의 사랑을 받는다.

2017년 12월 잠잠하던 열린책들에서 좋은 의미에서 대형사고를 친다. 러시아혁명 100주년의 해의 끝자락에 『수용소군도』 완역본을 재출간한 것이다. 역시 김학수 번역인데 이는 김학수의 번역이 얼마나 훌륭한지를 잘 알려주는 대목이다. 어쨌든 번역은 예전 판형에 비해서 새로운 것이 없다. 다만 기존 판에 있던 오류를 바로잡고 새로 개정된 맞춤법과 러시아어 표기법을 적용했으며 소련의 기관 명칭을 알기 쉽게 표시했다. 가령 1988년 판본에 'MVD 內務省'이라고 표기된 것을 이 판형에서는 '내무성'으로 변경했다.

이 판형은 기념비적인 저작이고 하나의 사건이지만 찬사와 비판을 동시에 받았다. 비판은 주로 박스의 만듦새에 집중되었는데 박스의 크기가 너무 작아서 책을 넣고 빼기가 불편하며 박스의 본드 칠로 마감된 접착 면이 떨어지는 경우가 많다는 것을 지적했다. 물론 이 책의 재출간을 빈기는 쪽이 압도적으로 많았다. 수집가들은 1988년 최초 완역판 판본을 30만 원에 판매하는 사람들의 횡포에 눈물지었는데 이 판형이 그 눈물을 닦아주었다는 것이다.

많은 독자는 완역본 『수용소군도』를 텍스트로 다시 만날 수 있다는 것에 감격했다. 더이상 완역본을 읽겠다고 헌책방을 순례할 필요가 없어진 것이다. 다만 이 판형은 1,500부 한정판으로 출간되었는데 재고가 소진되고 다 팔린 뒤 늦게 이 판본의 출간 소식을 알게 된 많은 독자는 땅을 치고 안타까워했지만 어쩌겠는가.

새 책의 정가가 59,800원인 이 책은 온라인 중고서점에서 최소한 12만 원은 주어야 손에 넣을 수 있다. 안타깝게도 나도 새 책이 품절이 되고 나서야 이 판본이 출간되었다는 사실을 알게 된 사람 중의 한 명이다.

당연히 고가의 중고를 알아봐야 했는데 최저가인 12만 원짜리와 좀 더 가격이 높은 14만 원짜리의 차이가 무엇인지 살펴보았더니 박스의 유무가 그 가격 차이를 만들었다. 굳이 2만 원을 더 주고 박스까지 완전한 것을 구매할 것인지를 두고 고민을 하기 시작했다. 단권까지 요약본이 있는데 완독을 할지 확신할 수 없는 완역본을 굳이 사야 할지에 대한 의구심이 들기 시작했다.

더구나 냉전체제가 한참이던 시절에 출간된 『수용소군도』는 냉전체제가 붕괴한 요즘에 완역본을 꼭 읽어야 할 필요도 없는 것 같았다. 또 같은 주제로 6권이 이어지니 완역본은 좀 지겨울 것 같고 요약본으로도 충분할 것 같기도 했다. 제대로 읽지도 않을 책을 십만 원이 넘는 금액을 투자하는 것은 어리석은 짓이라고 결론을 내렸다. 그러던 어느 심심한 여름날 오후 문득 절판분 책을 구해보겠다고 출판사에 연락하고 무작정 사무실에 쳐들어갔던 시절이 생각났다. 열린책들에 전화를 걸었다. 긴장된 마음에 대뜸 『수용소군도』 한정판 재고가 있냐고 물었다.

출판사 직원은 한 인터넷서점에서 반품된 재고가 있는 것 같은데 확실한 것은 다음 날 알려주겠다고 한다. 전날까지만 해도 요약본으로 만족해야겠다고 결심을 했던 나는 그 다음 하루를 출판사의 연락을 설렘과 긴장으로 기다렸다. 다음날 출판사 직원의 문자를 받았다. 반품되어서 약간의 하자는 있지만, 정가에서 10% 할인된 가격으로 구매할 수 있단다.

마음이 급했던(그 사이에 다른 독자가 사갈 수도 있지 않은가) 나는 당시 집을 떠나 버스를 타고 단체로 체험학습을 하러 가던 중이었는데 노트북을 꺼내서 인터넷 뱅킹으로 송금을 하느라 멀미가 날 뻔했다. 한 가지 밝혀야 할 사실은 그즈음에 내 서재의 구석에서 1988년판 완역본이 발굴되었다는 것이다. 아마도 헌책으로 구매를 해서 읽지 않고 구석에 두었는데 다른 책에 가려서 내 눈에 한참 동안 띄지 않았던 모양이다. 물론 내가 그 책을 30만 원을 주고 산 것은 아니다.

이번을 기회로 이 책을 유심히 살펴보았는데 내지 윗쪽에 검은 펜으로 조그마한 사각형이 칠해져 있다. 좀 더 환한 빛에 비추어 보니 붉은색 인장의 흔적이 보였다. 이 책의 최초 주인의 인장이나 관인일 게다. 헌책을 구매하다 보면 도서관 장인이 뭉개져 있는 경우도 있다. 가끔 걱정하게 된다. 내가 죽고 나서 다른 누군가가 이 장서를 본다면 내가 혹시 부정한 방법으로 이 책을 취득했을지도 모른다고 생각할 수 있는 것 아니겠는가. 나는 대부분 책의 자세한 상태를 확인하지 못하고 인터넷으로 헌책을 구매했을 뿐인데 말이다.

어쨌든 그 '위대한 발견'도 한정판이라는 문구에 사로잡힌 나의 구매욕을 막지 못했다. 수집가라면 모름지기 위대한 저작의 모든 판본을 모두 소장해야 하지 않는가 말이다. 다음날 배송될 아름다운 한정판을 기다려져서 설레는 마음에 현기증이 날 지경이었다. 정신을 차리고 가만히 생각해보니 문제가 있다. 그날은 화요일이었고 입금을 확인한 출판사 직원은 다음날 바로 택배를 보낸다는데 수요일 나의 아름다운 한정판은 도착할 것이다.

문제는 당시 나는 출장 중에서 금요일이나 집에 돌아갈 수 있다. 내가 없는 사이에 택배가 도착하면 이 무거운 물건의 정체가 궁금할 것이고 상자를 개봉한 아내가 자신의 노역을 착취한 내용물의 정체가 겨우 '철없는 남편이 주문한 책'이라는 사실을 알게 되면 화가 날 수도 있다.

더운 날씨에 무거운 택배 상자를 집안까지 들이는 수고를 끼치는 것은 미안한 일이다. 조심스럽게 출판사 직원에게 부탁했다. 발송을 조금 미뤘다가 목요일에 해주십사 하고 말이다. 자상하고 배려심이 충만한 직원은 흔쾌히 찌질한 독자의 부탁을 들어주었다. 금요일 오후 급하게 달려간 우리 집 앞에는 우람한 택배가 기다리고 있었다.

자상한 출판사 직원은 『수용소군도』뿐만 아니라 열린책들에서 제작한 600쪽이 넘는 '열린책들'에서 만든 책들 1986~2019』와

『미메시스』를 함께 보내주었고 고맙게도 예쁜 엽서 세트까지 동봉했다. 출판사 직원에게 감사의 인사를 하고 『수용소군도』를 가만히 살펴보았는데 출간 당시 독자들의 원성을 산 부실한 박스의 만듦새가 나에겐 행운이었다는 것을 알겠다. 나에게 배송된 책도 역시나 박스의 본드 칠을 한 접착면이 떨어져 있었고 아마 이 책의 첫 구매자는 이것을 문제 삼아 반품을 한 것 같다. 덕분에 절판된지 한참 뒤에도 내가 이 책을 구할 수 있었으니까.

문제될 것은 없다. 순간접착제로 다시 붙인 다음 '열린책들' 사장 '홍지웅' 선생의 큰 아들 '홍예빈'이 번역한 942쪽 분량의 벽돌 책 『앤디 워홀 일기』로 덮어주면 그만이니까.

에필로그

2020년 11월 20일 그동안 절판 상태에 있는 『수용소군도』가 열린책들의 세계문학 시리즈로 재출간되었다. 특별 한정판으로 출간되었지만 이름에 걸맞지 않게 반양장이었는데 이번엔 양장으로 나왔다. 『수용소군도』가 재판되기를 기원하던 독자들은 환호했으며 출판사 측은 독자들의 기대에 부응하여 총살된 사람들의 얼굴, 수용소 내부의 모습, 죄수로 복역하던 솔제니찐의 모습 등 원서의 도판 50여 점을 새로 수록하였다. 『수용소군도』에 애정을 가지고 집요하게 재출간을 요청한 독자들의 공이 크다.

『수용소군도』 초판본과 한정판

같은 책을 두 번 사다

『닥터 지바고』와 『음식과 전쟁』

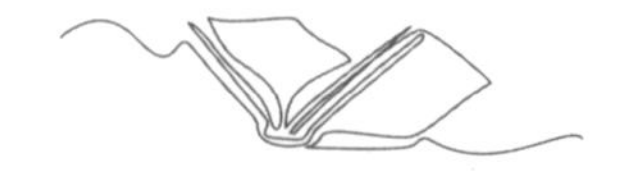

책에 관한 넓고 깊으며 세밀한 지식을 가진 분이 쓴 문학동네판 『닥터 지바고』 소개글을 읽었다. 문예영화(소설을 원작으로 제작된 영화)와 원작소설을 비교할 때 대개는 원작소설을 더 좋아하는데 '닥터 지바고'는 영화와 소설의 우열을 가리지 못하겠단다. 영화 〈닥터 지바고〉를 볼 때는 꼭 70mm 대형화면으로 봐야 닥터 지바고의 참모습을 감상할 수 있다고 한다.

70mm 대형화면이라야 러시아의 광활한 설경과 주인공의 방황이 맞물려서 우러나오는 감흥을 제대로 즐길 수 있다는 것이다. 번역가 박형규가 1990년 열린책들 출판사에서 낸 『닥터 지바고』가 우리나라 최초의 러시아어 직역본이라고 한다. 러시아어 판본이 1988년에 출간이 되었으니 그 이전에 번역된 『닥터 지바고』는 중역일 수밖에 없다. 서지 정보를 찾아보니 박형규는 2001년, 2006년, 2009년 연이어 역시 열린책들에서 개정판을 출간하다가 2018년에는 문학동네에서 『닥터 지바고』를 출간했다.

번역에 대한 신뢰와 대형화면으로 멋지게 구현되는 『닥터 지바고』를 다시 읽고 싶어서 얼른 주문을 넣었다. 어찌나 사고 싶었는지 너무 서두른 탓에 작은 실수를 하고 말았다. 어제 배송받은 책 서너 권이 내 책상에 놓여 있고, 오늘도 배송 중인 책이 있는데 말이다. 어쨌든 내가 저지른 실수라는 것이 별것 아니긴 하다. 나는 책을 배송받을 주소를 3개 사용한다. 포항에 있는 직장, 주로 주말에 머무는 김천 본가, 직장 때문에 평일에 혼자 지내는 포항 시내의 숙소.

주문한 책의 수량과 부피 그리고 택배가 도착할 것으로 예정되는 요일을 고려해서 주소지를 달리한다. 그러니까 『닥터 지바고』를 주문할 때 내가 지키는 몇 가지 조건과 배송지가 맞지 않았다는 이야기다. 존재 자체가 혐오의 대상이고, 아무런 말을 하지 않았는데도 꼰대로 치부되기 쉬운 50대 남자라서 그런지 내 돈 주고 책을 사면서도 이것저것 눈치를 보게 된다.

하루를 멀다 하고 직장으로 책이 배송되어 오고 사무실 책상에 업무용 책보다 취미 삼아 보는 책이 더 많이 쌓이면 월급도둑으로 낙인 찍힐까 두렵고, 아내와 함께 사는 본가는 본가대로 서재는 먼지가 쌓이고 책으로 터져 나갈 판인데 무슨 책을 또 사느냐는 아내의 꾸중이 무섭고 그렇다고 혼자 사는 숙소가 마냥 편하기만 하지는 않은 것이 엘리베이터가 없는 3층이라 무거운 책을 굳이 3층 문 앞에 두고 가는 택배원에게 미안해지기 때문이다.

이런 이유로 책을 주문할 때 그날의 주문량과 도착 시기를 예측하여 위에 열거한 부작용을 최소화하는 주소지를 선택한다는 것이다. 어쨌든 배송지를 잘못 입력한 『닥터 지바고』 주문 정보를 수정하려는데 오류가 나는지 되지 않았다. 같은 과정을 5번 했는데도 잘못 선택한 주소는 요지부동이었다.

6번째 수정 시도를 하면서 아련하게 불길한 예감이 스쳤다. 설마를 마음속으로 외치면서 사무실 캐비닛을 열었는데 역시 내가 그토록 주문하려고 하는 문학동네판 『닥터 지바고』가 뻔뻔스럽게 자리를 잡고 있었다. 내가 바보가 확실하다고 자백할 수밖에 없다. 분명 이전에 이 책을 주문할 때도 매혹적인 소개글을 읽고 나서였을 것이다.

어쩌면 이토록 까마득하게 기억을 하지 못할 수가 있는지 나의 뇌가 신비로울 따름이다.

『닥터 지바고』는 녹록지 않은 출판 이력을 가지고 있다. 작가 스스로는 로맨스소설이라고 생각한 『닥터 지바고』가 소련의 10월 혁명을 비판하는 의미를 담고 있다는 이유로 고국에서는 출간이 되지 못했는데, 원고가 이탈리아로 몰래 반출되어 1957년 이탈리아어로 출간이 되었다. 말이 반출이지 파스테르나크 입장에서는 목숨을 건 모험이었다. 1당 독재 국가인 소련혁명을 비판하는 출판물을 해외로 반출하는 것은 반역 행위나 다름없었다. 소련 정부는 이 원고가 책으로 나오는 것을 막기 위한 시도를 수차례 했을 정도였으니까 말이다.

어쨌든 『닥터 지바고』는 이듬해인 1958년에 노벨문학상에 지명되었고 무려 26주 동안이나 『뉴욕 타임즈』 베스트셀러 꼭대기에 있었다. 1958년에 이미 영어를 포함해서 12개의 다른 언어로 번역이 되었다. 이 지점에서 미국의 첩보기관 CIA가 『닥터 지바고』의 일에 개입했다는 설이 있다. 냉전체제에서 공산주의체제를 비판하는 소설은 미국에게는 도움이 되고 적대국인 소련을 당혹스럽게 만들 수 있다는 기대로 『닥터 지바고』를 러시아어로 번역을 하고 인쇄를 해서 소련으로 몰래 들여보냈다는 주장. 물론 당시 소련에서는 지하물이지만 일대 센세이션을 일으켰다고 한다. 결국 『닥터 지바고』는 저자의 의지와는 상관없이 밀반출되었다가 다시 밀반입되는 기구한 운명을 겪었다.

저자 보리스 파스테르나크는 이 소설로 영광은커녕 하마터면 고국인 소련에서 추방당할 뻔했다. 소련혁명을 비판하는 작가로 찍힌 파스테르나크는 노벨상 수상을 거부하는 것도 모자라 당시 소련의 최고 권력자인 니키타 흐루쇼프에게 추방은 곧 죽음을 의미한다며 읍소하여 간신히 추방은 면한다. 파스테르나크의 말년은 쓸쓸했다. 추방에 대한 스트레스를 겪다가 1960년에 70세로 사망했다. 사실 파스테르나크의 본업은 시인이었다. 1917년 첫 시집을 출간하였으며 소련에서는 가장 유명한 시인이기도 했다. 『닥터 지바고』의 주인공은 의사이자 시인이다. 소설 속에 25편의 시가 실려 있는 이유다.

그의 부친은 삽화가였는데 톨스토이의 소설에 삽화를 그렸고, 파스테르나크 또한 톨스토이를 자신의 영웅으로 삼았다. 톨스토이처럼 장대한 규모의 작품을 남기고 싶어 해서 제2차 세계대전이 끝나자 『닥터 지바고』를 집필하기 시작했다. 1957년 엉뚱하게 자신의 고국이 아닌 이탈리아에서 초판이 나왔다. 1950년대 최고의 베스트셀러였고 영화로 제작되어 엄청난 인기를 끌었지만 정작 저자의 모국인 러시아에서는 1988년이 되어서야 러시아어 원전으로 출간이 되었다. 저자가 세상을 떠난 지 28년이 지난 뒤였다. 고르바초프의 개방 정책 덕분이었다.

『닥터 지바고』의 우리말 번역 문제로 돌아와 보자. 재미있는 것은 같은 번역자이지만 먼저 나온 열린책들판과 새로 나온 문학동네판은 번역이 약간 다르다. 아마도 출판사를 옮겨 책을 내는 만큼 번역을 손본 것으로 생각된다. 당연한 수순인데 열린책들에서 나온 박형규 번역 『닥터 지바고』는 저자의 의지에 의해서 절판되었다. 한편 파스테르나크의 저작권이 종료된 만큼 여러 출판사에서 번역서가 나올 것으로 예상된다. 민음사판도 러시아어 번역으로 유명한 김연경의 작품이라서 좋은 평이 많다.

내가 같은 책을 두 번 주문한 것은 여러 번 있었다. 불과 얼마 전에 유재덕 셰프의 『독서 주방』을 읽다가 발견한 『음식과 전쟁』을 대뜸 주문했더랬다. 유재덕 셰프가 이 책을 배송받고 펼치자마자 호그와트 마법학교가 떠올랐다는데 어찌 궁금하지 않겠는가.

아름다운 삽화와 흥미진진한 음식 이야기가 어우러진 『음식과 전쟁』을 배송받자마자 읽었다. 다 읽고 책장을 덮자마자 불길한 예감이 들었다. 내가 아무리 바보라고 해도 이토록 유니크한 디자인과 내용이 담긴 책을 모르고 또 샀을 리는 없다고 수십 번을 중얼거렸다. 마치 죽음을 부정하는 말기 암 환자처럼 말이다. 다행히 직장에 있는 여러 곳의 내 아지트에는 『음식과 전쟁』이 없었다.

주말에 본가를 가자마자 서재 문을 열었는데 가장 잘 보이는 곳에 『음식과 전쟁』이 놓여 있었다. 반성하건대 나는 혹시 책을 읽기 위해서가 아니고 택배를 받는 즐거움 때문에 주문하는 것은 아니냐는 생각을 하게 된다. 다만 다행스러운 것은 같은 책을 두 번 주문했더라도 분명 어딘가에서 유혹하는 책 소개를 두 번 읽었다는 사실이다. 또 하나 다행스러운 것은 같은 책을 두 번 주문하면서도 각자 다른 유혹과 즐거움을 느낀다는 것이다. 책 소개를 하는 글쓴이가 그 책에 얽힌 각자 다른 개인적인 경험을 이야기하니까 말이다. 머리가 나빠서 좋다는 것이 같은 책을 두 번째 주문하면서도 첫 번째 주문하는 때와 마찬가지로 설레는 마음이 가득하다는 것이다.

좋은 책이란 이런 장점이 있는 것 같다. 독자에 따라서 너무나 천양지차의 매력과 경험을 느끼게 한다는 것. 어쩌면 내가 머리가 너무 나쁘기보다는 너무 좋은 책이라서 같은 책을 두고 개인에 따라서 극히 독특한 책 소개를 하게 만들기 때문은 아닌지 모르겠다. 또 한편으로 같은 책을 두 번 주문하긴 했지만 두 번 모두 주문으로 이르게 하는 즐거움과 설레는 책 소개를 읽는 즐거움을 누렸으니 그리 손해는 아니라는 생각도 하게 된다.

그런데 이런 경험을 혹시 의학용어로 '치매'라고 부르는 것은 아닌지 슬머시 걱정되기는 한다.

아는 사람만 안다는 희귀본, 후장 사실주의 제1호

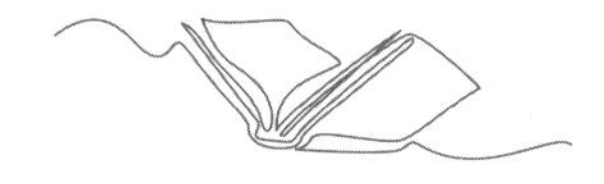

헌책을 수집한 경험을 토대로 쓴 『오래된 새 책』을 출간한 이후 가끔 희귀본을 구해달라는 의뢰를 받는다. 의뢰인들은 대부분 나와 직접적인 인연이 없는 사람들이다. 무턱대고 직장으로 전화를 걸어오는 사람도 있고 내 지인을 통해서 부탁을 하기도 한다. 신분도 다양해서 단순한 수집가도 있고, 부모님이 구하려고 하는 책을 부탁하는 효자도 있으며, 서재나 학교 도서관을 정리하면서 가치 있는 책을 가려내려는 사람뿐만 아니라 동네 책방 주인도 있다.

부탁을 받으면 내 일처럼 열심히 알아본다. 거창한 소명의식 때문만은 아니다. 구하기 힘든 희귀본을 사냥하는 것은 재미있는 게임이기 때문이다. 무료한 일상의 지루함을 깨워주는 자극제이기도 하다. 언젠가 한 서점 주인이 '발칙한' 책을 부탁했다. 제목을 알려주는데 『아날-리얼리즘』이란다. 설마 아날이 내가 아는 그 항문anal인가 싶어서 다시 물으니 서점 주인은 "네, 후장사실주의요"

라고 쐐기를 박는다.

우선 알아보겠다고 열심히 조사한 결과 『후장사실주의anal-realism』 제1호는 제목에서 알 수 있듯이 후장사실주의자들의 동인지다. 2015년에 제1호가 나왔는데 2019년에도 2호가 나오지 않는 것을 보니 꾸준히 후속작을 낼 생각은 없어 보인다. 『후장사실주의』 제1호는 소설가 정지돈, 박솔뫼, 오한기, 이상우, 평론가 강동호, 서평가 금정연, 편집자 황예인, 홍상희 씨 등 후장사실주의자를 표명한 젊은 문인 8인이 자비 350만 원을 들여서 1천 부 한정으로 출간한 문예지다.

후장사실주의자들의 소설, 인터뷰, 아넥도트, 페이퍼시네마, 비평이 실려 있는데 읽기는 쉽지 않다. 문학평론가로 유명한 신형철과 소설가 백가흠 씨가 실명으로 등장하는 시나리오 「신형철의 칭찬합시다」도 특이하지만 다른 작품들도 형식이 자유롭고 일반 독자들은 난해하다고 생각할 수밖에 없는 작품으로 채워져 있다. 자비를 들여서 출판했다는 것 자체가 기존의 문학 질서에 구속받지 않겠다는 의도가 있었으니 어쩌면 자연스러운 일이다. 2015년 개최된 독립출판물 축제인 '언리미티드 에디션'에 출품되기도 했다.

이 책을 의뢰한 당사자는 이 책의 무엇에 반해서 꼭 구하고 싶다면서 서점 주인을 닦달했는지는 모르겠지만 우선은 인터넷에서 매매된 흔적조차 보이지 않는 이 책을 무척 구하고 싶어졌다. 내가 동원할 수 있는 모든 경로를 거쳤지만 이 책의 행방을 찾을 수가 없었다. 일주일쯤 지났을까. 책 사냥꾼으로서는 굴욕적인 일이었지만 서점 주인에게 '망할 놈의' 『후장사실주의』를 구하지 못하겠다고 항복 선언을 해야 했다.

제목부터 발칙한 이 책의 내용이 궁금해서 전국의 학교 및 공공도서관을 검색했다. 내 실력으로 알아낸 소장 도서관은 딱 한 곳이었다. 등잔 밑이 어둡다더니 내 딸아이가 다니던 대학교 도서관이 이 책을 소장하고 있었다. 『후장사실주의』라는 발칙한 책을 가톨릭 계열 학교만이 소장하고 있다니, 의도하지는 않았겠지만 재미있는 사실이다. 서점 주인에게 그 학교에 다니는 지인을 통하면 그 책을 읽을 수 있을 것이라고 알려주었는데, 읽고 싶기보다는 '꼭 소장하고 싶다'는 대답이 돌아왔다. 지극히 익숙하고 자연스러운 반응이었다.

딸아이에게 부탁해서 『후장사실주의』 제1호를 읽어보려다가 생각을 바꾸었다. 꼭 내 손아귀에 그 책을 넣어서 '빌린 책'이 아니고 '내 책'으로 읽고 소장하고 싶었다. 결심은 공고했지만 방

『후장사실주의』 제1호 표지

법이 없으니 이 책은 서서히 내 기억에서 사라져갔다. 다만 가끔 이 책을 구해달라고 부탁한 서점 주인의 전화번호를 보기라도 하면 죄책감을 느끼긴 했지만 말이다.

사실 희귀본을 만드는 것도, 희귀본의 가격을 올리는 것도 모두 '책을 구한다'는 게시물이다. 우연히 들른 독서커뮤니티에서 이 책을 구해서 읽고 싶다는 글을 보았다. 잠자고 있던 사냥꾼의 본능이 되살아났다. 뜻이 있는 곳에 길이 있는지 마침 한 헌책방에서 매물로 나온 그 책을 두 권이나 발견했다. 상태는 최상급인데 가격은 새 책의 네 배에 육박했다. 우선은 그 책을 구해달라고 부탁한 서점 주인에게 일요일 밤인데도 자랑스럽게 연락을 했다. 당연한 일이겠지만 나도 주문을 했다.

며칠 뒤에 받은 『후장사실주의』 제1호는 놀라운 책이었다. 장서가들은 책의 내용보다는 장정이나 디자인에 더 신경을 쓰는 사람들이다. 문예지라고는 도저히 믿기지 않을 만큼 장정이 고급스럽다. 천 소재로 마감한 양장본인데 표지에 책 제목만이 인쇄되어 있었다.

후장後腸사실주의라는 용어는 로베르토 볼라뇨의 소설에 등장하는 문예사조 '내장內裝사실주의'를 패러디한 것이지만 '특별한 뜻'은 없다고 후장사실주의자들은 말한다. 제목 때문에 은근히 야한 기대를 한 독자들은 실망하기 딱 좋은 책이다. 기존의 질서를 불신하고 새로운 세상에 열정을 가진 젊은 문인들이 자비를 털어서 출간하기 때문에 자본으로부터 완전히 독립된 『후장사실주의』가 잘 되었으면 좋겠다. 다만 '마음 내킬 때' 낸다던 2호의 출간 소식은 아직 없는 것이 아쉬울 따름이다.

잃어버린 민음사 세계문학전집 364번의 행방은?

『봄눈』

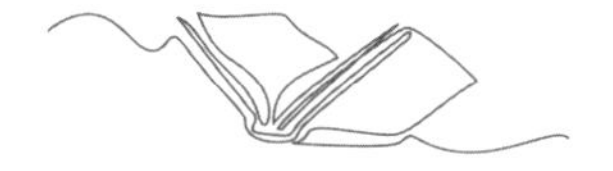

민음사 세계문학전집의 363번은 2019년 6월에 출간된 제인 오스틴의 『노생거 사원』이고, 365번은 2020년 1월에 나온 미셸 투르니에의 『마왕』이다. 그럼 364번은? 이상하게도 출간된 적이 없다. 즉 민음사 문학전집의 364번은 출간되어서 절판되지도 않았는데 비어있다. 364번이 스포츠 스타의 번호처럼 영구 결번이라도 된 것일까? 민음사 내부 직원이 아닌 이상 알 수 없는 노릇이다.

한편 2020년 4월 11일 새벽 2시경 독서커뮤니티의 한 독자는 의문의 사진을 올렸다. 미시마 유키오밖에 모르는 이 독자는 그날도 평화롭게 미시마 유키오의 헌책을 검색하다가 2019년 7월 3일에 출간된 미시마 유키오의 소설 『봄눈』을 발견했다. 버뮤다 삼각지대에서 실종된 민음사 문학전집 364번 『봄눈』은 어느 인터넷서점 중고 장터에서 그 모습을 드러냈다.

이를 발견한 당사자는 신기하고 이상해서 '이게 뭐지?'라며 게시물을 올렸겠지만 안타깝게도 이런 경우 '먼저 사고 나중에 자랑하기'라는 기본 중의 기본적인 행동 수칙을 망각했다. 다른 사람이 낚아채 가니 얼른 책부터 주문하라는 절규에 가까운 댓글이 달렸지만 이미 때는 늦었다. 뒤늦게야 해당 서점에 회원가입하고 어쩌고 저쩌고 할 때는 이미 '내부의 적'이 『봄눈』을 낚아채 간 뒤였으니까 말이다.

이 사태를 관전했던 독자들은 '빨리 주문부터 해라'라고 댓글로 응원했던 자들 중에 범인이 있을지도 모르겠다는 추측을 하였지만 나는 그 생각에 동의하지 않는다. 한때 선량한 수집가를 비웃으며 해적질을 서슴지 않았던 '개인적인 경험'에 따르면 이 바닥의 '선수'들은 그 게시물을 본 순간 댓글이고 뭐고 24시간 로그인되어 있는 그 서점에 달려가 떨리는 손을 붙잡고 주문 버튼을 누르며 '천상의 카타르시스'를 맛보기 바쁠 테니까 말이다. 총성이 오가는 희귀본의 진두에서 빠른 판단과 클릭으로 적군들이 선망하는 희귀본을 독점했다는 사실은 그 얼마나 가슴을 뜨겁게 만드는가.

책만 읽고 세상 무서운 줄 모르는 불쌍한 중생은 세상에 나오지도 않은 책이 중고로 팔리는 희한한 경험을 목도하고, 하도 당황한 나머지 '일단 사고 나서' '거참 이상한 일도 다 있구려'라며 글을 올려야 한다는 행동 수칙을 미처 생각하지 못했다. 이 바닥의 선수들은 지인이 중고책 전문가랍시고 구하기 어려운 책을 구해

달라고 부탁을 하면 전혀 귀찮아하지 않는다. 몰랐던 희귀본을 알게 해준 지인에게 감사를 하며(오직 마음속으로만) 이런저런 자신만의 경로로 그 책을 찾다가 2권 이상이 나오면 다행이지만 1권밖에 없으면 그 지인에게 할 말은 딱 하나다.

"찾아봤지만 내 재주로는 못 찾겠는걸. 미안해." 그러곤 다음 날 배송되어올 친구가 알려준 희귀본을 기다리면서 '터져 나오는 웃음'을 참지 못한다. 물론 양심의 가책 따위는 느끼지 않는다. 그건 그렇고 도대체 민음사 문학전집 364번 『봄눈』에게 무슨 일이 있었단 말인가? 분명 인쇄는 되었는데 왜 시장에는 나오지 못했는가에 대한 해답은 추측만 가능하다. 우리의 영특한 독서커뮤니티 독자들은 그 해답을 『봄눈』의 출간 날짜에서 실마리를 찾았다. 『봄눈』이 인쇄된 2019년 6월은 우리나라의 일본 제품 불매운동이 본격화되기 직전 즉 일본에 대한 분노의 횃불이 지펴지기 시작한 시점이었다.

출판사 입장에서는 하필 이 시기에 일본의 작가 그것도 극우에 가까운 미시마 유키오의 소설을 출간한다는 것이 부담스러웠을 가능성이 크다. 미시마 유키오는 군국주의적인 성향이 강해서 여러 가지 기행 끝에 군사 쿠데타를 주장하며 할복자살한 인물이다. 일본 제품을 불매하는 시기에 일본의 극우주의자 소설가의 번역본을 낸다는 것이 부담스러웠고 '인쇄는 했지만, 세상에 내놓지 않은' 이유가 아니겠느냐는 '합리적인 추론'이 가능하다.

여전히 의문은 남는다. 출판사에서 내놓지 않은 책을 어떻게 구해서 헌책으로 팔겠다고 내놓을 수 있는지? 혹자는 출판사 직원이 빼돌린 것 아니냐고 의심을 하였지만 지식 산업의 종사자로서, 우리나라 손꼽히는 대형 출판사 직원으로서 정가 14,000원짜리 책을 6,300원에 팔겠다고 중고장터에 글을 쓰는 것은 상상할 수 없는 일이다.

눈 밝은 한 독자는 이 미스터리에 관한 정답에 가까운 추측도 하였다. 그러니까 『봄눈』이 출간되기 전에 민음사에서 '민음북클럽 서평 프로그램'이라는 행사를 진행했는데 출간 예정인 책을 독자가 미리 읽어보고 본인의 SNS에 독후감을 올리는 식이었다. 선량하고 부지런한 미시마 유키오 애독자가 인터넷 중고서점에서 발견한 『봄눈』은 일본 제품 불매운동이 시작되기 전에 진행된 이 행사를 통해서 배포된 것 중의 하나일 가능성이 있다.

그나저나 아직도 비어 있는 민음사 364번 자리를 생각할 때마다 독자의 한 사람으로서 오랫동안 준비해온 책이 때를 잘못 만나 시장에 내놓지도 못한 출판사의 불운을 위로하고 싶다. 『봄눈』은 미시마 유키오의 생애 마지막 작품인 4부작 『풍요의 바다』의 제1부다. 일본의 근대화가 이루어지던 1912년 전후 후작의 아들과 백작의 딸이 금지된 사랑을 하는 것으로 시작된다.

완역하면 거의 2천 쪽에 달하는 대작인데 그 출발 격이 『봄눈』인 것이다. 사정이 이렇다 보니 민음사에서 『봄눈』을 내기 위해서 오랜 시간과 많은 피와 땀을 기울인 것은 분명하다. 더욱 364번의 빈자리가 더욱더 딱하다. 아울러 이 일을 계기로 희귀본은 먼저 주문 버튼을 눌러 놓고 자랑해야 하는 교훈을 다시 되새긴다.

에필로그

『봄눈』은 2020년 9월 7일에 민음사에서 출간되었다. 아울러 민음사에서 이 책을 2019년 7월에 출간하려 했다는 사실도 확인하게 되었다. 역자가 쓴 작품해설 말미에 2019년 7월이라는 문구가 선명하기 때문이다. 『풍요의 바다』는 미시마 유키오 탐미주의의 결정체이며 그가 이 시리즈의 마지막 권을 탈고하고 문학과 생을 마감했다는 사실만으로도 유명하다. 소문만 무성하고 번역본이 출간되지 않아 일본어 원서를 읽어 보겠다고 시도한 독자들도 많았다.

민음사가 『봄눈』을 내놓자 독자들은 환호했다. 민음사는 『봄눈』을 시작으로 『달리는 말』, 『새벽의 사원』, 『천인오쇠』로 이어지는 『풍요의 바다』 시리즈를 모두 번역 출간한다고 밝혔다. 다만 『봄눈』은 민음사 문학전집이 아니고 『풍요의 바다』 시리즈 1권으로 나왔다. 이 시리즈를 세계문학전집이 아닌 별도의 시리즈로 내놓은 민음사 측의 사정도 이해가 된다. 단순히 일개 독자의 엉터리 추측일 수도 있는데 363번과 365번이 이미 다른 책이 자리를 차지하고 있고 364번 한 자리만 비어 있는데 『풍요의 바다』 시리즈는 네 권이니 세 자리가 부족했기 때문이 아닐까.

그렇다면 애초에 『봄눈』을 364번으로 출간하려 했을 때에는 『풍요의 바다』 전 권을 출간할 생각이 없었던 것일 수도 있다. 어차피 세계문학전집에 못 넣게 되었고 『풍요의 바다』가 워낙 대작이니 아예 네 권 전권을 별도의 시리즈로 출간하자는 결정을 하게 된 것일까. 어쨌든 출간된 『봄눈』은 번역이 유려하고 번역가의 우리말 어휘력이 풍부하다는 평이 많다. 우리말 사전을 찾아가면서 읽게 된다. 사명대사의 해골 물 일화가 등장하는데 한국 독자들에게는 흥미로운 부분이다.

02

시인 이상이 장정한 시집

『기상도』

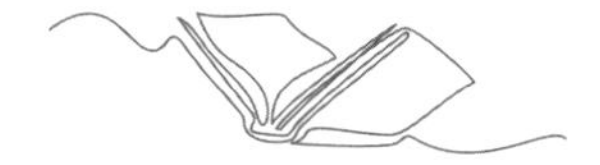

김기림의 시집 『기상도』는 모더니즘의 앞자리이기도 하지만 아름다운 표지와 세련된 장정으로 유명하다. 200부 한정으로 출판된 『기상도』는 그 희귀함도 대단하지만 무려 80년 전의 표지 디자인이라는 것이 믿기지 않을 정도로 모던미가 넘친다. 『기상도』를 직접 편집과 교정을 했고 장정을 한 인물은 이상이다. 『기상도』는 이상이 장정한 유일한 책이다.

전직 건축기사라는 이력 때문인지는 모르지만 『기상도』의 장정은 기하학적인 구조를 자랑한다. 광이 나지 않는 검은색 바탕에 은색 두 줄만 두르고 제목과 작가 이름은 왼쪽 하단에 보일 듯 말 듯 작게 배치했다. 제목과 작가 이름을 표지에 부각시켜 홍보를 하려는 기존의 방식과는 확연히 달랐다. 표지를 뒤로 펼칠수록 시집 제목인 '氣象圖'가 氣象圖/氣象圖/氣象圖/氣象圖와 같이 갈수록 더 커진다. 독자의 시각에서 보면 마치 시집의 공간으로 들어가는 착각이 든다. 모더니즘의 제일 앞자리에 섰던 이상의 색다르고 재미있는 감각이 넘친다. 『기상도』는 무려 424행으로 이어지는 장시이다. 소재는 백인의 흑인에 대한 인종차별, 파시스트, 동양문화의 파괴, 빈부 차이, 취업 문제, 종교의 타락 등이다.

> 비늘
>
> 돋힌
>
> 해협(海峽)은
>
> 배암의 잔등
>
> 처럼 살아났고
>
> 아롱진 아라비아의 의상을 둘른 젊은 산맥들.
>
> 바람은 바닷가에 사라센의 비단폭처럼 미끄러웁고
>
> 오만(傲慢)한 풍경은 바로 오전 칠시(七時)의 절정(絶頂)에 가로누었다.
>
> —「세계의 아침」(『기상도』) 부분

이상은 표지 디자인으로 자신이 추구하는 모더니즘을 상징하고 싶었던 것 같다. 이상의 미술에 대한 능력은 남달랐다. 『오감도』를 발표했다가 다수의 독자들로부터 비난을 받았지만 구인회 회원인 박태원이 연재한 『소설가 구보 씨의 일일』의 삽화를 그려서 높은 인기를 얻었다. 삽화가로서의 인기는 이상의 괴상한 시를

『기상도』 표지

오영식, 『보성과 한국문학 – 작고문인을 중심으로』, 소명출판, 2017

좋게 평가하지 않았던 구인회가 그를 회원으로 받아들이는 중요한 계기를 마련해 주었다. 이상은 문학으로 천재성을 인정받기 전에 삽화와 표지 그림으로써 인기를 먼저 얻었다.

『기상도』의 내지는 40쪽에 불과한데 표지는 두껍고 단단한 널빤지처럼 만든 종이를 사용했다. 자세히 보지 않으면 마치 널빤지처럼 보인다. 이 시기에는 대부분의 책이 얇은 표지를 사용했는데 『기상도』는 이례적이었다. 본문 용지는 상아색인데 시 행간은 촘촘하게 배치를 하고 여백은 충분히 확보했다. 내지의 대부분을 여백이 차지하고 있다고 해도 과언이 아닐 정도다. 당시의 기술을 고려하면 인쇄 상태도 좋아서 전반적으로 정갈한 느낌을 주었다. 한마디로 시대를 초월하는 고급스러운 편집과 장정이었다. 이 당시는 일제가 우리말로 된 책이 출간되는 것을 탄압하였기 때문에 좋은 종이를 구하기가 어려웠다는 것을 감안하면 이상이 얼마나 심혈을 기울여 『기상도』를 제작했는지를 알 수 있다.

『기상도』의 수려한 표지는 1930년대 유행을 주도한 모던 보이로서 백구두, 나비넥타이, 하얀 얼굴빛 때문에 마치 서양 사람을 연상케 하는 외모로 충무로와 을지로를 무대삼아 커피를 마시고 레코드를 듣던 이상의 취향이 반영된 것이었다. 1920~30년대는 일제의 문화정책이 본격화되었고 이에 따라 그림에 대한 수요가 확대되었다. 더 돋보이는 장정을 만들기 위해서 화가나 그림에

재능이 있는 이상 같은 인물이 표지 그림에 관여를 많이 한 시기이기도 하다. 『기상도』 내지에는 장정을 이상이 했다는 표시가 되어 있는데 장정이 하나의 전문 분야로서 인정되기 시작했다는 것을 나타낸다. 다시 말하자면 장정가의 이름이 표기된 시점은 우리나라에서 북디자인의 개념이 성립한 시기와 동일하다는 것이다.

이상의 파격적인 표지 디자인으로 입체적인 작업인 건축을 장정에 도입한 것이라고 할 수 있는데 당시로서는 파격적인 시도였다. 이상의 천재성은 문학에만 국한되지 않았고 장정에도 유감없이 발휘되었다.

이상은 보성고보 동문이기도 하고 구인회에서 함께 활동한 문학적인 동지인 김기림의 『기상도』를 정성껏 만들어 주고 난 다음 해 일본에서 사망하고 만다. 친구처럼 지내긴 했지만 김기림이 두 살 형이며 이상의 문학적인 멘토의 역할을 하였다. 이상은 새로운 작품을 쓰면 김기림에게 평을 해달라고 부탁을 하곤 했다. 김기림 또한 이상의 천재성을 알아보고 격려와 지원을 아끼지 않았다.

이상이 본인 스스로를 '박제가 되어버린 천재'로 묘사했는데 그런 이상이 죽은 뒤까지 지지하고 지원한 사람이 김기림이다. 이상은 구인회에 간신히 들어가기는 했지만 이태준을 비롯한 구인회 회원들의 대부분은 이상의 시를 괴상하고 미숙한 것으로 간주

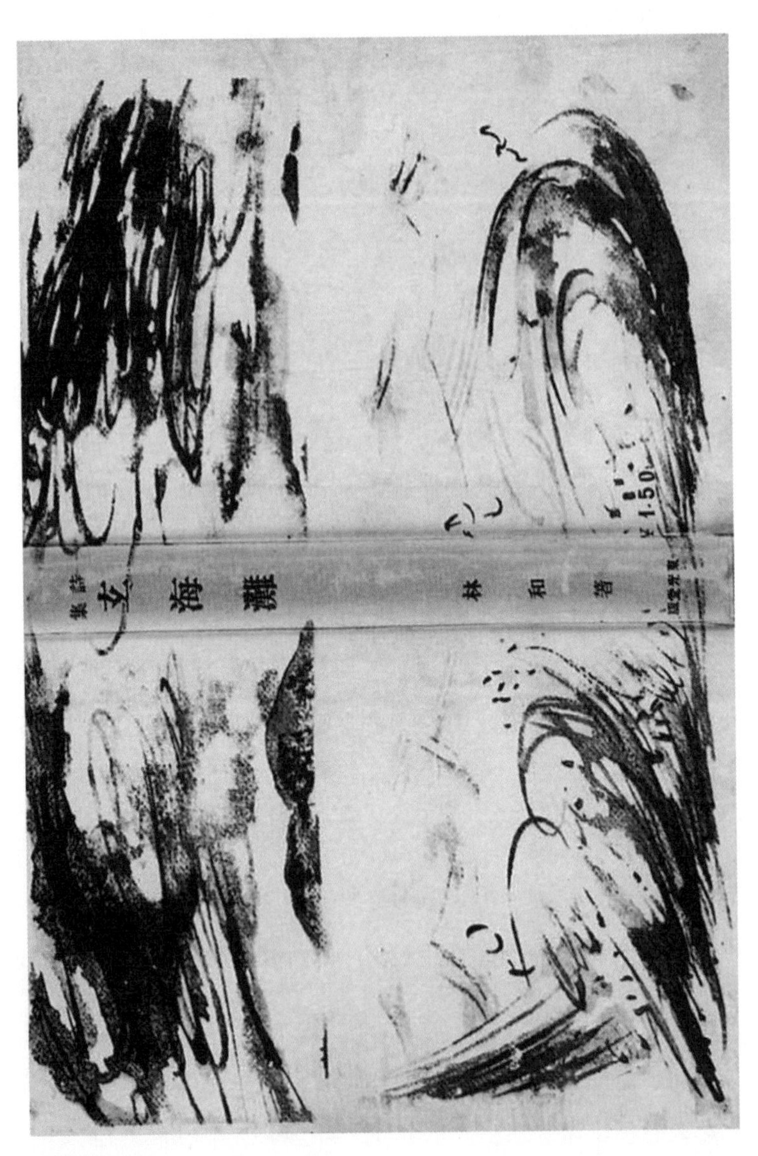

『현해탄』 표지

임화, 구본웅 장정

경성 : 동광당서점, 1938.2.29

박성모 제공

했다. 이상의 시는 김기림이 비로소 이해하기 시작했다고 봐야 한다. 김기림은 구인회 회원 중에서 이상의 시를 가장 우호적으로 평가했다. 청춘의 이상은 애인 금홍과 이별을 하고 사업은 연이어 실패했으며 건강은 악화되었다.

1936년 7월 김기림의 시집 『기상도』를 출간하려 할 때 정작 저자 당사자는 일본 동북제대에 유학 중이었다. 그때 마침 '건강한 생활을 하라'는 구인회 회원들의 충고를 받아들인 이상은 역시 구인회 멤버였던 화가 구본웅의 부친이 운영하던 출판사 겸 인쇄소인 창문사에서 일하고 있었다. 참고로 구본웅 또한 장정가로 활동했다. 임화의 시집 『현해탄』이 구본웅의 대표작이다. 화가답게 구본웅은 표지 전체를 그림으로 채웠다. 앞뒤 표지에 아무런 글씨를 넣지 않아 독자들은 표지만 보면 한 폭의 수묵화를 감상하는 것이나 다름없다. 교정 업무를 하던 이상은 김기림의 부탁을 받아 편집, 교정 그리고 장정까지 도맡게 되었다. 경영주의 아들인 구본웅은 1천 부 정도를 발행하자고 주장했고 이상은 1백 부를 찍자고 주장했는데 김기림이 제시한 2백 부로 최종 낙찰되었다. 편집과 교정을 마친 이상은 김기림에게 확인을 요청하면서 '놈부루number'를 아주 빼버리는 게 좋겠다는 기상천외한 의견을 제시한다. 이 의견에 김기림은 책인데 어떻게 쪽수를 뺄 수 있느냐며 반대했다. 『기상도』는 김기림이 발행인 겸 저자인 자비 출판이기 때문에 출판사가 없고 인쇄소만 표기되어 있다.

김기림 또한 살아 생전에 작품집을 내지 못한 친구 이상을 위해 그의 작품을 손수 편집해서 1949년에 『이상선집』을 출간했다. 불행하게도 김기림은 한국전쟁 때 납북되었고 생사가 불분명해졌다. 김기림은 이상을 아끼는 만큼 건강을 천시하는 그를 원망하고 또 원망했다. 이상은 자신의 문학을 깊이 이해해준 김기림을 위해서 『기상도』를, 김기림은 먼저 간 친구를 애타게 그리워하면서 『이상선집』을 탄생시켰다.

『이상선집』

오영식, 『보성과 한국문학 – 작고문인을 중심으로』, 소명출판, 2017

이토록 아름다운 화집

『단원 풍속도첩』

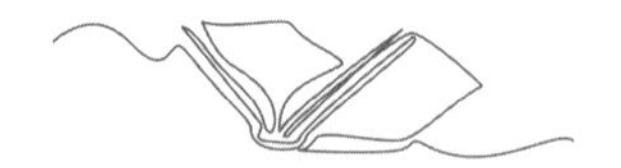

2005년 민음사에서 출간된 『단원 풍속도첩』은 아름답고 가치가 뛰어난 책이다. 책을 좋아하는 사람들이 흔히 가지는 의문 즉 '소장 가치가 있느냐'는 질문에 1초의 고민도 하지 않고 '예'라고 대답할 수 있는 책이다. 소장 가치는 사실 개인의 취향과 경험에 따른다. 아무리 평범한 책이라도 주인이 그 책과 남다른 추억이나 인연이 있다면 그 책을 평생 가지고 가야 할 가치가 있는 것이고 아무리 비싸고 희귀하더라도 그 책에 대한 가치를 느끼지 못하는 독자에게는 종이뭉치에 불과하다.

그렇더라도 『단원 풍속도첩』은 미술과 책에 관심이 없는 사람이라도 한눈에 이 책이 아름다운 책이라는 것을 금방 절감하게 된다. 단원을 대표하는 25편의 풍속도를 원화의 90% 크기로 담아서 생생한 감동을 느낀다. 즉 이 책은 장정에도 정성을 기울였지만 260×280mm 판형으로 제작해서 그림을 감상하는 화첩의 고유한 목적에도 충실했다. 누가 봐도 정성을 쏟았다는 감탄을 하게 되고 품절되기 전에 얼른 사두어야겠다는 결심을 하게 되는 책이다. 또 각 풍속도와 관련이 있는 재미있는 문헌을 바로 옆에 실어 놓아서 그림을 구경하는 재미를 더한다. 마치 단원이 자신의 그림을 펼쳐 놓고 이야기를 들려주는 듯한 착각을 들게 하는 책이다.

가령 '담배 썰기'에 곁들여진 이야기가 그렇다. 조선 후기 일상 이야기를 소재로 글을 많이 썼던 이옥李鈺이 말하는 '담배가 맛날 때'는 단원의 익살스러운 그림과 잘 어울린다. 이옥이 말하는 각별히 담배가 맛난 경우는 글을 오래 읽어서 목이 아프고 침이 마를 때, 대궐에서 임금을 모시고 섬돌 앞에서 한참을 서 있다가 대궐 문을 나설 때 등이다.

이 외에도 그림과 함께 어울리도록 소개된 다른 글의 면모를 살펴보면 글을 잘 쓴다는 18세기 당대의 문인들이 총출동했다는 것을 알 수 있다. 성균관대 한문학과 교수 안대회 선생이 무수한 양의 문집을 수집하고 조사해서 고른 목록인데 현대인이 읽기 쉽게 옮겨 실었다.

『단원 풍속도첩』을 이야기할 때 꼭 일러두어야 할 사실은 이 책의 제본이 곧 우리나라 전통 제책 방식이 그대로 적용되었다는 것이다. 이 책의 제본을 살펴봄으로써 우리 조상이 어떻게 책을 만들고 보존했는지 알 수 있다.

『단원 풍속도첩』은 우리나라 고유의 제책 방식인 선장線裝(서양식 활판 인쇄로 제작된 제본이 아닌 책의 오른쪽에 구멍을 뚫고 실로 꿰매는 장정 방법)을 따랐는데, 내지에 구멍이 다섯 개가 있고 그 구멍으로 끈을 넣어 묶는 방식인 5침안정법을 사용하였다. 제본할 책장의 문자가 있는 면이 밖으로 나오도록 한가운데를 바르게 접어 중첩하고 종이끈으로 먼저 묶은 다음(가철), 두 장의 표지를 앞뒤에 대고 구멍을 내어 꿰맸다. 이 책을 소장하는 독자들은 알겠지만 각 내지가 두 장의 종이를 겹쳐서 만들었기 때문에 그림이 비쳐지지 않고 안정적으로 감상할 수 있다. 두 장의 종이를 겹치게 만든 것은 얇은 종이이기 때문에 이를 보강하기 위한 목적도 있다. 우리 조상들은 4침안정법이나 6침안정법을 사용하는 중국과 일본과는 달리 5침안정법을 채택한 것이다.

『단원 풍속도첩』은 전통적인 제책 방식을 사용한 다른 책에서 볼 수 없는 또 다른 정성을 자랑한다. 책등을 비단으로 감쌌다. 이걸로도 모자라 튼튼한 북케이스까지 있으니 일부 사람을 대상으로 하는 증정본이 아닌 일반 독자에게 판매하는 책을 이렇게 정성스럽게 만들었다는 것이 믿기지 않을 정도다. 하긴 이 책은 원래 우리 조상의 유물의 역사적 가치와 미술적 가치를 널리 알린다는 기획으로 야심차게 만든 책인데 '프랑크푸르트 국제도서전'에 출품되어 해외 여러 출판사들의 관심을 끌었다.

누구나 예상할 수 있었던 것처럼 『단원 풍속도첩』은 일찌감치 절판되었고 지금은 정가의 두 배를 줘야 간신히 구할 수 있는 귀한 책이 되었다.

희귀본 시집의 제왕, 『화사집』 특제본

상상 속의 동물인지 실존하는지 헛갈리는 희귀본이 있다. 김구 선생이 직접 서명해서 증정한 『백범일지』라든가 1973년 나온 신경림 시인의 월간문학사판 『농무』는 구하기는 무척 힘들지만 소장하는 사람이 있어서 구경은 할 수 있다. 근대서지를 좋아하고 수집하는 사람들조차 존재한다는 것만 알 뿐 그 실물은 구경조차 하지 못하고 한탄한 책이 있다. 1941년 오장환 시인이 경영하던 '남만서고'라는 출판사에서 간행한 미당 서정주의 『화사집』 특제본이 그 주인공이다.

미당 서정주의 탄생 100주년이 되는 해인 2015년 국립중앙도서관이 『화사집』 특제본을 구입했다고 발표했다. 근대서지 전문가들조차도 그제야 『화사집』 특제본이 있긴 있었구나라고 감탄을 했다. 특제본 『화사집』은 경매에 낙찰된 가격이 무려 1억 원이어서 세상 사람들을 놀라게 했다. 특제본이란 말 그대로 특별히 제작한 한정판이라는 의미인데 이 사전적인 설명만으로는 『화사집』

『화사집』 특제본

뒤에서 언급되겠지만, 책등의 서명은 수 놓아져 있는 것이다

신연수 제공

특제본의 귀함을 다 담지 못한다. 먼저 서정주의 『화사집』을 발행한 오장환 시인에 대해서 설명이 필요하겠다.

오장환 시인은 1937년 시집 『성벽』을 발표했으며 서정주, 이용익과 함께 당시 시단의 3대 천재로 불렸고 심지어 시의 황제라는 칭호를 듣기도 했다. 일제강점기때 많은 문인들이 친일 성향을 보였지만 오장환 시인은 꿋꿋하게 지조를 지켰다. 서정주 시인과 『시인부락』의 동인으로 함께 활동하면서 우정을 나눈 것이 『화사집』을 출간하는 인연이 되었다. 『시인부락』은 1936년 당시까지만 해도 문단에서 그럴듯한 명성이나 경력이 없는 서정주가 주도를 해서 창간을 한 소박한 시 동인지였다. 시 동인지에 주소지가 필요한지는 모르겠으나 오장환 시인도 『시인부락』에 대한 애착이 대단해서 『시인부락』의 주소지를 자신의 자택 주소로 삼았다.

회원들 또한 서정주와 처지가 다르지 않은 무명 신인들로 김진수, 김달진, 오상원 등이었다. 부락이라는 명칭 또한 무슨 심오한 뜻이 아니고 그냥 여러 민가가 모여 사는 시골 마을을 뜻하는 그 부락이다. 시작이 미약했고 끝도 미약했으니 2호를 마지막으로 종간했다. 오장환은 미당이 친일 활동을 한 이후로는 교류를 끊고 길거리에서 우연히 만나게 되더라도 인사도 하지 않으며 친일파라고 대놓고 비판했다고 한다.

오장환 시인은 1946년이 되자 임화 등과 '조선문학가동맹'에 가담했고 1948년 월북했다. 오장환 시인의 시는 강건하고 치열했지만 그의 일생은 짧았다. 많은 월북 작가들이 그러한 것처럼 그의 사망 시기와 사망 원인이 분명치 않다. 늦어도 1953년경 결핵 또는 숙청으로 사망한 것으로 보인다. 휘문고보를 중퇴하고 일본 메이지대학 전문부에서 유학생활을 하였었는데 이때 일본의 화려한 장정 책을 접하고 장차 본인도 아름다운 장정으로 책을 출간하고 싶다는 생각을 품게 된 것으로 보인다.

조선과 비교가 되지 않을 정도로 서양 서적이 많이 유입되고 출판 산업이 발달한 도쿄에서 생활하면서 오장환 시인은 자주 책방에 드나들었을 것이다. 가죽을 비롯한 고급 재료로 장정을 하고 화려한 마감을 한 서양의 고서가 비싼 값에 팔리는 것을 보고 오장환 시인은 조선에 돌아간다면 한정판을 전문으로 만드는 단체를 만들어서 『춘향전』이나 『용비어천가』를 비롯한 고전이나 조선 현대 문인들의 책을 내기로 결심했다. 오장환은 시인이면서 출판인이기도 하고 한정판 애호가였다.

'명동백작'이라는 별명을 가진 소설가 이봉구의 기억에 의하면 오장환이 일본에서 귀국하고 나서 1938년에 차린 책방 남만서방에는 시집, 문학, 역사, 철학책을 주로 취급했고 희귀본과 호화 장정본이 가득했다고 한다. 독자들이 구하기 힘든 책, 구하려고 애쓰는 책들이 많이 진열되어 있었다. 오장환 시인의 부친이 사망하고 나서 물려받은 유산을 밑천으로 해서 차린 서점이다. 서울 인사동 한복판에 시집을 전문으로 취급하는 서점을 차린 것을 두고 세간의 사람들은 '일 년에 시집이 몇 권 출간되지 않는 나라에서 웬 시집 전문서점이냐?'며 오장환 시인의 객기를 어지간히 걱정을 했다고 한다.

놀라지 마시라, 하동호의 『한국 근대시집 총림서지 정리』에 따르면 1923년에서 1945년까지 조선에서 출간된 창작 시집의 총 권수는 154권이다. 22년 동안 154권의 시집만이 나온 것이다. 1923년을 비롯한 여러 해에는 2권만이 출간되었고 1928년에는 출간된 창작 시집이 전무했다. 이런 상황에서 서울 한복판에 시집 전문 서점을 연 오장환을 사람들이 비웃은 것은 당연했다.

서점 정면 벽에는 이상이 선물한 자화상이 걸려 있었다. 오장환은 이상과 함께 다방과 술집을 진진한 친구 사이였다. 이상이 서울을 떠나면서 우정의 표시로 자화상 한 폭을 선물로 주고 갔다. 1940년대 남만서방에 자주 드나들면서 벽에 걸린 이상의 자화상과 난생처음 보는 진귀한 책들을 보고 충격과 감동을 느낀 십대 후반의 소년이 있었으니 그가 바로 박인환 시인이다.

남만서방에 걸린 이상의 자화상은 보통의 그것처럼 근엄하고 멋있는 모습이 아니고 연필로 그렸는데 머리는 무성한 잡초처럼 보였고 수염은 면도를 하지 않아 갈대밭처럼 보였다니 소년 박인환은 적잖이 놀라기도 했을 터였다. 서점 이름도 평범함을 거부하고 '남쪽 오랑캐'를 뜻하는 '남만'이지 않는가.

오장환 시인이 유학하던 시절 도쿄에는 '남만서점'이라는 서점이 있었는데 사회주의 사상을 담은 책을 펴내다가 판금을 당하는 등 사회주의 사상의 온상이었다고 한다. 그 당시 사회주의 사상을 수용한 오장환 시인이 서울에 서점을 차리면서 도쿄의 서점 상호를 따온 것이 아니겠냐는 설이 있다. 아쉽게도 서점은 문을 연지 1년이 채 되지 않아 문을 닫고 만다. 술을 좋아하는 오장환이 장사보다는 멋을 부리고 노는 데 정신을 더 쏟은 탓이라고 명동 백장 이봉구는 평했다. 대신 남만서점의 고객이었던 박인환이 파고다공원 근처에 '마리서사'라는 책방을 열었고 그 이름처럼 외국서점을 연상케 하는 서양 책들이 많이 진열되었다.

다시 『화사집』 특제본 이야기로 돌아가 보자.

오장환 시인은 본인의 시집을 수수하고 평범한 장정으로 출간했지만 한때 동인으로 활동했고 절친했던 후배 미당의 『화사집』은 그야말로 초호화판으로 출간을 했다. 한마디로 미당의 시에 홀딱 반한 오장환 시인은 발표작도 얼마 되지 않은 마당에게 시집을 내자고 제안했다.

화사집 출간 50주년 복각본에 실린 서정주의 회고담에 따르면 1938년 출간할 예정이었으나 남만서고의 부도로 출간이 늦어졌다. 결국 당시 남대문 약국의 주인이자 『시인부락』의 동인이기도 했던 김상준이 500원을 출연해서 간신히 출간한 것으로 보인다. 『화사집』 모두를 호화 장정판으로 출간을 한 것은 아니었다. 이른바 보통의 독자들을 위한 보급판과 한정판을 따로 제작했다. 한정판들은 가로 14.5cm, 세로 23cm인 데 비해서 보급판은 가로 14.5cm, 세로 21cm로 작은 크기다. 수집가들 사이에서 '100부 한정판 시집'이라는 영광을 얻지 못하는 이유다. 보급판도 하드커버였는데 몇 부나 발행했는지는 알 수 없다.

한정판이라고 해도 표지의 재질이나 디자인을 약간 더 고급스러운 것으로 제작하는 우리의 출판 관례와는 달리 『화사집』 한정판은 그 장정이나 크기 그리고 디자인이 보급판과 달랐다. 총 100부로 발행을 하였으며 초판본 속지에 번호별로 용도가 아래처럼 기재되어 있었다.

正壹百部限定印行中 第壹番에서 第拾五番까지 著者寄贈本

同拾六番에서 同五拾番까지는 特製本

同五拾壹番에서 同九拾番까지 竝製本

同九拾壹番에서 第百番까지는 印行者寄贈本

本書는 其中第 番

정리하면 1번에서 15번까지는 저자 증정본, 16번에서 50번까지가 문제의 특제본, 51번에서 90번은 병제본(병제본의 의미가 분명치 않지만 대략 보급판 정도의 뜻으로 추측된다), 91번부터 100번까지는 발행인 증정본이라는 것이다. 번호별로 정확한 용도가 정해져 있었지만 실제로는 번호가 인쇄되어 있지 않은 책이 많았고 수기로 임의로 쓴 경우도 많았다고 한다.

『화사집』은 오장환 시인이 장정을 책임졌고, 정지용 시인이 표지 제호를 썼으며 근원 수필로 유명한 김용준의 그림을 수록한 그야말로 당시 내로라하는 문인이 동원된 작품이라고 할 수 있다.

다만 특제본만은 내지를 태지(닥나무와 이끼를 섞어서 제작하는 한지)를 다듬이질해서 다시 다리미로 다린 것으로 사용했고, 비단으로 책등을 만들었으며 책등의 책 제목을 붉은 색 실로 수를 놓아 만들었다. 특제본은 한눈에 보기에도 증정본과 병제본과 확실히 구별되는 군계일학이었다. 저자와 발행인 증정본은 말 그대로 증정된 비매품이었다. 그러니까 35권의 특제본은 한정판의 한정판이었던 셈이다.

보급판이 1원 80전, 병제본이 3원이었고 병제본보다 크기가 크고 장정이 화려한 특제본은 5원이었다. 당시 5원이면 선술집의 술 500잔을 마실 수 있었다고 한다. 특제본을 제외한 나머지 한정판들은 능화판 문양의 누런색 표지다. '모두 다'라는 의미가 포함

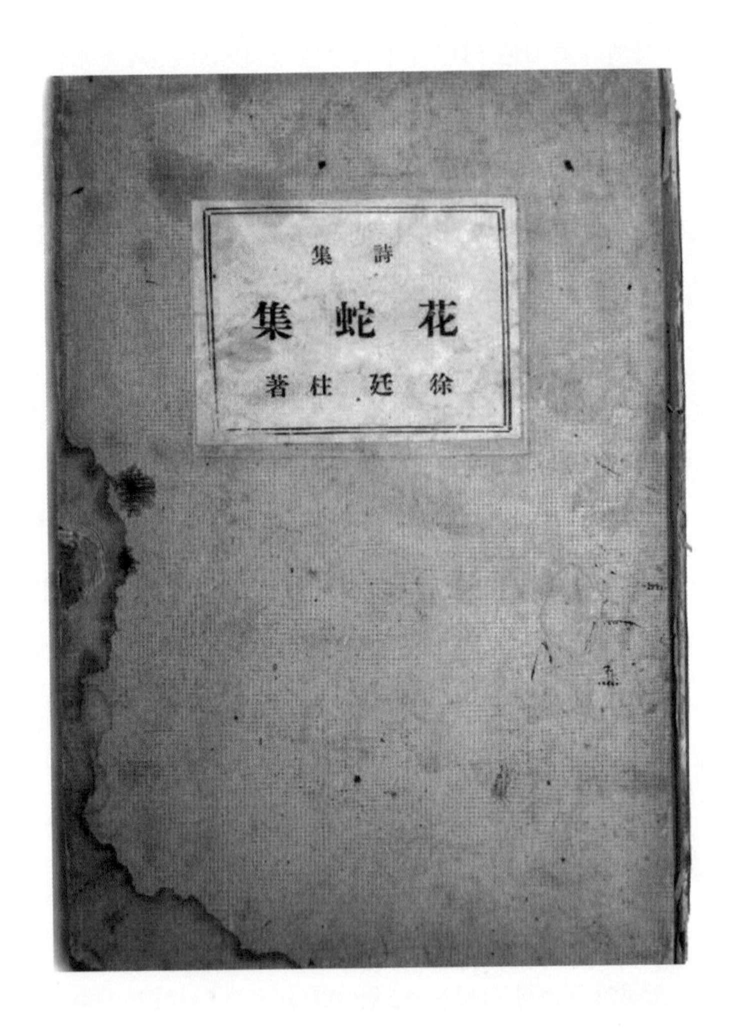
詩集
花蛇集
徐廷柱 著

『화사집』 초판본 표지와 『화사집』 복각본 표지

박성모 제공

되어 있는 병제본과 일반 독자들을 위한 보급판은 의미가 비슷해서 헛갈리는데 가격이 다르고 장정도 달랐다. 보급판은 두껍고 딱딱한 종이 위에 천을 덧씌운 하드커버 형태로 제작되었다. 보급판이지만 상당히 고급스럽게 제작되었다. 최근 경매에서 원저자와 발행인 증정본도 경매에서 5천만 원에 낙찰되었고 한정판과 한날 한시에 같은 출판사에서 발행된 보급판마저 1천만 원에 팔리기도 한다.

『화사집』은 당시 문단의 큰 자랑거리였다. 김기림, 임화, 김광균을 비롯한 당시 조선을 대표하는 9명의 문인들이 명월관에서 출판기념회를 열었을 정도였다. 워낙 오장환 시인이 술을 좋아해서 나온 말일 수도 있는데 명월관 기생 치마폭에 붉은 실로 '花蛇集' 석 자를 수놓은 다음 특제본 표지로 삼았다고 한다. 자줏빛 실로 제목을 수놓을 때 오장환 시인이 직접 수 놓는 집에 가서 한 권 한 권 제대로 하는지 참견을 하였다고 한다.

『화사집』 출간 50주년이 되는 1991년에 도서출판 전원에서 명월관 기생 치마폭으로 표지를 삼은 『화사집』 특제본을 재발간하기 위해서 원본을 구하려고 애를 썼지만 허사로 돌아갔다. 결국 서정주 시인의 기억에 의지해서 『화사집』 특제본의 복간본을 출간했다. 1941년판 특제본을 그대로 구현한 복각본이라고 하는데 이 역시 500부 한정판이었고 지금은 이마저도 구하기 어렵다.

나중의 일이지만 김광균 시인조차도 『화사집』 특제본을 구하려고 백방으로 노력했으나 결국 실패했다. 세월이 흘러 미당 탄생 100주년을 맞이한 2017년 은행나무 출판사에서 전 20권 미당 서정주 전집을 발간했다. 물론 친일과 군사정권을 찬양한 글들은 포함하지 않은 전집이다. 그의 정치적 행적을 걷어낸다면 『화사집』은 한국어로 쓰인 가장 아름다운 시집이며 화사집을 읽고 감흥을 느끼지 못한다면 한국어를 제대로 구사할 수 있는 사람이 아니라는 찬사가 그리 틀리지 않는다. 읽을 때마다 아름다움에 몸서리를 치며 눈물을 흘리게 된다는 찬사도 수긍하게 된다. 그의 정치적 행적을 걷어낸다면 말이다.

담배 한 갑보다 싼 『샘터』와 그 특별한 저자들

월간 『샘터』

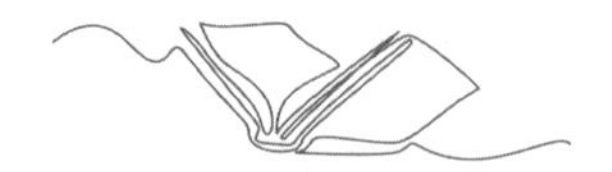

1965년 우리나라 한 국회의원이 국제기능올림픽 대회 준비를 맡았다. 얼마 전 미스코리아 대회를 참관한 자리에서 그는 미녀뿐만 아니라 기술자들이 선의의 경쟁을 펼치는 대회가 필요하다는 뜻을 품었고 그 희망을 이룬 셈이다. 대회 준비를 하면서 그는 많은 기술자로부터 '집안이 가난해서 학교에 다니지 못했다'는 한탄을 많이 들었다.

그 정치인은 배우지 못한 처지를 두고 자기 연민에 빠진 기술자들이 자신감과 자기애를 가질 수 있도록 수필 중심의 잡지를 창간하기로 작정했다. 이런 사연으로 평범한 사람들 즉 '블루칼라'를 위한 교양잡지가 탄생했는데 이 잡지가 『샘터』이고 창간인은 국회의장까지 지낸 김재순이다.

국회의원이 만든 잡지였지만 정치색은 없었으며 독자들이 보낸 엽서 사연을 잡지에 게재했고 가격을 절대로 담배 한 갑보다

비싸지 않도록 책정했다. 지금이야 평범한 종이잡지이지만 창간 당시에는 파격적인 스타일로 이목을 끌었다. 휴대하기 편한 B6 크기의 판형에 원고지 10장 분량의 짧은 글이 실린 잡지는 당시로서는 희귀한 경우였다. 샘터가 국민적인 관심을 끈 것은 원고의 성격에도 기인한다.

그 전까지는 관념적이고 문장의 수려함에 치중한 잡지가 대부분이었는데 『샘터』는 평범한 사람들의 잡지라는 발간 취지에 맞게 일상생활 속의 진솔한 경험을 토대로 쓴 글이 많았다. 이론이나 사상보다는 진솔한 체험을 더 중요하게 생각한 것이다. 무엇보다 지루함을 느끼지 않도록 짧은 글을 위주로 실었다. 글 내용과 어울리는 삽화도 넣었다. 짧은 글이 주로 실린 이유는 『샘터』가 애초에 평범한 사람을 주 독자층으로 정했기 때문이기도 했다. 산업화가 한참 진행되던 당시에 보통 사람들이 진득하게 오래 앉아서 긴 글을 읽을 여유가 없었기 때문이다.

1970년 창간 당시 100원으로 시작했으며 2019년 현재에도 담배 한 갑보다 싼 3,500원에 판매한다. 초창기 『샘터』가 폭발적인 인기를 누린 것은 글이 쉬웠으며 가격이 저렴하고, 가지고 다니기 편했기 때문이다. 또 이해인 수녀, 법정 스님, 최인호, 피천득, 장영희와 같은 당대 최고의 작가뿐만 아니라 평범한 독자들의 담백한 이야기도 잡지에 실어주었기 때문이기도 했다. 『샘터』의 글들은 우리말을 가장 수려하고 풍부하게 구사한다는 평이 이유 없이 생겨난 것이 아니었다. 당시 한국 근무를 하게 될 외국인들이 한국어 학습교재로 『샘터』를 선택하기도 했을 정도로 『샘터』에는 좋은 글이 많았다. 엽서로 사연을 보내면 잡지에 실어주는 아날로그 감성의 결정체이기도 했다.

당시 『샘터』는 서점과 거리 자판에서 쉽게 구입할 수 있었고 관공서, 공장, 군대에서도 많이 비치되었다. 심지어는 『샘터』를 읽고 정기적으로 소모임을 가지는 '샘터회'가 자발적으로 전국 각지에서 생겨났다.

김재순 국회의원은 잡지를 창간하면서 이름만 빌려준 것이 아니고 직접 초대 편집장(염무웅 선생)을 초빙했고 잡지에 글을 줄 필진을 직접 섭외하기도 했다. 『샘터』를 이끈 필진으로 소설가 최인호를 빼놓을 수 없다. 최인호 선생은 1963년 서울고 2학년 신분으로 「벽구멍으로」라는 단편소설로 『한국일보』 신춘문예에 입선하는 천재성을 선보였는데 그의 문학 인생은 성실함과 꾸준함으로도 돋보이게 된다.

역대 최연소의 나이로 신춘문예에 입선한 것보다 더 놀라운 그의 성과는 1975년 9월부터 샘터에 소설 「가족」을 연재하기 시작해서 2010년 2월호까지 무려 34년 6개월간 총 402회를 연재한 사실이다. 그가 연재를 멈춘 것은 침샘암 투병 때문이었다. 최인호 선생이 샘터에 보낸 마지막 원고인 402회의 제목은 '참말로 다시 일어나고 싶다'였는데 안타깝게도 2013년 9월 25일에 별세했다.

소설가 최인호는 천재성과 성실함으로 유명했고 악필로 악명 높았다. 악필이라는 단점을 보완해 줄 컴퓨터라는 훌륭한 문명의 이기가 있었지만, 그는 한 자 한 자 쓰는 정성은 펜으로만 가능하다는 지론으로 자신의 우군을 내쳤다. 덕분에 아무런 죄가 없는 출판사 직원이나 기자들이 그의 악필과 치열한 전투를 해야 하는 전쟁에 내몰렸다. 한 자 한 자 정성을 쏟기 위해서 펜을 사용한 최인호 선생은 그 뛰어난 천재성 때문에 영감이 너무 빠른 속도로 몰려오는 바람에 본의 아니게 빠르게 글을 써야 했다.

글씨체가 원래부터 좋지 않았기보다는 휘몰아치는 영감을 놓치지 않기 위해서 빠른 속도로 글을 쓰다 보니 남들이 알아보기 힘든 악필이 되었다는 것이 좀 더 정확하겠다. 그러니까 원고가 아닌 머릿속으로 소설을 구상하고 쓴 다음 정리가 되면 펜으로 단숨에 죽 써 내리는 스타일이다. 머릿속에서 뿜어져 나오는 글을 손이 미처 따라가지 못하는 상황이다.

컴퓨터로 쓴 글은 마치 기계로 뽑아낸 칼국수 같다고 해서 펜을 고집했지만, 누구보다 컴퓨터가 필요한 작가가 아니었나 싶다. 악필과 관련한 그의 일화는 많은데 그중 대표적인 것은 그가 수십 년 동안 글을 쓴 샘터사가 주도한 것이었다. 연작소설 '가족'을 25년에 걸쳐서 연재 300회를 달성한 기념으로 독자들을 대상으로 악필 알아맞히기 대회를 개최했다.

본인의 육필원고를 두고 독자들의 대회가 열렸다는 것은 자랑스러운 일일 수도 있겠지만 대회의 종목이 작가가 쓴 원고를 읽고 그 내용을 알아맞히기였으니. 이 대회를 기획한 직원이 누구인지는 알 수 없으나 평소 최인호 선생의 원고와 고군분투한 끝에 최인호 글씨에 통달한 사람이 심사위원인 것은 확실하겠다. 나만 당할 수 없다는 식이 아니었는지 궁금하다.

악필과 관련된 사건은 또 있다. 원고지 1,200장 분량의 장편소설 『낯익은 타인들의 도시』를 탈고한 뒤 출판사 직원을 자택으로 오게 해서 악필로 점철된 육필원고를 컴퓨터에 일일이 입력하도록 한 일도 빼놓을 수 없다. 난공불락으로 보이는 악필을 해독해가면서 일일이 컴퓨터로 원고를 옮기던 직원은 수시로 최인호 선생의 감독과 검사를 받아야 했다. 아마도 그 출판사 편집자 인생에서 최대의 위기였던 그 대공사는 일주일 동안 계속되었다.

최인호 선생이 신문 연재라도 하게 되면 그의 글씨체를 판독

할 수 있는 전문가는 따로 양성되어야 했다. 일단 그의 글씨체를 해독할 수 있는 경지에 오른 기자는 타부서로 절대로 이동이 허락되지 않았을 뿐더러 출장도 가지 못했다고 한다. 그렇다고 그를 전담 마크한 기자들은 최인호 선생을 원망할 수 없었다. 예의 바른 최인호 선생이 연재를 시작하기 전에 미리 신문사를 찾아 '앞으로 끼치게 될 폐'에 대해서 양해를 구하는 인사를 했기 때문이다.

최인호 선생이 샘터사와 작업(?)을 하는 방식은 이랬다. 원고 마감일에 샘터사에 출근한 최인호 선생은 골방에서 파이프 담배를 피워가면서 글을 썼다. 두 시간 정도면 집필이 끝나는데 원고지와 녹음기를 대동하고 골방에서 나온다고 한다. 자신의 악필을 알아보지 못하는 출판사 직원을 불쌍히 여긴 선생은 우선 원고를 다 쓴 다음 소리를 내어 자신의 원고 내용을 녹음했다.

녹음기를 넘겨받은 샘터 직원은 녹음된 육성원고를 다시 받아 적는 식으로 작업을 해야 했다. 다행스럽게도 본인이 쓴 '아랍어처럼 라면땅 굴러가는' 글씨를 알아볼 수는 있었다. 나도 악필이어서 잘 알지만 모든 악필가는 자신이 쓴 악필을 알아보는 재주를 갖추고 있다. 사실 타고난 천재 악필가인 내가 보기에 최인호 선생의 글씨는 악필이 아니다. 개인적인 생각이긴 한데 전체 글씨에서 나름의 일관성이 있다면 그것은 악필이 아니라 고유한 필체라고 봐야 한다. 최인호 선생의 글씨는 개발새발이 아니고 물 흐르듯

유연한 글씨체라고 생각한다. 가을날 요리조리 우아하게 날아다니는 잠자리를 닮았다고 해서 그의 필체를 잠자리체라고 부르는 이도 많았다. 갑자기 떠오른 영감을 놓치지 않기 위해서 마치 신을 영접한 듯 정신없이 써내려 갔다고 해서 그의 육필은 '신내림'을 연상케 하기도 한다.

최인호 선생이 '내림굿체'를 버리는 전향적인 태도를 가지는 유일한 순간이 있었다. 손녀에게 보내는 편지를 쓸 때였다. 손녀에게 보내는 편지를 쓸 때만큼은 '또박또박 초등학생체'를 고수했다. 초등학생이 어버이날에 부모님에게 보내는 감사의 편지를 연상케 하는 얌전하고 또렷한 육필은 그가 가족을 얼마나 사랑하는지 엿볼 수 있다.

최인호 선생과 더불어 법정 스님 또한 샘터를 떠올리게 하는 대표 필자다. 법정 스님도 샘터사 입장에서는 보물과도 같은 저자이어서 만년필로 휘갈겨 쓴 원고를 받을 때 간부들이 쏜살같이 달려가 원고를 받아왔다고 한다. 스님의 육필원고를 컴퓨터로 입력을 할 때 담당 직원은 오타는 곧 죽음이라는 각오로 임해야 했다. 그럴 만도 한 것이 만약 오탈자가 하나라도 스님 눈에 발각이 되면 여지없이 "더는 샘터에 글 못 쓰겠네"라는 호환마마보다 더 무서운 통보가 날아왔으니까 말이다.

2003년 4월 『샘터』지 400호를 기념하는 대담에 참석한

(왼쪽부터) 법정 스님, 피천득 작가, 김재순 전 국회의장, 최인호 작가

© 샘터사

그런 사태가 발생하면 편집부의 우두머리가 스님의 처소에 달려가 석고대죄를 해야 겨우 용서받을 수 있었다. 저 유명한 정채봉 동화작가도 오탈자 때문에 법정 스님에게 혼이 난 샘터사 간부 중 한 사람이었다. 1970년대 이후로 법정 스님이 『샘터』에 기고한 글을 묶어서 단행본을 출간한 샘터 측은 매년 2월 말에서 3월 초만 되면 법정 스님으로부터 원고료 독촉을 받았다.

2019년인 지금도 필자인 내가 출판사에 인세를 비롯한 '돈' 이야기를 꺼내는 것은 용기가 있어야 하는 일로 인식된다. 가정이 있고 생활인인 나같은 작가도 출판사에 돈 이야기를 꺼내는 것이 조심스러운 일이다. 하물며 작가라는 사람은 선비와 같은 고고함을 유지하는 것이 기대되던 50년 전에 일반인도 아닌 스님이 출판사에 돈을 재촉하는 것은 아무래도 '점잖지' 않은 일로 여겨졌다.

더구나 평소 무소유 정신을 강조하고 실천하는 법정 스님 아닌가. 인세 독촉을 받은 샘터사 직원은 스님이 무슨 돈타령이냐고 투덜거렸을 터였다. 이상한 일이라고 의아스럽게 생각하기도 했을 것이다. 나중에서야 법정 스님의 인세 독촉의 비밀이 풀렸다. 스님은 매년 새 학기 등록금을 내야 하고 학비가 필요한 시기에 샘터사에서 인세를 받아 대학생 10명에게 장학금을 주었다고 한다.

참고로 『샘터』는 당대 잡지 중에서 최고의 원고료를 지급했다. 다른 문예지가 산문에 대해서 장당 2백 원에서 5백 원 정도의 원고료를 지급했을 때 샘터는 4백 원에서 1천 원을 지급했고 다른 문예지가 시 한 편당 2천 원에서 3천 원 정도를 지급했는데 샘터는 편당 5천 원을 책정했다. 작가들에게는 최고의 원고료를 지급했고 독자들에게는 최저의 가격을 선물한 것이다.

2019년 10월 중순, 한때 이웃처럼 정겹고 가까웠던 『샘터』를 오랫동안 잊고 있던 옛 독자들은 충격적인 소식을 듣게 된다. 600호를 겨우 2호 앞두게 되는 통권 598호인 2019년 12월호를 마지막으로 무기한 휴간에 들어간다는 비보였다. 말이 휴간이지 사실상 폐간이라는 언론의 친절한 부연설명도 함께 따랐다. 한 달이 채 지나지 않아 각계각층의 성원에 힘입어 휴간 없이 『샘터』를 계속 펴낸다는 공지가 샘터사의 홈페이지에 게시되었다. 어쩌면 마지막 호가 될 수도 있었던 2019년 12월호 『샘터』의 특집 기사 주제는 "올해 가장 잘한 일, 못한 일!"이다.

『샘터』가 올해 가장 못한 일은 휴간을 결정한 일이고 가장 잘한 일은 휴간을 하지 않겠다는 약속을 한 일이다.

공공 그라운드로 바뀐 옛 샘터사 사옥

© 백창민

『샘터』 창간호(1970.4)

샘터사 제공

'북 박스' 뒷통수

『피너츠 완전판 합본세트 1~5 : 1950~1960』(전5권)

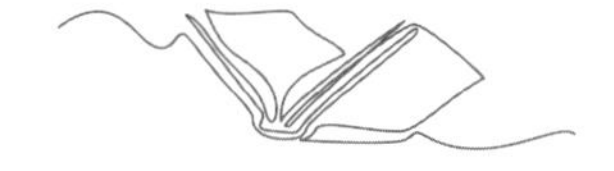

물건을 잘 버린다. 버리는 것을 좋아한다. 서재에서 책을 정리해서 내다 버릴 때 쾌감을 느낀다. 마치 배설했을 때 느끼는 카타르시스를 느끼는 셈이다. 물건뿐만 아니라 대화가 끝난 문자 메시지, 필요 없는 연락처 목록이 내 전화기에 남는 꼴을 못 본다.

술에 취해서 아무에게나 전화하는 상황은 나에게 일어날 수가 없다. 연락처도 없고 기억할 리가 없다. 옛 직장에서 퇴사했다가 1년 만에 복귀한 직원이 있었는데 직장 내 메신저에 자신을 삭제한 유일한 사람이 나였다고 한다. 버림의 카타르시스 사랑은 사진 취미를 가지게 되면서 유지할 수가 없게 되었다. 무슨 취미를 하든 장비병 환자가 되는지라 하루가 멀다 하고 카메라 장비 택배가 배송되어 왔다.

장비병 환자의 아내 되는 사람은 아무리 내성적이고 낯을 가리더라도 어느 사이에 택배기사와 농담을 스스럼없이 주고받게 되는 것이 숙명이다. 버림의 카타르시스는 온데간데없고 교체의 카타르시스가 그 자리를 차지하게 되게 된 연유는 이렇다.

새 장비를 사면 옛 장비를 팔게 되는 것이 직장인 사진가의 숙명이다. 중고로 내다 팔 때 장비의 상태만큼이나 중요한 것이 '박스 풀세트' 여부다. 새것을 살 때 딸려온 카메라 박스와 보증서, 그리고 잡다한 악세사리(일 년을 넘게 사용해도 한 번도 쓸 일이 없는)까지 고스란히 있어야 명실 공히 '박스 풀세트'라고 칭할 수 있고 장터에서 제값을 받을 수 있다.

새 장비 택배가 오면 '아무것도' 버릴 수가 없다. 아내 몰래 창고에 택배 상자, 카메라 상자를 비롯한 잡다한 물건을 채우면서 언젠가 백만장자가 되면 중고 가격 신경 안 쓰고 쿨하게 배송받자마자 장비만 챙기고 나머지 물건을 모두 버리는 상상을 했더랬다.

골프를 시작하면서 문제가 더 커졌다. 골프 장비를 다시 팔자면 포장할 상자가 있어야 한다. 골프채를 담을 만한 종이 상자를 대체할 물건을 일상 생활에서 구하기는 어렵다. 카메라 장비는 부피라도 작지만, 골프채 상자는 길고 우람하다. 볼썽사나워서 참지 못하고 버리면 꼭 사달이 난다.

온라인에서 주문하면 배송되어온 상자를 잘 보관하면 되지만 오프라인에서 구매할 때는 난감한데 염치를 무릅쓰고 상자 두어 개를 줄 수 없느냐고 부탁을 한 적이 있었다. 바로 전에까지 충성도 높은 고객에게 만면에 웃음을 띤 채 잡다한 액세서리를 자진

해서 주겠다고 한 사장님은 상자를 부탁하니 눈빛이 달라졌다. 난감해하고 당황한 기색이 역력했다.

한참을 주저하더니 상자 두 개는 힘들고 한 개만 주면 안 되겠냐고 통첩을 해왔다. 돈을 받고 파는 액세서리보다 빈 골프채 포장 상자가 그에게는 더 소중한 것이다. 하긴 온라인 주문 고객에게 배송하자면 상자가 더 중요한 것은 나보다 그 사장이겠다.

모든 사소한 물건은 소중하다. 주차 문제로 다퉜다가 거의 1년간 앙숙으로 지냈던 골프 연습장 사장에게 비굴하고 어색한 미소를 지으면서 건넨 말이 이랬다. "사장님, 죄송하지만 골프채 상자 한 개만 주시면 안 될까요?"

물론 책에도 박스 풀세트가 존재하고 사진 장비처럼 중고로 팔 때 가격에 영향을 준다. 보통 5권 이상의 낱권으로 구성된 전집류는 다양한 형태의 박스에 담겨 있기 마련이다. 오랫동안 헌책을 사냥하면서 알게 된 것인데 십 년 이상이 된 전집은 박스가 없는 경우가 많았다. 오래전에 절판된 전집을 중고로 사면 처음 출간될 때 박스가 있었는지 잘 모른다.

내가 십수 년 동안 소중히 간직했던 『최순우 전집』이라든가 『이탈리아 르네상스 미술가전』은 박스가 없는 상태로 구매했고 박스가 있었다고는 생각하지 못했다가 나중에서야 박스가 포함되어서 나온 전집인 것을 알고 아쉬운 마음이 많았다. 같은 헌책이라도 박스가 있는 것과 아닌 것이 있다면 구매자는 당연히 전자를 택할 것이니 전자가 약간 더 비싼 가격에 거래되는 것이 당연하다.

책을 사고 십수 년이 지나면 박스를 간수하는 것이 의외로 쉽지는 않다. 보관하기엔 좋지만 막상 읽을 때는 불편한 것이 북 박스다. 내 경우만 보더라도 6권 세트인 『국수』를 박스에서 꺼내서 읽다가 박스를 방치해 두었는데 어느 날 책상 위에 잡동사니가 가득 담긴 상자가 되어 있는 것을 발견했다. 아내가 한 일이었다.

또 한정판으로 나온 박스는 돈을 주고 사겠다는 독자들도 있는 걸 보면 확실히 북 박스는 버릴 물건은 아니다. 북 박스에 관련해서 분노가 치미는 경우는 한 권씩 나올 때마다 기다려서 샀는데 몇 년 뒤 마지막 권이 나오고 완간이 될 때 북 박스를 함께 주는 경우겠다. 이런바 '북 박스' 뒷통수라고 하는데 성실한 열혈 독자들이 오히려 손해를 보는 경우다. 거기에다 완간 기념 가격 할인까지 더해진다면?

이 경우 독자들이 알아야 할 것은 출판사에 연락하면 대부분 북 박스를 별도로 보내 준다. 북 박스와 관련해서 충성도 높은 애독자를 세심히 배려한 출판사가 있다. 2017년에 『피너츠 완전판 합본세트 1~5 : 1950~1960』를 펴낸 북스토리 출판사가 그 장본인이다. 이 출판사는 1권부터 차례로 구매한 독자가 억울한 경우를 당하지 않도록 제일 마지막에 나온 5권만 낱개로 구매해도 박스를 증정하는 정책을 실시하였다. 박스 세트를 출간하는 모든 출판사가 귀감으로 삼아야 할 일이라며 많은 독자들은 이 출판사의 배려를 칭송하였다.

띠지 또한 헌책으로 팔 때 가격에 영향을 준다고 들었다. 띠지를 버리는 사람은 광고지로 생각하는 것이고, 소중히 간직하는 사람은 책의 부속물이라고 생각한다. 나의 경우는 이도저도 아니고 띠지를 책갈피로 사용한다. 물론 다 읽으면 다시 끼운다. 다만 아트북을 비롯해서 띠지가 표지의 중요한 디자인의 일부가 될 때는 감히 책갈피로 사용하지 않고 소중히 간직한다.

제목에 숨겨진 이야기

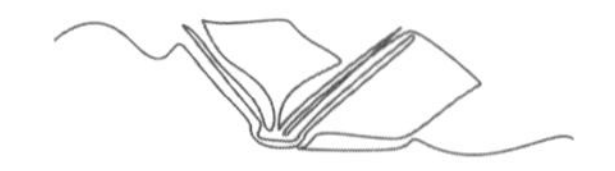

〈고도를 기다리며En Attendant Godot〉

많은 독자들이 '도대체 무슨 내용인지 모르겠다'이라는 감상평을 하게 되는 것으로 유명한 희곡 〈고도를 기다리며〉은 내용뿐만 아니라 '고도'의 정체에 대해서도 밝혀진 바가 없다. 많은 사람이 고도를 신神이라고 생각하지만 추측에 불과하다. 관객과 독자들을 더욱 절망케 하는 것은 저자인 사뮈엘 베케트가 생전에 고도가 과연 사람이 맞는지, 왜 제목을 〈고도를 기다리며〉로 정했는지 구체적으로 말한 적이 없다는 것이다.

문학이 가지고 있는 개연성과 사람들의 호기심이 더해져서 〈고도를 기다리며〉라는 제목이 가지고 있는 의미에 대한 추측이 무성한 나머지 '하나의 산업'으로 발전할 지경이다. 그중 유력한 설을 소개하면 이렇다. 베케트가 '투르 드 프랑스 자전거 경주대회'를 구경하는 관중들과 마주쳤다. 인파를 보고 놀란 베케트가 관중들에게 여기서 뭘 하고 있느냐고 물었는데 관중들이 '고도Godot를 기다리고 있습니다'라고 대답했다고 한다. 알고 보니 고도Godot는 그 대회에 참가한 최고령 선수이면서 가장 느린 선수의 이름이었다고.

『워더링 하이츠Wuthering Heights』

원제가 *Wuthering Heights*인 이 소설만큼 제목으로 독자들을 어리둥절하게 만든 경우가 또 있을까? 저자인 에밀리 브론테도 책 제목을 저렇게 정하고 독자들이 오해를 않도록 소설 초반부에 친절하게 워더링 하이츠wuthering heights에 대해서 설명을 해 놓았다. 워더링 하이츠는 우리나라 사람들이 알고 있는 것처럼 '폭풍의 언덕'이란 뜻이 아니다. 워더링 하이츠는 히스클리프 씨가 사는 저택 이름이다. 하이츠height는 우리나라에서 건물이나 공동주택에 종종 붙는 그 하이츠다. 워더링wuthering은 이 소설의 무대가 되는 요크셔 주에서 주로 쓰는 말인데 폭풍우가 몰아칠 때 매서운 바람을 직접 받는 이 저택의 공기 상태를 나타내는 형용사다.

지역 방언이니까 대부분의 영어권 독자들에게도 워더링은 낯선 단어인 모양이다. 배경 지식이 부족하고 이제 막 고전을 읽어 보겠다고 덤비는 청소년들이 제목조차도 무슨 뜻인지 모르니까 당황스러울 수밖에 없다. 이 소설을 수십 년 동안 『폭풍의 언덕』으로만 제목이 붙여진 번역본을 읽은 우리나라 독자들은 원제가 *Wuthering Heights*라는 것을 알게 되면 놀랄 수도 있겠다.

매섭게 부는 바람을 정면으로 받는 '저택 이름'을 '폭풍의 언덕'으로 번역한 것에 대한 문제를 지적한 을유문화사는 2010년 『워더링 하이츠』라는 제목으로 번역 출간했다. 하긴 *Wuthering Heights*라는 원제를 번역한 초기 번역가들의 고민도 이해가 안 되는 것은 아니다. 『워더링 하이츠』라는 제목으로 내놓으면 아무래도 『폭풍의 언덕』보다는 독자들의 관심이 덜 가지 않겠는가. 처음으로 『워더링 하이츠』로 제목을 단 출판사는 약간의 용기가 필요했을 것이다. 대부분의 독자가 『폭풍의 언덕』이라고 알고 있는데 『워더링 하이츠』로 출간을 하면 독자들은 다른 책이라고 생각할 가능성이 높기 때문이다. 수십 년 동안 『폭풍의 언덕』이 쌓아올린 인지도를 포기해야 하는 일이었다.

『음향과 분노 *The Sound and the Fury*』

셰익스피어의 작품에 나오는 문구를 따서 지은 대표적인 사례다. 맥베스 제5막에 나오는 '인생이란 바보가 지껄이는 이야기, 음향과 분노로 꽉 차 있지만 아무 의미가 없다네'에서 따왔다. 이외에도 많은 명작이 이런 사례에 속하는데 올더스 헉슬리의 『멋진 신세계』는 〈템페스트〉에서, 마르셀 프루스트의 『잃어버린 시간을 찾아서』는 소네트에서, 서머싯 몸의 『과자와 맥주』는 〈십이야〉에 나오는 문구를 제목으로 삼았다.

『누구를 위하여 종은 울리나*For whom the Bell Tolls*』

제목의 번역이 독자들의 이해를 방해한 예에 속한다. '누구의 죽음을 알리는 종소리인가?'가 좀 더 정확한 번역이다. 원래 toll이란 교회에서 장례식을 알리기 위해서 타종하는 방식을 말한다. 예포를 쏘듯이 천천히 긴 간격으로 슬픈 분위기를 자아내는 타종방식이다. toll을 들으면 주위에 사람들은 누군가의 장례식이 열린다는 것을 알게 된다. 스페인 내전에 참전한 미국 청년과 게릴라로 활동하는 스페인 여인과 슬프고 비극적인 결말과 어울리는 제목이다.

이 제목은 영국의 시인 존 던이 쓴 기도문에서 따왔다. 헤밍웨이는 이 기도문이 자신이 제목을 정한 취지와 잘 맞는다고 말 한 바 있다. 기도문의 내용은 이렇다.

사람은 그 누구도 혼자서는 완전한 섬이 아니다. 모든 사람은 대륙의 한 부스러기, 본토의 일부분이다. 흙 한 줌이 바닷물에 씻겨 내려가면, 유럽은 그것만큼 작아진다. 곶이 씻겨 내려가도 똑같고, 당신의 친구 봉토나 당신의 봉토가 씻겨 내려가도 마찬가지다. 누구의 죽음이라도 그 죽음은 나를 줄어들게 하는 것이니 내가 인류에 속하기 때문이다. 그러므로 저 종소리가 누구의 죽음을 알리는 것인지 알려고 사람을 보내지 마라. 그것은 당신의 죽음을 알리는 종소리라네.

— 존 던의 산문집 비상시의 기도문 중에서

제목을 통해서 헤밍웨이는 전쟁 때문에 생긴 죽음이 우리 모두의 일부가 없어지는 비극임을 말하고 싶었던 것으로 생각한다.

『모비 딕 *Moby Dick*』

예전에는 주로 백경白鯨이라는 제목으로 나온 책이다. 소설 속 고래가 흰 향유고래이기 때문에 그래도 한자로 번역한 것이다. 모비 딕은 작중 흰향유고래에게 붙여진 이름이다. 이 책이 1851년 영국출판사에서 처음 출간되었을 때 멜빌은 그냥 『고래 *The whale*』 제목을 달았다. 그러다가 고국인 미국에서 출간하게 되었을 때 미국 출판사는 제목이 '다소 심심하고' 마침 '모차 딕'이라는 흰수염고래를 추적한 사건을 다룬 신문 기사가 화제가 된 것을 기회 삼았다. 신문 기사의 유명세를 빌어서 책을 홍보하고 싶었던 것이다. 멜빌에게 신문에 등장한 고래 이름을 살짝 바꿔서 '모비 딕'이라는 제목을 권했다.

의도는 좋았지만, 결과는 대실패였다. 멜빌이 사망할 때까지 『모비 딕』은 겨우 천 부 남짓 팔렸을 뿐이다. 물론 저자의 사망 후 재조명을 받아서 우리가 잘 아는 고전이 되었다. 2000년 이후로는 주로 『모비 딕』이라는 제목으로 출간되기 시작했는데 백경보다는 수많은 포경선을 침몰시킨 흰향유고래의 위엄이 잘 느껴진다. 요즘에 와서는 이 소설이 한때 『백경』이라는 제목으로 출간되었다는 사실을 알지 못하는 독자가 많을 정도다.

『파리 대왕 *Lord of the Flies*』

모든 사람이 다 알다시피 프랑스의 수도와는 상관이 없다. 이 제목은 사탄을 의미하는 유대 신화의 벨제붑Beelzebub에서 나왔다. 유대교에서는 3대 악마벨제붑, 루시퍼, 아스타로트가 있는데 벨제붑이 가장 서열이 높은 악마라고 한다. 원하는 목표를 이루기 위해서는 썩어가는 시체에도 몰려드는 파리의 특성을 통해서 소년들이 보여주는 타락과 피의 잔치를 상징한다.

『포스트맨은 벨을 두 번 울린다 *The Postman Always Rings Twice*』

이 소설을 원작으로 하는 영화가 1981년 한국에서 개봉되었을 때 제목이 〈우편배달부는 벨을 두 번 울린다〉였다. 당시 우편배달부들로부터 이 영화의 제목을 두고 항의가 있었다. 우편배달부에 대한 그릇된 이미지를 줄 수 있기 때문에 그럴 만도 했다. 주인공이 자신에게 호의를 베풀어 준 남자의 아내와 바람을 피운 것도 모자라 배은망덕하게도 살인까지 하려고 하는 그 통속적인 내용의 영화 제목에 자신들의 직업이 들어가니까 말이다. 소설 원작도 외설적이고 폭력적인 내용이 많아서 미국 보스턴에서는 판매금지 처분을 받은 바 있다. 작품 속에 우편배달부는 등장하지도 않는다.

결국 '포스트맨'이라는 우회적인 표현으로 타협을 보고 영화 제목도 변경했다. 2003년에 출간된 '동서문화사' 판본은 제목이 〈우편배달부는 벨을 두 번 울린다〉이며, 2008년에 출간된 민음사 판본은 〈포스트맨은 벨을 두 번 울린다〉다.

소설 속에 등장하지도 않는 우편배달부를 제목에 넣었기 때문에 당연히 제목의 의도와 의미에 관한 추측이 무성하다. 가장 신빙성이 높은 추측은 이렇다. 저자 케인은 1927년에 일어난 '루스 스나이더 사건'에서 힌트를 얻어 소설을 쓰기 시작했다. 이 사건은 〈우편배달부는 벨을 두 번 울린다〉에 나오는 여주인공 코라처럼 애인에게 자신의 남편을 살해하도록 사주한 루스 스나이더가 당사자다.

루스는 남편이 살해당하기 전에 몰래 남편이 사망할 경우 보험금을 두 배로 보상받는다는 조항을 넣어서 보험금 지급 약관을 변경했다. 변경된 보험금 지급 약관 안내문을 남편 모르게 받기 위해서 루스는 우편배달부에게 신호로 벨을 두 번 눌러 달라고 부탁을 했다. 이 부분에 영감을 얻은 케인이 제목을 정했다는 것이다. 결국 이 살인 공모는 들통이 났고 루스 스나이더는 전기의자에 앉아 사형 집행을 당하게 된다.

바지 속에 일회용 카메라를 숨겨서 집행장에 들어간 한 기자가 사형집행을 하는 장면을 촬영해서 'DEAD'라는 제목으로 대서특필했다. 이 사진은 보도 사진의 역사에 길이 남는 사진이 되었다.

『오만과 편견 *Pride and Prejudice*』

다른 제목이었다면 이 소설이 이토록 인기가 높았겠느냐는 의문이 들 정도로 매력적인 제목이다. 1797년 제인 오스틴이 처음으로 이 소설을 썼을 때 제목이 『첫인상*First impressions*』이었는데 1813년 수정을 해서 『오만과 편견*pride and prejudice*』으로 출간한 것이 신의 한 수였다. 이 소설에서 '오만'을 담당하고 있는 사람은 귀족 출신의 어머니를 둔 신사로 1만 파운드의 연 수입을 자랑하는 다아시다.

키가 크고 잘생긴 외모마저 갖춘 미혼남으로서는 최고의 스펙을 가졌다. 이런 다아시를 재수 없는 남자로 결론 내리는 '편견'은 베넷 씨의 둘째딸인 엘리자베스가 담당한다. 결국 엘리자베스는 다아시가 '오만'하다는 자신의 '편견'이 잘못되었음을 알고 결혼에 성공한다.

『달과 6펜스 *Moon and Six Pence*』

궁금증을 자아내는 제목이다. 제목을 짓는 데 그다지 신경을 쓰지 않는 서머싯 몸이 달에 다가가려고 손을 뻗었다가 발밑에 있는 6펜스를 놓쳤다는 의미로 지은 제목이라고 한다. 이 소설은 폴 고갱의 삶을 모티브 삼았다는 것은 모두가 아는 사실인데 달은 미술가가 꿈꾸는 이상이라고 생각을 한다면 6펜스는 생계를 유지하는 물질이라고 할 수 있다. 이상을 좇다가 정작 일상의 풍요를 놓쳤다는 뜻이 된다.

이보다는 반대의 설명이 더 설득력을 얻는다. 6펜스는 주식 중개인으로서 돈에 중심을 둔 생활과 가족을 상징하며, 달은 예술가로서 추구하는 꿈을 의미한다. 소설의 주인공은 돈과 가족을 버리고 꿈을 향해 나아간다는 내용이니까 결국 6펜스(돈과 가족)를 버리고 달(꿈)을 쫓는다는 의미로 지은 제목이라고 생각한다. 참고로 이 소설이 쓰여진 당시의 6펜스는 그 당시 가장 작은 단위의 은화로서 오늘날 가치로 환산하면 2020년 현재 3파운드에 해당되고 우리나라 돈으로는 4,500원 정도다.

『뻐꾸기 둥지 위로 날아간 새 *One Flew over the Cuckoo's Nest*』

선뜻 소설 속의 내용과 연결이 잘 안 되는 제목이다. 뻐꾸기는 제 손으로 둥지를 짓지 않고 다른 새가 알을 낳으면 자신의 알을 그 속에 섞어서 낳는 탁란을 한다. 부화가 된 뻐꾸기 새끼는 다른 새의 새끼를 모두 쫓아내고 먹이를 독차지한다. 결국 뻐꾸기의 둥지는 애초에 존재하지 않으며 뻐꾸기는 다른 어미의 손으로 자신의 새끼를 키운다.

이 제목에 나오는 '뻐꾸기의 둥지'는 인권을 탄압하며 환자를 학대하는 정신 병원을 상징한다. '둥지 위를 나는 새'는 개인을 탄압하는 병원이라는 거대 권력에 대항하는 환자 맥 머피를 상징한다.

나쓰메 소세키가 디자인한 책 표지

나쓰메 소세키 전집

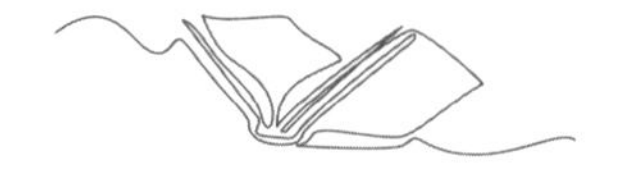

책이 너무 많다. 정확히 말하자면 나에게 허락된 책을 둘 공간의 넓이에 비해서 책이 너무 많다고 해야겠다. 한 때 출판사별로, 색깔별로, 작가별로 따로 구분해서 책을 정리하던 시절이 있긴 하다. 책이 점점 늘어나고 임계점을 돌파하면서 내 나름의 장서 정리법을 놓아버렸다. 가끔 나를 북 큐레이터라고 부르는 사람이 있는데 정작 요즘 나의 서재는 꿰지 않은 구슬이 서 말이다.

아무런 기준이나 이유 없이 서재 바닥에 쌓아 두거나 책꽂이에 겹겹이 세워둔 책이 많다. 장서는 공구라며 서재 정리법을 설파한 나로서는 부끄러운 일이지만 어쩔 도리가 없다. 책을 읽으면 읽을수록 탐나는 책이 많아지더라. 책을 고르는 기준이 엄격해지면 구매를 하는 책이 줄어들 줄 알았는데 그 엄격한 기준을 통과한 책에 대한 소유욕은 강렬해지더라.

인터넷서점의 장바구니가 쉴 틈이 없다. 사정이 이렇게 되면 여러 가지 불편한 점이 생긴다. 우선 새 책을 구매할 때 내 서재에 그 책이 있는 것은 아닌지 진지하게 면밀히 검사해야 한다. 솔직히 토로하자면 책을 읽는 재미보다는 구매하고 소장하는 것을 더 좋아하는 편이다.

머피의 법칙이 내 서재에도 적용되는데 분명 내 서재에 있는 책인데 글을 쓰기 위해서 꼭 필요한 경우는 보이지 않는다. 마구잡이로 책을 방치한다고 해서 좋은 점이 없는 것은 아니다. 가끔 다른 책을 찾기 위해서 뒤적거리다가 그동안 빛을 보지 못했던 책을 오랜만에 보면 오랜 고향 친구를 만난 것처럼 반갑다. 아! 내가 이 책도 가지고 있었구나!라는 감탄도 생기고 새삼 그 책에 얽힌 추억이 새록새록 돋는다. 마침 오랜만에 본 책이 현암사에서 나온 나쓰메 소세키의 『우미인초虞美人草』라면 단지 반가운 정도가 아니다.

골목길을 별다른 생각 없이 걷다가 갑자기 맞은편에서 꿈에도 그리던 이상형의 이성이 걸어올 때 느낄 만한 설렘이 느껴진다. 현암사는 2013년 9월 『나는 고양이로소이다』, 『도련님』, 『풀베개』, 『태풍』을 시작으로 '나쓰메 소세키 소설 전집'을 출간하기 시작했는데 2016년에 전 14권의 완간을 하기에 이르렀다. 내가 말하는 『우미인초』는 이 전집 중의 한 권이다.

나쓰메 소세키의 장편소설만을 모아서 전집을 펴낸 것만으로도 독자로서는 고마운 일인데 수려하고 아름다운 표지 디자인으로도 더욱 찬사를 하고 싶다. 많은 독자가 책을 살 때 표지 디자인을 고려하며 나 또한 그렇다. 표지만 보고 책을 판단하지 말라는 속담에 동의하지 않는다. 자동차, 전자제품만 보아도 디자인이 구매를 결정할 때 중요한 요소인데 굳이 책에만 디자인을 무시하라는 법은 없다.

아름다운 문학전집 표지라는 주제를 생각해보면 빨리 떠오르는 책들이 있다. 민음사에서 나온 마르셀 프루스트의 『잃어버린 시간을 찾아서』전8권, 솔출판사의 '버지니아 울프 전집'전13권 그리고 현암사의 '나쓰메 소세키 전집'전14권이다. 개인적으로 『나쓰메 소세키 전집』의 표지를 가장 좋아한다. 현암사에서 나온 『나쓰메 소세키 소설 전집』 표지를 이야기하기 전에 나쓰메 소세키의 조국인 일본에서 나온 '이와나미 쇼텐株式会社岩波書店, Iwanami Shoten Publishers'판 나쓰메 소세키 전집을 우선 말하고 싶다.

이와나미 쇼텐은 株式会社岩波書店이라는 한자 표기에서 알 수 있듯이 '이와나미 시게오'라는 사람이 '세계 최고의 책의 거리'로 소문난 도쿄의 진보초神保町에서 1913년 문을 연 고서점 전문 서점에서 출발했다. 한편 나쓰메 소세키는 '이와나미' 서점이 문을 연 다음해인 1914년 4월 20일에서 8월 11일에 걸쳐 그의 장편소설 『마음』을 연재했다.

이제 막 헌책방을 개업하고 근근히 운영하던 '이와나미 쇼텐'의 창업자 '이와나미'는 『아사히신문』에 연재되던 『마음』을 읽고 감동한 나머지 무작정 나쓰메 소세키를 찾아갔다. 이유는 뻔했다. 『마음』을 자신이 출간하게 해 달라는 것이었다. 나쓰메 소세키 입장에서는 받아줄 이유가 전혀 없는 제의였다.

데뷔작인 『나는 고양이로소이다』로 단박에 인기 작가가 되었고 국민 작가로서 펴내기만 하면 베스트셀러가 될 것이 분명한 그의 소설을 출간하고 싶었던 대형 출판사들이 그의 간택만을 고대하고 있었다. 대형 출판사에서 출간하면 훌륭한 제작과 마케팅이 보장되었고 엄청난 인세 수입도 보장받을 수 있었다. 또 그 당시 그는 대학교수 자리를 집어치우고 아사히신문사에 취업을 했다. 2년 동안 국비로 영국 유학을 다녀온 대가로 도쿄제국대학의 강사로 4년을 근무해야 했는데 의무 근무 기간이 마쳐갈 쯤 『아사히신문』이 소세키에게 취업 제안을 했다. 조건은 나쁘지 않았다. 대학 강사 월급의 2배를 지급하는데 출근할 필요도 없이 꾸준히 『아사히신문』에 문예 작품을 기고하기만 하는 조건이었다. 다만 대학 강의는 금지했는데 생각과는 달리 소세키는 부유하게 살지는 못했다. 대학 강사 월급의 2배라고 해도 자식이 6명인 소세키는 천정에서 물이 새는 셋방에서 마지못해 살아야 했다. 전업 작가로 살기로 해서 안정적인 수입이 중요했던 나쓰메 소세키 입장에서는 굳이 '극본도 없는' 신문사와 계약할 이유가 없었다.

더욱 어이없는 것은 대문호의 소설을 출간하겠다고 덤비는 이가 출판사 사장이 아니고 1년 전에 문을 연 동네 헌책방 주인이라는 사실이었다. 그러나 나쓰메 소세키는 별다른 고민을 하지 않고 '흔쾌히' 헌책방 주인과 책을 내기로 약속한다. 대작가로 추앙받는 베스트셀러 작가가 신출내기 헌책방 주인의 '간곡한 부탁'에 감동을 한 것이었다.

출간만으로도 감지덕지해야 할 이 헌책방 주인은 여기에 만족하지 않고 더 대담한 제안을 한다. 본인은 돈이 없으니 작가인 나쓰메 소세키가 출간에 필요한 비용을 투자해 달라고 부탁한 것. 이 부탁마저도 일본의 대문호는 허락한다. 일본에서 처음으로 출간된 『마음』은 이렇게 해서 소세키의 자비로 출판되었다. 책을 내줄 출판사를 찾지 못해서 자기 돈으로 책을 내는 그 자비 출판과는 차원이 다른 경우였다.

어쨌든 이 역사적인 출간을 계기로 '이와나미 쇼텐'은 서점에서 출판사로 도약한다. 본인의 소설로 첫 책을 출간하는 출판사가 미덥지 못했는지 아니면 자신의 문학 인생을 정리하는 대작에 대한 애착이 강했는지 나쓰메 소세키는 표지와 광고문구까지 직접 기획했다. 1914년 9월 26일 자 『시사신보』에는 일본의 대문호 나쓰메 소세키가 기획한 광고문이 실렸다.

자기의 마음을 가다듬기를 원하는 사람들에게, 사람의 마음을 가다

듣는 이 책을 추천합니다.

물론 이와나미 쇼텐에서도 자신들의 첫 출간이니까 심혈을 다했다. 출간된 『마음』은 대성공을 거두었고 작가가 사망한 이후인 1918년 1월 일본 최초의 '소세키 전집'을 출간했다. 이 전집은 대성공을 거두었고 이와나미 쇼텐은 진보초의 작은 헌책방에서 일본을 대표하는 굴지의 출판사로 성장하였다. 1918년에 이와나미 쇼텐이 출간한 소세키 전집의 표지는 1914년에 나온 『마음』의 표지 디자인을 기반으로 삼은 것이다.

이와나미 쇼텐판 소세키 전집은 표지에 얽힌 사연을 굳이 생각하지 않더라도 그 아름다운 외모에 반하게 된다. 중국 주나라 시대에 만들어진 비석문을 탁본해서 쓴 글을 표지 디자인으로 삼았다. 강렬한 주홍색 비탕에 연한 녹색 글씨가 아름답게 조화를 이룬다.

신서판이란 이와나미 쇼텐이 좋은 교양도서를 저렴한 가격으로 일반 독자들에게 공급하겠다는 기획하에 103×182mm 크기로 제작된 문고판 크기의 시리즈다. 저렴한 가격으로 독자들이 쉽게 구매할 수 있도록 출간된 보급판이라고 보면 된다.

『비블리아 고서당 사건 수첩』의 남자 주인공 '다이스케'는 할머니가 돌아가신 후 유품을 정리하다가 문제의 소세키 전집 신서판을 발견했다. 이 책에 '나쓰메 소세키'의 서명이 되어 있는 것

(위) 나스메 소세키가 디자인한 표지 원서(박성모 제공)

(아래) 복각본(시와서 제공)

을 보고 깜짝 놀라 그 가치를 알기 위해서 고서점의 주인이자 고서에 관한 모르는 것이 없는 여주인공인 '시오리코'를 찾아가면서 이야기가 시작된다. '시오리코'의 입을 통해서 소세키 전집에 대한 사연을 좀 더 알 수 있는데, 과연 이와나미는 소세키와 인연이 깊어서 작가의 제자와도 교류를 이어나갔으며 1918년에 나온 첫 전집은 이와나미와 소세키의 제자들이 서로 힘을 합쳐서 만들어낸 결과물이라는 것이다. 이와나미와 제자들은 몇 년 간격으로 개정판을 냈으며 저가로 공급하는 '신서판'도 절대로 허투루 만들지 않았다고 한다. 출판업자 이와나미는 소세키의 유작들을 더욱 빛나도록 최선을 다한 제자에 가깝지 않았나 싶다. 또 소세키로서도 무명의 헌책방 주인과 자신이 책을 내기로 한 것이 결코 낭만적인(프랑스어 roman을 한자 소리를 빌어 낭만浪漫이라고 처음으로 표기한 것이 소세키였다) 선택이 아니고 자신의 작품을 자식처럼 소중히 여길 만한 사람이라는 정확한 선택의 결과라고 생각한다.

2016년에 완간된 현암사판 나쓰메 소세키 소설전집은 이와나미 쇼텐처럼 소세키가 기획한 표지디자인을 채택하지는 않았다. 이와나미 쇼텐에서 나온 소세키 전집이 작가가 직접 만든 표지를 현재까지 사용하고 있다는 것에 의미를 둔다면 현암사의 표지는 디자인의 아름다움뿐만 아니라 소재와 질감을 통해서 고풍스

현암사판 나쓰메 소세키 소설 전집

현암사 제공

러운 멋을 발산한다는 점에서 한 걸음 더 발전된 작품이다.

나쓰메 소세키 소설전집처럼 몇 년에 걸친 야심찬 대작을 펴낸다면 가격을 좀 비싸게 책정하더라도 구부러지지 않고 안정감이 있는 튼튼한 하드커버를 사용하는 경우가 많다. 현암사의 생각은 좀 달랐다. 종이로 표지를 만들었는데 코팅을 비롯한 후 가공을 하지 않았다. 마분지를 선택한 다음 코팅을 하지 않음으로써 까칠한 섬유 재질과 같은 촉감을 느낄 수 있도록 제작했다.

코팅되어 있지 않으니 쉽게 때가 묻고 흠집이 나는데 이 점이 오히려 표지의 주인이 오래된 고전이라는 점을 잘 말해주는 매력이 될 수도 있겠다. 세월이 흐르고 독자의 손때를 타면서 자연스럽게 빈티지 효과가 생기도록 의도한 것이 아닌가 생각된다.

현암사판 나쓰메 소세키 소설전집의 표지는 각 권마다 내용을 함축하는 그림이 수려하게 새겨져 있는데 얼핏 보면 한 폭의 아름다운 수묵화를 연상케 한다. 도서관에서 다 읽는다 하더라도 모두 구매를 해서 집에 모셔두고 싶은 욕심이 든다. 책을 사자마자 띠지를 버리는 독자라도 이 책만은 그러면 안 된다. 띠지에 인쇄된 문구는 표지에 적힌 한시를 번역한 것이기 때문이다. 어차피 띠지를 버리고 싶어도 너무 예뻐서 버릴 수가 없긴 하다. 소세키가 한 번 더 표지 디자인을 할 기회가 있다면 그건 아마도 현암사의 디자인과 비슷하지 않을까 생각된다. 번역의 질 또한 훌륭해서 외관의 아름다움을 보필한다.

현암사판 『소세키 전집』의 또 다른 장점은 번역자다. 송태욱이라면 믿고 읽어도 되는 일본어 번역가라는 신뢰를 가진 독자들이 많다.

편집자의 기분을 탐구해보자

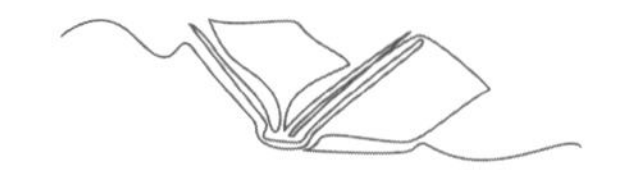

우리나라 출판계에는 기묘한 현상이 있으니, 책은 읽지 않으면서 책을 내고 만드는 사람에 대한 존경심이 남다르다는 것이다. 또 책은 갈수록 팔리지 않는데 책을 내겠다는 사람은 늘어만 간다고 한다. 나만 해도 그렇다. 대학에서 영문학을 전공하고 영어교사로 일하고 있으니 어느 정도 전공을 살려서 취업했다고 볼 수 있지만, 출판업계에서 일하는 대학 친구들을 만나면 저절로 '리스펙트'하게 된다.

나만의 편견일 수도 있는데 일반적인 회사원을 만나면 업종에 상관없이 '생활인'이라는 느낌을 받는데 출판사 편집자를 만나면 '선비' 같은 생각이 든다. 출판사 편집자에게 문자를 보낼 때는 맞춤법을 오래 생각하고, 소란스러운 프랜차이즈 카페보다는 운치 있고 조용한 찻집을 가야 할 것 같은 생각이 든다.

책을 여덟 권이나 냈지만, 여전히 출판사의 속사정이나 책을 만드는 사람들이 궁금하다. 자연스럽게 책을 만드는 사람들의 이야기를 담은 드라마 〈로맨스는 별책부록〉을 유난히 챙겨서 보았었다. 출판 편집자라는 직업에 대해서 궁금한 사람들이 우선 알아야 할 것은, 현실세계의 출판사에는 '이종석' 같은 완벽한 남자는 없다는 사실이다.

드라마를 현실과 같다고 생각하는 바보는 없겠지만 노파심에서 한마디 더 한다면 〈로맨스는 별책부록〉에 등장하는 화려하고 멋진 사옥을 가진 출판사보다는 규모가 작고 살림살이가 팍팍한 출판사가 압도적으로 더 많다. 마치 선비처럼 보이는 편집자들의 이미지와 실제는 크게 다르지는 않다.

당장 내 책을 만들었던 편집자 중에는 내가 동경하는 신춘문예 당선자도 있었고 많은 소설가, 시인들이 출판사 편집자로 일한다. 편집자로 일하는 '김먼지'가 쓴 『책갈피의 기분』제철소, 2019만큼 선비들의 일상과 업무를 잘 알려주는 책도 드물다. '김먼지'는 편집자에 대한 일반인들의 '로망'을 굳이 파괴하고 싶지 않기 때문에 앓는 소리도 적당히 하는 편이지만 편집자는 결국 '12구짜리 멀티탭'이라는 사실까지 숨기지는 않는다.

다시 말하면 원고라는 원료로 삼아 책이라는 물성을 가진 상품이 세상에 나오기까지에 관련된 일이라면 '뭐든지 다 해야' 하는 직업이라는 뜻이다. 여기에서 말하는 원고란 반드시 완성된 원고만을 의미하지는 않는다. 즉 편집자는 저자가 원고를 집필하기 전부터 관여하고 관리를 하는 경우가 많다. 편집자가 대충 어떤 일을 하는지 살펴보자.

① 작가 섭외하기, 출간 기획서 작성 : 유명 작가에게 기획서를 보냈는데 뭐 이딴 기획서를 보냈냐며 타박당하고 1년이 지난 후에 그 유명작가가 1년 전 거절했던 기획으로 다른 출판사에서 책을 낼 수도 있다.

② 출간 계약 : 계약 조건이 박하면 저자에게 요새 출판 사정이 얼마나 어려운지 해명해야 한다.

③ 집필 독려하기 : 안부를 빙자해서 저자에게 연락한 다음 저자 입에서 원고가 늦어지는 것에 대해서 통렬히 사과하고 이른 시일 내에 원고를 주겠다는 다짐을 받아내야 한다.

④ 작가가 준 원고 검토하기 : 작가라고 모두 글을 잘 쓰는 것은 아니라는 진실을 절감하는 단계다.

⑤ 책 구성 설계하기 : 4번 단계와 함께 이루어지는 작업으로, 생략 및 보완이 필요한 부분들을 정리하고, 목차를 구성한다.

⑥ 교정 : 맞춤법, 띄어쓰기, 윤문 등의 작업 후 코멘트를 달아 저자에

게 교정지를 보낸다. 그 후 저자의 수정사항을 반영하는 과정이다.

⑦ 제목 정하기 : 저자가 정해오는 경우도 있고 아닌 경우도 있다. 그렇지 않을 경우 책의 내용을 중심으로 요즘 감각에 어울릴 만한 제목을 구상한다.

⑧ 표지 정하기 : 일반적으로는 표지디자인 담당자가 진행하며, 몇 가지 시안을 두고 저자와 함께 고민한다.

⑨ 지업사에 종이 주문하기 : 책의 유형에 따라 어울리는 종이가 다르기 때문에 편집자는 종이 주문에도 고뇌한다.

⑪ 인쇄소에 제작 의뢰하기 : 인쇄소에서 본문과 표지를 인쇄한 후 제본소로 넘어가 제책 작업을 진행한다.

⑫ 보도 자료 만들기 : 신문기자가 손 안 대고 코를 풀 수 있도록 작성해야 한다.

⑬ 마케팅 : 때로는 앙심을 품고 악평을 남긴 서평에 선량한 독자인 척 하면서 댓글로 반박을 해야 한다.

물론 모든 출판사의 편집자가 이 모든 일을 다 하지는 않을 것이다. 다만 적어도 내가 겪은 편집자들은 위에 열거한 모든 업무를 직접 다 하지는 않지만 '관여'와 '관리'를 하는 것은 맞다. 사람들이 생각하는 것처럼 편집자가 고매하게 앉아서 원고만 만지는 한적한 직업이 아니다. 같이 사는 식구들 속마음도 잘 모르는 주제에 편집자들의 속사정까지 내가 속속들이 알 수는 없겠지만 편집자들의 고충은 위에 열거한 '12구짜리 멀티탭'의 역할보다 여기저기에서 치이는 '마음고생'이 더 심할 것 같다.

대부분의 저자는 본인이 쓴 책이 빨리 출간되기를 원한다. 반면 인력이나 자금이 풍부해서 계획대로 기일을 지켜가면서 출간을 할 수 있는 출판사가 많지는 않다. 출판사 입장에서는 긴급하게 빨리 출간을 해야 할 책이 생기면 다른 책은 뒤로 미뤄질 수밖에 없고, 책을 내는 여러 공정 중에서 한두 가지가 문제가 생기는 경우에도 일정에 차질이 생긴다. 외주를 준 업체에 문제가 생길 수도 있다. 이런저런 이유로 본인이 쓴 책이 출간이 늦으면 조바심이 나고 담당 편집자에게 연락할 수밖에 없는데 편집자 입장에서는 본인의 잘못인 것처럼 미안한 마음이 들 뿐더러 스트레스도 받기 마련이다.

저자들이 진행이 늦다고 편집자에게 투덜거릴 때 그 편집자는 일에 밀려서 울고 싶은 처지에 있을 확률이 높다. 저자와 출판사의 경영진 사이에 끼여 이리 치이고 저리 치이는 '책갈피'가 바로 편집자의 운명이다. 출판사 사장과 저자 사이에 편집자가 있고, 저자와 독자 사이에 편집자가 있으며, 저자와 외주 제작업체 사이에 또 편집자가 있다.

"실장님, 너무 죄송해요. 작가님이 표지 수정을 요청하셔서…… 이번이 진짜 마지막이에요! 프로필 셋째 줄에 이 단어 좀 추가해 주세요!"

"팀장님, 어떡하죠? 인쇄가 늦어져서 출고가 하루 미뤄질 것 같아요. 광고 일정 좀 봐주세요. 정말 죄송해요……"

—『책갈피의 기분』, 66쪽

읽기만 해도 암 걸릴 것 같은 이런 말들을 편집자들은 입에 달고 살아야 할 운명이다. 이런 전화를 받는 것은 또 어떨까?

"다들 책 언제 나오느냐고 빨리 사고 싶다고 야단이 났더라고요. 제가 뭐라고 말해야 하나. 허허허."

—『책갈피의 기분』, 70쪽

편집자들에게 나를 비롯한 저자는 그저 출판사 사정은 알지도, 알려고 하지 않으면서 떼만 쓰는 철부지인 경우가 제법 많다. '집필 관리'도 그렇다. 내가 아는 편집자는 '연재'를 하지 않는 저자와는 계약하지 않는다고 토로를 했는데 연재라도 하지 않으면 '도무지' 원고를 주지 않는 것이다. 출판사의 윗분들은 원고를 다그칠 것이고 저자는 감감무소식일 때 편집자의 답답함은 고온의 사우나에서 패딩을 입고 있는 것이나 다르지 않을 것이다.

화가 나고 답답하다고 해서 저자에게 사채업자가 빚쟁이를 다루듯이 다그칠 수는 없다. 저자의 기분을 상하게 하지 않으면서도 원고를 신속하게 받는 것은 무척 어려운 일이다.

친화력 또한 편집자가 갖추어야 할 중요한 덕목이다. 편집자와 저자는 얼굴을 맞대고 일을 하지 않지만 적어도 1년 이상은 서로 연락하며 의견을 교환하고 같은 고민을 공유하는 업무 파트너다. 친화력이 좋은 편집자라면 여러 출판사에서 서로 계약을 하겠다고 덤비는 저자와 계약을 따낼 확률도 높을 것이다.

자신이 담당했던 저자가 자신을 기피해서 다른 편집자에게 일을 넘겨야 한다고 푸념을 하는 편집자도 보았다. 어느 쪽이 잘못한 경우도 있겠지만 저자인 내 입장에서 생각해보면 저자와 편집자 사이에서 어느 정도 '궁합'도 존재하는 것 같다. 물론 아무리 친화력이 좋다고 하더라도 편집자로서 '실력'이 부족하면 저자에게 환영받지 못한다.

내가 생각하는 편집자의 기본 능력이란 오탈자를 예방하고 독자의 입장에서 글을 읽고 의미전달이 불분명하거나 어색한 경우 저자가 의도하는 맥락을 잘 파악하면서 교정할 수 있는 것을 말한다. 저자가 개떡같이 써도 찰떡같이 알아듣는 편집자가 있다. "작가님, 이 문장 이런 뜻으로 쓴 거죠? 아무래도 독자들이 헷갈릴 수 있으니까 이렇게 수정하는 것은 어떨까요?"라고 말하는 편집자다.

만약 당신이 출판사의 신입 편집자가 되고 싶다면 『책갈피의 기분』에 몇 가지 팁이 나와 있다. 우선 알아야 할 것은 많은 출판사가 3년 이상의 경력자를 찾기 때문에 신입 편집자로 취업하는 것이 어렵다는 사실이다. 기본적으로 출판사는 전공이나 스펙이 중요하지는 않다. 나를 담당했던 편집자는 신문방송학이나 신학을 전공한 이도 있었다. 다만 문학을 주로 다루는 출판사는 문학을 전공한 사람이, 번역서를 주로 내는 출판사는 아무래도 외국어에 능통한 사람이 더 유리한 것은 분명하다. '김먼지' 편집자의 개인적인 경험과 생각이라는 전제가 깔려 있긴 하지만 신입 편집자의 경우 이력서보다는 자기소개서를 통해서 본인의 글솜씨나 기획력을 어필하는 것이 중요하다고 한다. 본인이 지원하려는 출판사의 출간 목록을 유심히 살펴보고 연구를 해서 합격했을 때 어떤 발전적인 방향을 가지고 책을 출간하고 싶은지에 대한 포부도 자기소개서에 담으면 좋겠다.

또 한겨레 출판편집학교나 SBI 서울출판예비학교 등의 출판인을 양성하는 학교에 다니는 것도 추천한다. 내가 아는 상당수의 편집자는 이런 학교를 거쳤는데 출판에 대한 지식도 물론 중요하지만 이런 학교를 통해서 다양한 인맥을 구축할 수 있는 장점도 있다. 우리나라 출판계는 좁아서 취업이 인맥과 소개로 이뤄지는 경우가 많고 어차피 출판 일을 하자면 이런 학교에서 생긴 인맥이 큰 도움이 된다고 한다.

위에 언급한 것은 보편적인 팁이고 '김먼지' 편집자의 개인적인 신입 편집자를 위한 팁이 재미있다. '편집자가 만드는 새로운 세상'이라는 표어를 달고 편집자들을 위한 포털이라고 할 만한 '북 에디터'라는 사이트가 있다. 이 사이트의 디자인은 마치 인터넷 초창기였던 1990년대를 연상케 할 만큼 촌스럽고 단순하지만 유독 구인구직난은 활황이다.

이 글을 쓰는 하루 동안 15건의 게시물이 올라왔다. 신입 편집자를 지망하는 사람이라면 애용해야 할 성지 같은 곳인데 재미있는 것은 어느 출판사가 구인 글을 올렸는데 댓글로 '편집 노예를 구하는 내용'이라며 비판한다. 이 사이트의 자유게시판에는 구인구직난에 글을 올린 출판사가 직원 월급과 저자 인세를 미루고 미룬다는 고발(?)이 올라오기도 한다.

『책갈피의 기분』의 저자 '김먼지'가 예비 출판인에게 말해주고 싶은 팁은 출판일이 힘들 때마다 '북 에디터'에 와서 구인구직난을 살펴보는 것이다. 근무환경이 좋지 않아 금방 퇴사하는 바람에 자주 직원을 채용하는 출판사, 얼마나 막장인지 아예 몇 달째 채용을 못 하는 출판사가 올린 구인 글을 읽다 보면 100% 마음에 드는 회사 따위는 없을 터이니 그냥 다니는 회사에 만족하고 다녀야겠다는 다짐을 하게 된단다.

모든 직업이 그러하듯이 편집자도 직업병이 있는데 누구나 예측할 수 있고 겪은 바 있는 '맞춤법 강박증'이다. 나만 해도 편집자와 연락을 주고받거나 대화를 할 때 자연스럽게 맞춤법이 신경이 쓰이는데 종종 편집자는 배시시 웃으면서 '제 직업병 때문에 말씀드리는 것인데'라며 맞춤법 지적을 하곤 했다. 이건 너무나 강력한 직업병이어서 편집자라면 예외 없이 이 직업병을 가지고 있는 것처럼 생각될 정도다.

『책갈피의 기분』이 말하는 편집자의 두 번째 직업병은 어린 시절 꿈과 즐거움이었던 책이 편집자가 된 이후로는 그저 '상품'으로만 보인다는 것이다. 서점에 가면 탐욕스럽게 책을 구경하고 주저앉아서 책을 읽는 것이 아니고 요즘은 어떤 책이 잘 팔리는지 또는 본인이 근무하는 출판사에서 낸 책이 좋은 자리에 잘 진열되고 있는지에 주로 관심이 간다고.

영어교사로 오래 일한 나는 편집자의 직업병이 공감되는데 편집자가 '찌개'를 '찌게'로 잘못 표기한 메뉴판을 보고 몸이 근질근질하듯이 요리 이름이 영어로 잘못 표기되어 있으면 주인은 아니더라도 옆에 있는 아내와 딸에게라도 말을 해야 속이 편해지는 편이다. 또 온종일 학교에서 학생과 업무 때문에 지쳐서 집에 돌아와서 티브이를 켰는데 마침 스쿨드라마가 나오면 진저리가 쳐지는 것이다.

편집자가 나쁜 것만 있는 것은 아니다. '12구짜리 멀티탭' 인생 편집자에게도 보람과 즐거움은 있다.

> 예를 들면, 출판사에서 일하면 사람들이 다 멋있다고 말한다(실제로는 전혀 멋있지 않지만), 일한 결과물이 분명히 나오는지라 보람도 있다(보람 없는 책도 많지만), 학창 시절부터 존경하던 작가님을 직접 만날 기회도 있다(그 작가님조차 원고를 제때 안 주시지만), 오래 일할수록 경험이 쌓여 인정을 받는다(오래 일하고 싶지 않은 게 문제지만), 상황에 따라 프리랜서로도 전향하기가 쉽다(프리랜서가 이미 차고 넘치지만).
>
> —『책갈피의 기분』, 159쪽

'김먼지' 편집자에게 있어서 가장 큰 훈장과 보람은 저자가 머리말을 통해서 전하는 감사의 인사말이라고 하는데 내 경우도 책을 내면서 편집자가 고마울 때가 한두 번이 아니었다. 첫 책을 낼 때 '부족한 원고를 옥고로 다듬어 준 아무개 편집자에게 고마움을 전한다'라고 적었는데 편집자 본인이 그 문구를 슬며시 빼버렸다. 이게 좀 민망하기도 하겠다는 생각이 들어서 그 이후로는 그런 문구를 적지 않는데 대신 개떡같이 쓴 내 원고를 찰떡처럼 만들어준 고마운 편집자를 위해서 'SNS 기프티콘'을 애용한다.

토막 지식

개인적으로 작가로서 가장 기쁜 일은 내가 낸 책이 우수도서 선정사업에 선정이 되고, 언론에 대서특필되거나, 여러 쇄를 거듭해서 발행하는 일이 아니다. 내 책을 편집하고 출판을 책임진 편집자가 나에게 '다시 함께 책을 내보자'고 제의하는 경우가 작가로서 가장 큰 보람과 기쁨이었다. 편집자는 책의 출간과 관련된 일을 뭐든지 하는 사람이니 온갖 종류의 스트레스를 겪는다고 볼 수 있다. 편집자가 나에게 함께 해보자고 제의했다는 것은 최소한 내가 '진상' 작가는 아니라는 뜻이니 안도가 되고 기쁘다.

우리나라 출판 편집자와 관련해서 다소 아쉽다고 생각되는 점은 장기 근속자가 드물다는 사실이다. 십 년간 책을 내면서 나이 지긋하고 연륜이 풍부한 편집자를 만나본 적이 없다. 중국은 출판사를 국가가 운영하므로 출판사 직원은 공무원이며 일본은 '출판고시'라는 말이 있을 정도로 출판업계에 대한 취업 희망이 높다. 중국과 일본의 편집자는 직업 만족도가 높고 대우도 좋을 수밖에 없다. 한 출판사에서 편집자로서 평생을 보내고 좋은 대우를 받는 그림을 우리 출판계에서 기대해본다.

03

조지 오웰, 돈을 위해서 서평을 쓰다

『동물농장』

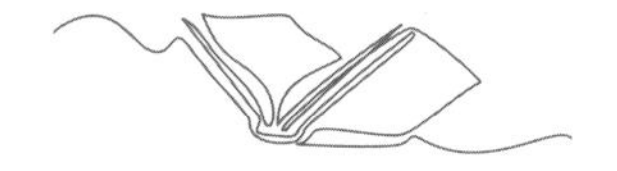

책을 공짜로 받는 사람들이 있다. 기자와 서평단이다. 세상에는 공짜가 없다. 주요 신문사 북 섹션 담당자 책상 앞에는 매주 백여 권이 넘는 책이 도착한다고 한다. 책을 좋아하는 사람들 입장에서 보면 행복한 일이겠거니 생각되겠지만 기자들은 그 책들을 훑어보고 기사를 써야 한다. '마감'의 고통이라는 양념도 있다. 기자보다 좀 더 수고가 필요한 과정을 겪어서 책을 공짜로 받는 서평단이 겪는 고통도 만만찮다.

몇몇 출판사는 새 책이 나오면 홍보를 하기 위해서 인터넷 카페나 출판사의 홈페이지에서 서평단 모집 공지를 낸다. 이때 응모를 해서 새 책을 공짜로 받고 출판사가 '기대하는' 평점과 함께 독후감을 인터넷서점과 자신의 블로그에 남기는 사람을 서평단이라고 부른다.

약간의 부지런함과 요령만 있으면 돈을 들이지 않고 '자주' 신간을 받을 수 있는 서평단은 책값이 부담스러운 사람들에게는 매력적이다. 서평단이라고 마냥 좋을 수는 없다. 서평단에 주어진 가장 무거운 압박은 '책을 읽고 아무것도 하지 않아도 되는 즐거움'을 박탈당하는 것이다. 출판사가 기대 평점이란 인터넷 서점에 남기는 별 5개를 말하는 것인데 아무리 본인이 원해서 받은 책이지만 가끔은 별 1개나 2개를 주고 싶은 책이 있기 마련이다.

서평단이 아닌 사람들은 마음껏 '분노의 별 1개'로 좋은 책을 쓰지 못한 작가를 향해서 일침을 남길 수 있는 권리가 있지만, 서평단은 출판사의 눈치가 보여서 그렇게 하지 못한다. 보통 독자 서평단을 홍보수단으로 삼는 출판사는 꾸준히 이를 시행하는데 인터넷 서평단이 별 1개를 주면 다음번에 책을 받을 수 없을 수도 있다는 두려움도 있기 마련이다. 알고 보면 그 바닥도 좁다.

서평단으로 활동할 정도면 책을 어지간히 좋아하는 사람일 테니 자연스럽게 책을 정리해야 한다는 압박이 오는 시기가 있다. 집에 아무리 책이 넘쳐도 서평단 활동으로 받은 책은 그냥 재활용통으로 보내야 한다. '증정'이라는 낙인이 찍혀 있기 때문이다. 헌책방은 '증정'이라는 낙인이 찍힌 책은 매입하지 않는다. 누군가가 공짜로 받은 것이라는 낙인이 있는 책을 돈을 주고 사고 싶은 소비자는 별로 없다. 고가의 희귀본을 실물을 보지 못하고 인터넷 헌책방에서 샀는데 내지에 '증정'이라든가 도서관 장서인이 찍혀 있으면 한숨이 나온다.

책이 마음이 들지 않더라도 서평단은 애써 칭찬을 해야 한다. '이 글은 출판사로부터 책을 제공받아 작성했다'는 표시가 없더라도 조금만 눈이 밝아도 서평단이 쓴 것임을 대부분의 독자는 눈치챈다. 서평단을 활용한 마케팅이 효과가 미미한 이유다. 다만 이런 책이 나왔다는 인식 정도는 줄 수 있다.

공짜로 책을 받는 즐거움보다 억지로 칭찬하는 서평을 남기는 고통이 더 크다고 생각하는 순간, 책은 역시 돈을 주고 사야 제맛이라는 생각을 하게 되는 순간, 다른 소비를 하지 않으면 책 정도는 가볍게 사서 읽을 수 있다는 경제력이 생기는 순간 서평단 활동을 그만두게 된다.

나는 서평단도 아니고 기자도 아니지만, 가끔 책을 공짜로 받는다. 책을 여러 권 내다 보니 안면이 있는 출판사에서 인사차 보내주기도 하고, 새로운 원고를 계약할 때마다 출판사에서는 자신의 정체성을 알려주는 책을 보내주기도 한다. 또 내가 서평집을 내기도 하고 인터넷 매체에 서평을 자주 쓰기 때문에 '읽고 제발 아무것도 하지 마'라며 보내주지만, 사실은 '읽고 제발 서평을 꼭 써주렴'이라는 부탁이 숨어있는 책을 받기도 한다.

귀한 책을 공짜로 받고 '아무것도 하지 않는' 자유를 만끽할 수는 없다. '귀하의 땀이 스며든 귀한 책이니 돈을 주고 사서 읽겠다'고 말했음에도 불구하고 굳이 보내주겠다는 책을 끝내 거절할 수는 없다. '나도 책을 내봐서 아는데' 책을 내는 출판사와 저자는 사소한 홍보라도 사활을 걸 수밖에 없다. 책 한 권이 탄생하기 위해서 저자와 출판사가 겪는 수고와 비용을 잘 알기 때문에 받은 책이 있으면 '꾸역꾸역' 서평을 작성해서 인터넷서점이나 매체에 기고한다.

물론 나도 엄연히 직장인이고 써야 할 원고가 있기 때문에 참으로 미안하게도 서평을 남기지 못하는 경우도 있다. 내가 기자나 서평단이 아닌 이상 공짜로 책을 받는 것은 고맙기도 하고 미안한 일이기도 하다.

좋아하는 작가나 출판사가 책을 내면 내 돈 주고 사서 읽고 서평을 남길 때 나는 가장 행복하다. 서평을 쓸 때 나는 기본적으로 저자와 출판사에 대한 '애정'을 그 재료로 삼는다. 내가 좋아하는 사람에게 보내는 '연애편지'를 쓴다고 생각한다. 이성애든 동성애든 사랑하는 사람에게 보내는 연애편지 형식의 서평 쓰기를 좋아한다. 내 몸이 자웅동체가 아니니 내 책에 대해서 글을 쓰는 것이 불가능하다. 책을 쓸 때 '머리말' 쓰는 것을 가장 어려워하는 이유이기도 하다.

부탁받았거나 내 책에 들어갈 원고를 채우기 위해서 서평을 쓰다 보면 책을 읽고 아무것도 하지 않았던 때가 그립다. 그때는 읽다가 마음에 들지 않으면 집어 던지면 그만이지만 서평을 써야 할 때는 그렇게 하지 못한다. 이해가 되지 않는 난해한 책도 원고를 쓰자면 어찌 되었든 그나마 이해가 되는 부분을 붙잡고 의미를 부여하여 한 편의 서평을 써야 한다. 고백하자면 다 읽지도 못하고 다 읽은 것처럼 서평을 쓸 때도 있다. '자발적인 감정의 흐름'이 아닌 직업적인, 의무적인 서평 쓰기는 쉬운 일은 아니다.

『동물농장』, 『1984』의 작가 조지 오웰이 직업적인 서평가였다는 사실을 아는가? 조지 오웰은 이튼스쿨을 졸업했지만 신통치 않은 성적 때문에 옥스퍼드대학에 진학을 못 하고 미얀마 경찰로 근무를 하다가 때려치우고 1929년 영국으로 돌아왔다. 조지 오웰은 가정교사 일도 하고 미얀마에서의 경험을 살린 원고를 틈틈이 쓰면서 밑바닥 생활을 전전했다. 그러던 중에 1930년 『뉴 아델피』라는 사회주의적 성향을 가진 잡지의 기고자가 되었다.

1935년까지 오웰은 이 잡지를 통해서 그의 에세이의 대부분을 발표하였다. 1934년 10월부터 고서점에서 근무하기 시작했는데 이때의 경험을 살려 『서점의 회상』, 『책값 대 담뱃값』, 『좋으면서 나쁜 책』 등과 같이 책에 대한 책을 출간하기도 했다. 조지 오웰이 『뉴 아델피』에 에세이를 발표하는 시기와 런던의 빈민가 홈리스 생활을 하던 시기는 겹친다.

조지 오웰만큼 치열하고 절박한 글쓰기 감옥에 시달린 사람이 많지는 않을 것이다. 1945년 『동물농장』이 성공할 때까지 조지 오웰은 생존하기 위해서 서평을 써야 했다. 물론 『동물 농장』이 출간하자마자 베스트셀러가 된 것은 아니었다. 출간이 된 직후에는 조지 오웰이 너무 무명이다 보니 서점 직원이 '동물농장'이라는 제목만 보고 농업책 서고에 진열할 정도였다. 그가 무명이 아닌 것은 생애 마지막 5년간뿐이었다. 일생의 대부분을 가난하게 살았던 조지 오웰은(조지 오웰은 필명이고 본명은 에릭 블레어였다) 생존하기 위한 서평 쓰기를 해야 했다. 그의 고충과 인간적인 고뇌를 1946년 5월 『트리뷴』에 실린 '어느 서평가의 고백'을 통해서 잘 알 수 있다.

조지 오웰이 말하는 밥벌이로서의 서평가의 가장 큰 고충은 35세이지만 50세로 보이는 겉늙음, 영양실조 상태, 빨간 글씨가 인쇄된 세금 독촉장, 빚을 받으러 오는 사람들의 쿵쾅거리는 발소리가 아닌 것 같다. 전혀 알지 못하는 분야의 세 권의 두툼한 책을 이삼 일 안으로 읽고 원고를 넘겨야 하는 것도 아닌 것 같다.

독자들에게 자신의 무지가 들키는 것을 방지하기 위해서 읽기 싫고 잘 모르는 분야의 책을 최소한 50쪽 정도만 읽고 서평을 쓰는 직업적 양심의 가책도 아닌 것 같다. 마감 시간 3분을 앞두고 글쓰기를 마치는 압박도 아닌 것 같다.

서평가로서 조지 오웰이 가장 힘들어한 것은 서평을 하는 대부분의 책에 대해서 과도한 칭찬을 해야 하는 구속이었다. '이 책은 읽을 가치가 없으며 아무런 재미를 못 느꼈기 때문에 돈 때문이 아니라면 서평을 쓰고 싶지 않았을 것이다'가 본심이지만 '이 책이야 말로 당신이 죽기 전에 꼭 읽어야 할 100권의 책 중의 한 권이다'라고 칭찬을 하는 일이 조지 오웰에게는 가장 힘든 일이었다.

조지 오웰이 서평용으로 받는 열 권 중의 아홉은 '읽을 가치가 없는 책'이라는 평가가 적합하지만, 사람들이 돈을 주고 책을 사도록 글을 써야 했다. 그는 생계형 서평가였다. 조지 오웰은 간절히 희망했다. 좋은 책을 읽고 긴 서평을 남기는 것을.

잃어버린 채대치를 찾아서

『한 외교관의 러시아 추억』

오프라인 서점에서 고전 코너를 기웃거리다 보면 눈에 띄는 출판사가 있다. 이 출판사에서 나오는 고전들은 80년대 부잣집 서재에 꽂혀 있을 법한 디자인에 하드커버이면서도 가격이 월등히 저렴하다. 게다가 출판 목록도 많다. 이 출판사는 동서문화사다. 권당 가격도 저렴하지만 다른 출판사라면 여러 권으로 분할해서 출판할 만한 책도 단권으로 내는 경우가 많다.

책 수집을 오랫동안 한 사람이라면 동서문화사는 더 낯이 익은 출판사다. '동서추리문고'라는 매력적인 사냥감을 제공했기 때문이다. 내로라하는 기라성 같은 책 사냥꾼도 이루지 못한 꿈이 동서추리문고 전집이었다.

1970년대 후반에 출간된 이 시리즈는 비록 주머니에 쏙 들어갈 만한 작은 판형이지만 전집이 무려 126권인 대형프로젝트였다. 이 시대에 추리소설에 입문한 상당수의 독자는 바로 동서추리문고 시리즈의 인도를 받은 경우가 많다. 검은색으로 통일된 126권의 이 시리즈 전체가 서점에 꽂혀 있는 것을 본다면 당연히 아우라가 느껴진다.

청춘 시절 이 시리즈와 추억을 나눴던 독자들은 이 시리즈를 구하기 위해서 혈안이 되었다. 수많은 사냥꾼 중에는 『여명의 눈동자』의 원작자이기도 하고 추리소설로 유명한 김성종 작가(추리문학의 보급과 발전을 위해서 35억 원의 사재를 털어 설립한 부산의 추리문학관의 설립자이기도 하다)도 끼어 있었다.

결과는 당연히 실패였다고 한다. 한때 책 수집가로 행세한 나도 이 시리즈에 관심을 가졌는데 전권을 수집하는 것은 꿈도 꾸지 못했고 특히 귀하다고 소문난 66번 『우주선 비이글호』와 91번 『멜랑콜리의 묘약』을 2000년대 초반에 권당 2만 5천 원에 구했을 뿐이다. 출간 당시 정가는 990원이었다. 2007년에 동서문화사에서 나

동서추리문고' 중에서 유난히 인기가 높았던 〈멜랑콜리의 묘약〉과 〈우주선 비이글호〉

온 『인간적인 너무나 인간적인』이 19,800원인데 이 현란한 가격 정책의 뿌리가 꽤 깊다는 것을 알겠다.

어쨌든 나중에야 알게 된 사실인데 내가 『우주선 비이글호』와 『멜랑콜리의 묘약』을 손에 넣고 마치 신에게서 하사받은 선물인 것처럼 눈물을 흘리며 감격할 즈음 동서문화사에서는 이 시리즈를 재간하고 있었다. 1970년대 후반에 출간된 동서추리문고는 2003년 동서미스테리북스라는 이름으로 새로 나왔다.

한편 번역 및 도쿠가와 이에야스의 『대망』의 저작권과 관련하여 비판받기도 하는 출판사이기도 한데 주머니 사정이 넉넉하지 않은 학생 독자들 입장에서는 영화를 보면서 먹는 팝콘처럼 자기도 모르게 자꾸만 손이 가는 출판사이기도 하다. 자본주의 사회에서 '저렴한 가격'만큼 매력적인 장점이 있겠는가. 또 다른 장점도 있다. 서머싯 몸이 최고의 영문소설이라고 극찬했고 옥스퍼드 대학 석좌교수인 존 캐리가 영어로 쓰인 가장 위대한 소설이며 톨스토이의 『전쟁과 평화』와 견줄 만한 소설이라고 찬사를 한 『허영의 시장』 같은 경우 2019년 2월 웅진지식하우스에서 출간되기 전까지 국내 독자들은 동서문화사판 말고는 선택지가 없었다.

2012년에 출간된 동서문화판 『허영의 시장』은 2019년까지 국내에서 유일한 번역본이었다. 이런 사정으로 번역이 형편없고 여러 가지 문제를 가지고 있으니 무조건 동서문화사는 읽지 말라는 할 수는 없는 노릇이라는 것이다. 동서문화사가 중역을 많이 한다는 비판을 받지만 의외로 가독성이 괜찮은 번역이라고 칭찬하는 독자들도 많다.

편견을 가지고 있다가 막상 읽으면 술술 잘 읽히는 경우가 많은 것이 동서문화사다. 재미난 것은 번역의 질로 독자들의 불평을 많이 받는 동서문화사에 좋은 의미에서 전설적인 번역본으로 인정받는 많은 목록이 있다는 사실이다. 무려 10권짜리인 데다 표지도 예쁜 국내 유일한 번역본『그린게이블즈 빨강머리 앤』, 존재 자체만으로 빛이 나는『율리시스』, 결정판 이름이 무색하지 않게 전작을 수록했으며, 독문학 전공자가 번역했고, 삽화도 최고라고 평가받는『안데르센 동화전집』, 영문학자로 유명한 장왕록 선생이 번역한『바람과 함께 사라지다』를 비롯한 다수의 책이 그 주인공들이다.

동서문화사에는 또 다른 빛나는 번역가가 있다. 1970년대 중반에 도스토옙스키의 명작들을 가독성이 뛰어나며 애정이 가득한 훌륭한 번역으로 소개해서 러시아문학에 목말라 하던 국내 독자들을 열광시켰던 채대치 선생이 그 장본인이었다.

그가 번역한 도스토옙스키를 다른 번역서와 비교하면서 읽다보면 번역가가 아니고 이야기꾼에 가깝다는 것을 금방 알게 된다. 전체적으로 간결하면서도 일반 독자들에게 가능한 친숙한 어휘를 사용하려는 노력을 기울였다는 것이 금방 느껴진다. 서양 고전이 아니고 마치 구수한 한국 전래동화를 읽는 듯한 친근감이 든다.

정작 번역가 채대치는 생소한 인물이었다. 그의 저작에 매료된 독자들조차도 UN에서 러시아 전문가 과정을 이수했다는 저자가 밝힌 이력 말고는 그에 대해서 알거나 개인적으로 인연이 있는 사람이 드물었다. 그 당시 국내 상황에서는 상상하기 어려운 독특한 그의 이력은 독자들의 호기심을 더욱 자극하였지만, 그의 정체는 끝내 밝혀지지 않았고 1980년대 초반 홀연히 사라졌다. 꿈만 같은 일이었다. 심지어는 독자들 사이에서 실존하는 인물이 아닐지도 모른다는 소문이 돌기도 했다.

전설로만 전해졌던 그가 2000년 『한 외교관의 러시아 추억』 동서문화사이라는 책으로 돌아왔다. 채대치가 아닌 채수동이라는 이름으로 번역서가 아닌 본인이 원작자인 단행본으로 재림했다. 1970~80년대 이 땅의 러시아문학 애호가들의 '아이돌'의 정체는 잡지사 기자를 거쳐 평생을 외교관으로 산 공무원이었다. 그렇다고 그가 본인 입으로 '내가 채대치요'라고 말한 것은 아니었다. 그와 친분이 있는 기자의 끈질긴(?) 추궁 끝에 마지못해 고개를 끄덕인 것뿐이다.

아마도 외교관이라는 직업 때문에 자신의 정체를 숨긴 것이 아니겠느냐고 추측한다. 채수동 선생은 2005년 10월 28일에 별세했다. 인터넷서점을 검색해보면 채수동 선생의 이름으로 나온 도스토옙스키 번역서는 사후인 2007년부터 본격적으로 출간된 것으로 확인된다. 따라서 번역가로서 채수동 선생의 마지막 역작은 돌아가시기 전 해에 완역된 톨스토이의 『인생이란 무엇인가』로 추정된다.

전3권(3천 쪽이 넘는다)으로 나온 이 대작을 완성한 이듬해에 작고했으니 번역가 채수동이 이 작업에 얼마나 공을 들였는지 짐작이 된다. 이 불후의 명작을 2004년에 우연히 구매한 나는 그 육중한 덩치에 질려서 제대로 읽지 않고 서재에 방치했더랬다. 물론 채수동 선생에 대해서도 아는 바가 없었다.

우연히 채수동이라는 낯선 동네에 도착한 나는 『한 외교관의 러시아 추억』을 읽으면 개인사에 대해서 자세히 알 수 있을 것 같은 기대감으로 냉큼 주문했다. 책을 받아서 확인해보니 2001년 초판이었다. 누렇게 변색이 된 내지를 보고 새삼 세월의 무게를 절감했다. 책의 내용과 제목에서 외교관이라는 신분을 의식해서 업무와 자신을 내세우지 않으려는 의도가 보였다. 외교관이 쓴 외교비사가 아니고 본인 말처럼 여러 나라의 견문록이나 문화체험기라고 해야 적당한 책이다. 게다가 제목에 자신의 이름을 특정하지 않고 '한 외교관'이라는 익명으로 숨겼다. 책을 펼치자 한 시대를 풍미했던 번역가의 개인사가 궁금해서 펼쳐본 내지의 문구가 가슴을 먹먹하게 한다.

이십세기의 마지막 동짓날 밤

나일강 철교를 지나가면서

이 세상에서 제일 크고 밝은 보름달을 나는 보았지

달 속에서 아내가 손짓해 주네.

1999.12.22

이 땅에 러시아문학 1세대로서 큰 족적을 남긴 번역가의 유일한 원저는 먼저 세상을 떠난 아내를 사무치도록 그리워하는 글로 시작하고 있었다. 평생 고생을 했지만 언제나 명랑했던 아내를 그리워하고 있었다. 1995년 유방암 4기를 선고받은 아내는 수술하더라도 자신의 생명이 5년 남짓 남았다는 사실을 알게 된다. 외교관으로서 외국을 전전한 남편은 아내와 마지막 여행을 떠났고 아내는 남편에게 왜 글을 쓰지 않느냐고 묻는다. 글쓰기를 약속받은 아내는 보름달을 쳐다보면서 이렇게 말했다.

나는 이 다음에 죽으면 저 달 속으로 들어갈 거예요.

저 달 속에다 아주 집을 짓고 살아야지…… 그리고 밤마다 당신의 창문을 찾아가서……

당신이 우리들의 지내온 이야기를 쓰는 모습을 비춰 줄 테야……

—『한 외교관의 러시아 추억』, 25쪽

남편에게서 글을 쓰겠다는 약속을 받은 아내는 몇 년 후 그토록 바라던 남편의 책을 보지 못하고 세상을 떠났고, 『한 외교관의 러시아 추억』으로 아내와의 약속을 지킨 남편 또한 몇 년 후 그토록 그리워한 아내 곁으로 갔다. 꽁꽁 언 땅 위에 온종일 불을 피우고, 땅이 녹기를 기다렸다가 아내를 묻은 남한강 기슭으로 갔다.

『한 외교관의 러시아 추억』을 읽다 보니 채수동 선생의 지인이 무려 4쪽에 걸쳐서 200년 묵은 정력에 좋은 거북이 찬사를 늘어놓는다. 그것만으로도 슬며시 웃음이 나오는데 부친의 함자에 거북 구龜자가 들어 있다는 것이 선물받은 거북이를 잡아먹지 않은 이유 중 하나로 삼은 선생의 선함에 반했다.

그것뿐인가. 결국 이 200년 묵은 거북이를 방생하기로 했는데 일부러 음력 4월 초파일에 모스크바 강가로 가서 혼자서 삼배를 하고 노모의 장수를 기원하는 삼배를 올리는 의식을 올렸다고 한다. 200년 묵은 거북이를 방생한 효과가 있었는지 그의 노모는 아흔이 넘도록 장수했지만 정작 본인은 60대 초반의 나이로 유명을 달리했다. 짐작건대 3천 쪽이 넘는 대작을 번역하느라 기력을 쇠잔했고 또 먼저 간 아내를 너무 그리워한 탓은 아닐까?

동서문화사와의 아름다운 인연도 알게 되었는데 동서문학사 편집부에서 일하던 한국외대 학우가 선생에게 『죄와 벌』의 번역을 권했고 일 년간의 산고 끝에 채대치 번역판이 출간되었다고 한다. 다만 채대치가 본명이 아닌데 왜 본인의 이름으로 나온 책이 라고 여겼는지는 의아스럽다. 더욱이 채수동 선생과 경기고등학교 동창인 불문학자 김화영 선생은 침이 튀길 만큼 치열하게 발음할 때 잘 어울리는 이름 즉 채대치로 그를 기억하고 있었다.

고등학교 동창조차도 채대치가 언제 채수동으로 바뀐 것인지 모른다. 또 독자들 사이에서는 가명을 쓴 탓에 채대치라는 사람이 과연 실존하는 인물인지에 대한 논란이 제기되기도 했다. 이른바 "잃어버린 채대치를 찾아서" 논쟁이 바로 그것이다. 그건 그렇고 놀라운 것은 그가 『죄와 벌』을 번역해서 출간한 것이 대학생 때의 일이라는 것이다. 번역료로 등록금을 마련하고 모친에게 선물까지 했다고 한다. 1995년에 발생한 현대전자 연수단 납치 사건과 관련된 이야기는 차라리 단편소설로 내놔도 손색이 없을 만큼 긴장감과 서사 전개 솜씨가 뛰어나다. 이 이야기의 전모를 이야기하는 것은 이 책의 후배 독자들에게는 차마 하지 못할 악행이라고 생각한다.

이 책은 제목과는 달리 러시아뿐만 아니라 수단, 이집트, 터키, 루마니아 등 채수동 선생의 부임지에 관한 이야기도 많은데 이 꼭지가 워낙 임팩트가 좋으니 독자로서 양해가 된다. 이 에피소드를 읽고 나니 그가 외교관이 아니고 소설가나 번역가로 활동했다면 한국문학사에 얼마나 큰 파도를 남겼을지 가늠이 되지 않는다.

20쪽이 채 되지 않는 분량의 에피소드에 선생의 따뜻한 인간미와 이야기꾼으로서의 역량이 가득하다. 안타깝고 또 안타까운 일이다. 다 읽은 『한 외교관의 러시아 추억』과 먼지를 뒤집어쓰며 내 서재의 구석진 깊은 곳에서 잠자고 있던 『인생이란 무엇인가』를 내 서재 중간쯤 나란히 눕혔다. 마치 남한강 기슭에서 나란히 누워있는 채수동 대사 부부처럼.

평생 동안 고치고 또 고친 『광장』

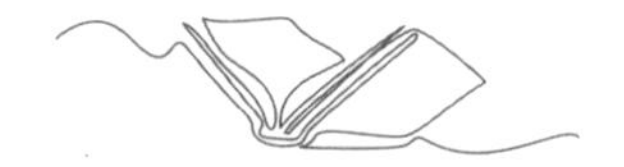

작가가 평생에 걸쳐서 고치고 다듬은 작품이 있다. 그 대표적인 작품이 최인훈 선생이 돌아가실 때까지 고치고 또 고친 『광장』이다. 『광장』은 1960년 11월 잡지 『새벽』을 통해서 이 세상에 처음 나왔다.

최인훈 선생이 25세가 된 해였다. 당시 육군에 복무 중이던 최인훈 선생이 출장지였던 대전에서 1960년 여름 한 철(3개월)에 완성한 소설이 『광장』이다. 1959년 '자유문학'으로 등단한 신예작가 최인훈이 쓴 『광장』은 나오자마자 한국사회에 큰 충격과 반향을 던져주었다. 문학평론가 김현 선생의 말마따나 정치사적으로 따지면 1960년은 학생들의 해이지만 소설사적으로 보자면 1960년은 『광장』의 해였다.

불과 석 달 뒤인 1961년 2월에 정향사 출판사에서 원래 원고지 600매였던 것에 200매를 더해서 장편소설 단행본으로 다시 출간했다. 분량을 좀 더 늘였으면 좋겠다는 출판사 사장 주채원 선생의 요청에 따른 것이었다. 『광장』의 유구한 '개작의' 역사는 초판부터 시작되었다. 윤석원 화백의 녹색 그림으로 표지를 삼은 정향사 판본은 『광장』으로서는 최초의 단행본이다. 이 판본이 평생에 걸친 『광장』의 개작 역사에서 '원형'에 가깝다. 『광장』이 단행본으로 출간된 사정은 이랬다. 정향사 출판사는 서울신문사 뒤쪽에 위치한 '학원사' 출판사의 '방을 하나 얻어서' '간판을 달고' 출판을 시작했다.

당시 정향사 출판사 사장 주채원 선생은 일제강점기 시절 '갑신동맹'이라는 항일지하단체를 조직하고 간부로 활동했다. 고등학교 영어교사로 일을 하기도 했었는데 정향사를 차린 후 일본 작가 '고미가와 준뻬이'의 소설 『인간의 조건』을 번역 출간해서 큰 돈을 벌었다. 독립운동을 한 사람으로서 일본소설로 돈을 벌었다는 것에 대한 '양심의 가책'을 느끼고 당시 정향사 편집장이었던 강민 선생에게 한국문학을 출간하고 싶으니 좋은 작품을 추천해 달라고 했다고 한다.

강민 선생은 마침 신동엽 시인이 편집을 맡고 있던 『새벽』에 실린 『광장』을 읽고 감동한 나머지 출판사 사장에게 추천했다. 사장 또한 자신의 이념과 맞는 대작이라고 판단하여 당장 '최인훈이라는 사람'을 수소문했다. 당시 그 어떤 문인도 『광장』과 같은 작품을 쓴 이가 없었다. 당시까지 그 누구도 문학 작품을 통해서 이념 문제를 드러내지 않았다. 마침내 군복 차림의 최인훈 선생이 출판사에 나타났고 증보해서 출간을 했다.

1967년 신구문화사의 '현대 한국문학전집'으로 낼 때 다시 수정했고 1973년 7월 민음사로 출판사를 옮겨서 낼 때는 구시대적인 한자를 현세대에 맞게 한글로 모두 고쳤다.

이 판본에서 갈등을 상징하는 갈매기 장면을 다시 썼다. 원래는 두 마리의 갈매기가 은혜와 윤애를 상징했는데 이를 은혜와 그녀가 임신 중이던 명준의 딸로 고쳤다. 1976년에 이르러 문학과지성사에서 전 12권 완질본 최인훈 전집을 낼 때는 아예 개작이라고 할 만큼 대폭 손을 봤다. 손을 대지 않는 곳이 거의 없을 정도의 개작이었다.

초판이 나온 지 근 40년이 되어가는 1989년판은 한글세대의 가독성을 높이기 위해서 세로쓰기에서 가로쓰기로 바꿨다. 또한 새로 나온 표기법도 적용했다. 2001년에는 문학과지성사에서 발간 40주년 기념 2천 부 한정본이 출간되었는데 한지에 선생의 인장이 찍혀 있고 고유번호가 새겨져 있다.

필자는 이 판본을 나오자마자 사서 책장에 꽂아두기만 했는

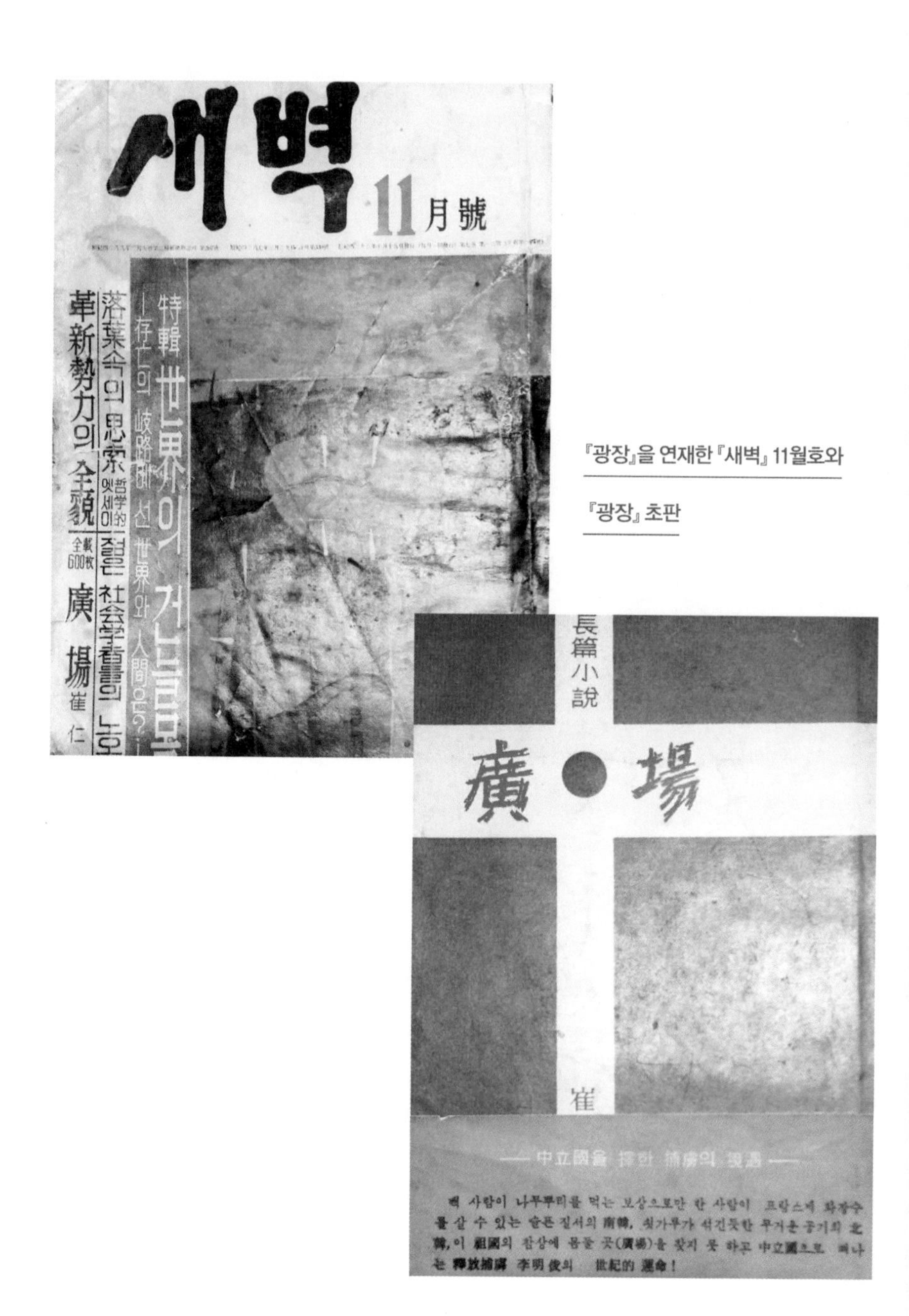

『광장』을 연재한 『새벽』 11월호와

『광장』 초판

1960년 『새벽』에 실렸던 6점의 삽화 중 하나

데 기가 막히는 일을 겪었다. 워낙 판본이 다양하니까 기념 삼아 다른 판본을 구해봐야겠다고 헌책방을 검색하는데 40주년 기념 한정본이 내 서재에서 거의 20년 동안 잠들어 있는 동안 가격이 40만 원 가까이로 올라가 있었다. 출간 당시 가격은 2만 4천 원이었고 내가 소장하고 있는 것은 20년 동안 딱 한 번 펼쳐졌다.

40주년 기념판『광장』

『광장』은 계속 진화를 거듭해서 2010년 5월에는 총 194쪽 중에서 14쪽의 분량을 아예 지우고 새로 썼다. 2014년 12월에는 광장 발표 55주년을 기념해서 1960년 잡지『새벽』에 실린 당시 고故 우경희 화백의 삽화 6장을 수록한 개정판을 냈다.

우경희 화백의 삽화는 게재 당시에 타고르 호 선상에 선 주인공 이명준의 혼란스러운 심정을 잘 표현했다는 평가를 받았다. 이 판본이 아마도 '10차례에 걸친' 수정의 가장 최신 개정판이다. 최인훈 선생은 2018년에 별세하셨으니『광장』을 평생 고쳤다는 말이 틀리지 않는다.

『광장』뿐만 아니라 1994년 민음사를 통해 발표한 소설『화두』도 2002년 문이재 출판사로 옮겨 출간할 때도 900여 군데를 수

정했다. 다만 작품의 내용을 상징하는 『광장』이라는 제목에 대해서는 애착을 고수했다. 『광장』이 1995년 대산문화재단의 번역지원사업으로 독일어판 출간을 하게 되었다. 2년 뒤에 출간을 앞두고 문제가 생겼는데 독일의 저작권법에는 같은 제목을 가진 책이 두 권 이상 존재할 수 없다는 조항이 있다고 한다. '광장'을 독일어로 번역하면 'Der Platz'가 되는데 이 제목의 책이 존재하고 있었다.

출간을 준비하던 담당자들은 최인훈 선생에게 비슷한 다른 제목을 권했지만 제목을 바꿔서 출간하느니 차라리 하지 않겠다고 버텼다. 결국 시간이 더 흘러 2002년이 되어서야 『Der Platz』라는 제목을 가진 독일의 출판사에게 어렵게 허락을 구해서 최인훈 선생의 독일어판 『광장』 즉 『Der Platz』가 출간될 수 있었다.

『광장』은 선생이 돌아가신 2018년 당시까지 통산 204쇄 70만 부 이상 팔린 기록을 가지고 있으며 고등학교 교과서에 가장 많이 게재된 작품이기도 하다. 정신력이 살아 있는 한 한 글자라도 후대에 더 좋은 모습으로 보이려고 노력한다는 선생의 지론을 실천한 것이다.

출판사와 시대에 따라서 다양한 판본을 출간한 『광장』은 유독 수집가가 많은데 2019년 한 고서 경매에서 저자 서명본 정향사 초판본이 170만 원에 팔렸다고 한다. 현재 한 헌책방에서는 1960년 『새벽』 11월호부터 시작해서 그 이후에 나온 전 7종 18권 초판 풀세트가 4백 5십만 원에 팔리고 있다.

최인훈 선생이 평생에 걸쳐 10차례 개작한 방향은 이렇다.

> 첫째, 가급적이면 초간본의 정신을 지켜나가고 개작은 뼈대를 수정하는 정도로 한다.
>
> 둘째, 군더더기와 지나치게 감정적인 표현은 줄인다.
>
> 셋째, 문장을 바르게 고치고 문단은 고르게 나눈다.
>
> 넷째, 글이 빠르게 진행되도록 주어는 줄이고 어미를 진행형으로 바꾼다.
>
> 다섯째, 글의 리듬감이 느껴지도록 쉼표를 적절히 이용한다.
>
> 여섯째, 한자로 구성된 단어는 우리말로 고친다.
>
> 일곱째, 남한과 북한. 체제에 대한 비판은 서로 비슷하게 맞추며 부족한 측면은 보충한다.
>
> 여덟번째, 소설 속에 등장하는 갈매기가 의미하는 상징성을 수정한다.

최인훈 선생은 이 8가지 방향성을 지키기 위해서 60년 동안 『광장』을 고치고 또 고쳤다.

책 사냥꾼의 보물섬, 고려원출판사

『오에 겐자부로 전집』, 『영웅문』

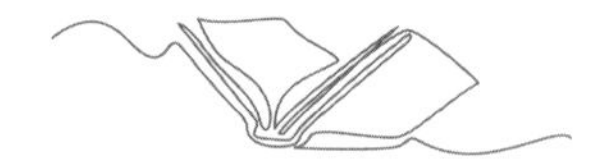

구한다는 사람은 봤는데 다 구했다는 사람은 보지 못한 전집이 있다. 그 이름도 찬란했던 고려원에서 번역 출간한 '오에 겐자부로 전집'을 말하는 것이다. 절대로 다 구하지 못할 것으로 생각되었던 웅진출판사의 『20세기 일문학의 발견』, 뿌리깊은나무의 『민중자서전』을 모두 구한 나도 오에 겐자부로 전집은 손을 놓았다.

이 시리즈가 수집가의 입장에서 짜증나는 것은 총 24권으로 구성되어 있는데 번호 순으로 출간되지 않았고 무작위로 출간되었다는 점이다. 더구나 출판사가 문을 닫는 바람에 아예 출간되지 못한 목록도 있다. 오에 겐자부로 전집을 수집하고자 하는 사람은 어떤 것이 출간되었고 출간되지 않았다는 정보부터 알아야 한다. 아래 15권이 일단 출간되었다가 절판된 목록이며 수집가들이 목표로 삼아야 할 것들이다. 괄호 안 숫자는 전집 번호다. ①권에서 ⑤권까지는 출간되지 않았고 ⑥권이 가장 먼저 출간되었다.

⑥ 개인적 체험

⑦ 만연원년의 풋볼

⑧ 우리들의 광기를 참고 견딜 길을 가르쳐 달라

⑩ 핀치런너 조서

⑪ 동시대 게임

⑫ 레인트리를 듣는 여인들

⑭ 하마에게 물리다

⑮ M/T와 숲의 이상한 이야기

⑯ 그리운 시절로 띄우는 편지

⑰ 킬프 군단

⑲ 조용한 생활

⑳ 치료탑/치료탑 혹성

㉑ 타오르는 푸른나무 : 제1부 구세주의 수난

㉒ 타오르는 푸른나무 : 제2부 흔들림

㉓ 타오르는 푸른나무 : 제3부 위대한 세월.

아래 목록은 아예 출간되지 않은 목록들이다.

① 중단편집. 죽은 자의 사치

② 나쁜 싹은 어릴 때 제거하라. 우리들의 시대

③ 늦게 온 청년

④ 성적인간. 외침 소리

⑤ 일상생활의 모험

⑨ 홍수는 나의 영혼에 넘쳐 흘러

⑬ 새로운 인간이여, 눈을 떠라

⑱ 인생의 친척

㉔ 오에 겐자부로론

정리하면 총 24권이 예정되어 있었는데 15권이 출간되었고 9권이 끝내 출간되지 못했다. 이 중 ⑥번 『개인적 체험』은 을유문화사에서, ⑦ 『만연원년의 풋볼』은 『만엔원년의 풋볼』이라는 제목으로 웅진지식하우스에서 출간되었다.

2008년 3월 열린책들에서 니코스 카잔차키스 사망 50주기를 기리는 한국어판 전집 30권을 발간했다. 원고지로 약 50,000매에 달하는 대작이다. 니코스 카잔차키스의 모든 작품을 수록한 완역본이다. 당시 열린책들에서는 '1974년 『희랍인 조르바』가 국내에서 최초로 번역된 이래 안정효, 이윤기 등의 번역으로 읽히기도 했으나 절판되어 더 이상 전해지지 않는다'고 밝혔는데 이는 고려원에서 출간한 니코스 카잔차키스 작품을 말하는 것이다.

열린책들의 30권 완성집에 비하면 고려원에서 낸 카잔차키스 작품은 선집 정도에 불과하지만 분명 카잔차키스에 관련해서 선구자적인 역할을 하였다. 고려원은 1979년에 안정효 번역 『영혼의 자서전』, 1981년 이윤기 번역 『그리스인 조르바』을 필두로 카잔차키스 작품을 출간했다.

재출간할 책을 고르는 출판사 직원이라면 고려원 목록을 참고할 필요가 있다. 그만큼 다방면으로 다양한 책을 많이 낸 출판사다. 요즘 독자들은 파울로 코엘료의 『연금술사』를 말하면 당연히 2001년에 나온 문학동네판을 생각하지만 사실 문학동네판보다 8년이나 빠른 1993년에 고려원에서 『양치기 소년』이라는 제목으로 출간했었다. 물론 문학동네가 누린 인기는 없었지만 말이다. 모르긴 몰라도 문학동네에서도 적잖이 놀랐을 것이다. 예전에 나온 책을 재출간했는데 뜬금없이 베스트셀러가 되었으니까.

토머스 해리스가 쓰고 영화로 제작되어 큰 인기를 끈 『양들의 침묵』을 국내에 처음 번역 출간한 것도 고려원이었다. 이윤기 선생이 번역을 맡아 1991년 출간했다. 고려원에서 나온 『양들의 침묵』은 얼핏 보면 영상소설이라고 착각하기 쉬웠다. 표지부터가 여자주인공인 조디 포스터가 나온 영화 포스터를 그대로 썼고 내지에 영화 스틸사진과 포스터를 대거 수록했기 때문이다. 고려원은 영화로 인기를 끈 소설을 출간할 때는 영화에 사용된 포스터와 스틸사진을 책에 적극적으로 활용을 하는 마케팅을 좋아했다. 물

고려원에서 나온 카잔차키스의 책들

이상한나라의 헌책방 윤성근 제공

론 저작권 개념이 확실한 지금은 불가능한 마케팅 방법이다.

고려원은 1998년 문을 닫기 전까지 국내 최대의 출판사였고 요즘은 상상하기 어려운 TV광고도 꾸준히 했었다. IMF의 여파 때문에 망한 고려원 책들은 신간 구간 할 것 없이 권당 2천 원에 땡처리되는 비운을 겪는다. 워낙 규모가 크고 장르를 가리지 않고 책을 많이 낸 만큼 헌책 수집가들에게도 많은 유산과 사냥감을 남겼다. 고려원 SF시리즈도 그중 하나다. 목록은 다음과 같다.

1. 여름으로 가는 문(로버트 하인라인)

2. 세계 SF걸작선(아이작 아시모프)

3. 시간여행 SF걸작선(데이비드브린 외)

4. 코믹 SF걸작선(프레드릭 브라운)

중국의 셰익스피어라고 불리는 김용 작가의 『영웅문』 또한 고려원에서 나왔다. 고려원이 남긴 헌책 사냥꾼을 위한 유산이다. 김용 작가는 믿기지 않지만 총 3억 부 이상을 팔았다고 알려졌는데 이 3억 부 안에는 고려원이 판 800만 부의 『영웅문』은 포함되지 않는다. 국내 최대 출판사였던 고려원이 해적판으로 출간했기 때문이다. 영세한 출판사였던 고려원은 이 해적판 한 권으로 빌딩을 매입할 정도로 부자가 되었다고 한다. 『영웅문』은 『오성식 생활영어 SOS』와 함께 고려원을 부자 출판사로 만든 공신으로 꼽힌다. 고려원은 한길사, 범우사, 행림출판, 정신세계사와 함께 1980년대를 대표하는 출판사로 군림했다.

고려원이 망하고 나서 김영사가 정식 판권으로 김용의 『사조영웅전』, 『신조협려』, 『의천도룡기』를 출간했다. 문제는 고려원에서 냈던 해적판 『영웅문』이 헌책방에 나오자마자 팔렸다는 것이다. 해적판임에도 불구하고 번역의 질이 정식 판본에 뒤지지 않는다. 심지어 어떤 면에서는 더 낫다는 평가가 있었고 무엇보다 싼 가격 또한 매력이었으리라. 고려원이 해적출판사로 출발해서 국내 최대 출판사로 군림하면서 수없이 많은 베스트셀러를 냈지만 정작 망하고 나서부터는 『오에 겐자부로 전집』, 『영웅문』, 『SF시리즈』 등 독자들이 헌책방에서 애타게 찾는 희귀본이 고려원이라는 출판사를 기억하게 한다.

밀리터리 덕후들이 사랑한 책

『강철의 사신』

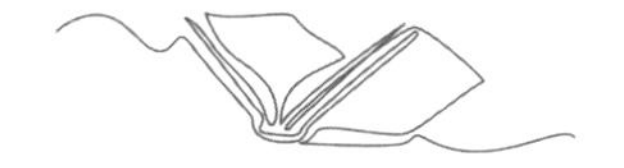

'밀덕(밀리터리 덕후의 준말로서 군대와 관련된 무기, 전쟁 등에 광적인 관심을 가지고 있는 사람)'하기 좋은 시절이다. 그만큼 과거에 비해서 정보가 많다는 뜻이다. 무기나 야전에 적용되는 군사 관련 지식은 국방대학원, 육군대학, 공군대학, 해군대학과 같은 군인들의 재교육 기관에 비매품으로 비치되어 있었고 일반인들이 구하기 어려웠다.

대략 1990년대 이전까지가 포함되는 이 암흑의 시대에 활동하던 밀덕들이 군사 정보를 얻는 경로는 조악했다. 그 당시 대도시 초등학교 앞에는 문구점이 많았는데 예외 없이 프라모델을 많이 팔고 있었다. 이 세계에도 나름의 등급이 있어서 프라모델 브랜드 중 타미야를 최고로 쳐 주었고 아카데미가 2급, 에이스가 3급, 나머지는 잡급이었다. 물론 완성품이 아니고 본드를 이용해서 조립을 해야 한다. 주로 전차나 전투기가 대부분이었는데 전차에는 모터가 달린 것이 많아서 어느 정도 구동이 되었다.

프라모델 박스 뒷면에는 해당 무기에 대한 제원, 활약 시기 등이 적혀 있었는데 이것이 평범한 밀덕들의 유일한 정보원이었다. 그러다가 1990년대에 들어와서 걸프전이 터지면서 각 방송사들이 미군의 최첨단 설명을 해주는 바람에 군사 지식이 확대 보급되었다. 1990년대 중반에 들어와 어느 정도 밀덕이 형성되기 시작했고 수요가 발생하자 1995년에 전문 군사잡지라고 할 수 있는 『플래툰』이 등장했다.

『플래툰』은 무려 국방부 보안 검토를 통과한 생활관 비치도서다. 참고로 『플래툰』은 1991년에 창간된 『취미가』라는 프라모델 전문잡지와 연관이 깊다. 『취미가』와 『플래툰』은 모두 우리나라 모형 분야에서 큰 업적을 남겼고 『이대영의 밀리터리 디오라마』라는 책을 낸 이대영 선생이 창간한 잡지다. 참고로 『이대영의 밀리터리 디오라마』는 자신의 모형 작품을 소개하고 지형, 건물, 차량, 인물 모형 등의 제작 기법을 소개한 책이다.

잡지 『취미가』는 사실 우리나라 밀덕들에게 큰 선물을 주었다. 『취미가』는 일본에서 명성이 높은 밀리터리 전문 만화가인 고바야시 모토후미의 작품을 우리나라 최초로 정식으로 소개했다. 이 만화가는 이미 1970~80년대에 밀리터리 모형이 유행하던 일본의 시류와 맞물려 인기를 누렸지만 우리나라에서는 잘 알려지지 않았던 인물이었다. 극히 일부의 밀덕들에게만 알려졌던 고바야시 모토후미의 『솔져블루』라는 작품을 연재함으로써 정식으로 소개한 것이 『취미가』였다.

『취미가』는 이것으로 만족하지 않고 SS탱크킬러로 유명한 미하일 비트만의 전기만화인 『강철의 사신』을 1994년에 출간했는데 이 역시 우리나라에서 출간된 고바야시 모토후미의 단행본 1호다. 『강철의 사신』은 그 이후에 초록배매직스2001를 거쳐 길찾기출판사2014에서 발간되었는데 지금은 절판되었다.

『강철의 사신』이 출간된 이후로 '초록배매직스' 출판사가 2000년대 초반에 고바야시 모토후미의 작품을 '마구마구' 출간했다. 고바야시는 전쟁만화의 최고봉으로 불리는 작가이다. 아무리 일본에서는 명성이 높은 작가라고 하지만 국내에서 아직도 생소한 밀리터리 전문 만화가의 작품이 많이 팔릴 리가 없는데도 말이다. 밀덕들에게는 고마운 일이었다. 고바야시 모토후미는 전쟁만화의 대가답게 조금 과장해서 사진보다 더 정교한 극사실적 만화체를 자랑했고 밀덕들은 열광했다.

다만 번역의 질에 관한 불만이 제기되었으나 차츰 개선되었다. 특이할 만한 저작은 『제2차 한국전쟁』인데 한국전쟁을 다룬 만화다. 고바야시 모토후미의 책은 '길찾기'라는 출판사에서도 몇 권 출간되었다. 『캣 쉿 원 80 *Cat Shit One 80*』이란 만화도 길찾기를 통해서 나왔는데 아프가니스탄 분쟁을 비롯한 소규모 전쟁을 다룬다. 2000년부터 플래툰의 편집장을 맡은 바 있는 홍희범 선생이

『강철의 사신』

초록배매직스와 길찾기 출판사에서 나온 표지

번역을 해서 번역 또한 믿을 만하다.

다만 고바야시 모투후미의 전쟁만화가 가지고 있는 극사실주의는 사진이나 자료가 귀하던 시절에는 압도적인 위력을 가지고 있었지만 몇 번의 키보드질만으로 정확한 사진을 구할 수 있는 요즘에는 그 위엄을 발휘하기가 어렵다. 즉 밀덕 역사에서 구시대의 추억이라고 봐야 한다.

1990년대 중반 이후로 인터넷이 널리 보급되기 시작하면서 밀덕은 더 이상 배고프고 고달픈 덕질이 아니게 되었다. 인터넷 동호회를 만들어 정보를 교환하고 공유하기 시작했다. 또 간단한 검색만으로도 국내외 논문을 비롯한 광범위한 군사 정보를 누구나 접근할 수 있는 시대가 되었다. 인터넷의 보급은 군사정보의 확대에 기여를 했지만 검증되지 않거나 사실이 아닌 정보가 떠돌아다니는 문제를 발생시키기도 했다. 너무 쉽게 정보에 접근할 수 있는 시대가 되다 보니 발품을 팔아서 취득한 과거의 정보보다 신빙성이 결여된 측면이 있다. 인터넷 속도가 더 빨라져서 정보 수집이 점점 쉬워지기 시작한 1990년대 후반과 2000년대 초반은 다른 측면에서도 밀덕들에게는 행복한 시절이었다. 〈라이언 일병 구하기〉[1998], 〈진주만〉, 〈밴드 오브 브라더스〉[2001], 〈블랙 호크 다운〉[2002]이라는 걸출한 전쟁영화와 미국드라마가 나온 시대였다.

1990년대에 군사 지식이 인터넷 덕분에 양적으로 성장했다면 2000년대는 좀 더 사실에 가까운 지식이 보급되기 시작한 시대였다. 가람기획과 플래닛미디어 출판사가 그 선두주자였는데 양적으로는 플래닛미디어가 압도적이다. 2007년은 적어도 밀덕에게는 획기적인 한 해였다. 3대 유럽전선사 서적이라고 할 수 있는 존 키건의 『제2차 세계대전사』청어람미디어, 글랜츠의 『독소전쟁사』열린책들, 프리저의 『전격전의 전설』일조각이 출간되었기 때문이다.

다만 밀덕들이 성서로 여기는 3대 저서가 그동안 군사서적의 메카라고 생각했던 양대산맥 출판사에서 나오지 않았다는 것은 밀덕 입장에서는 아쉬운 대목이다. 군사서적 전문출판사라고 부를 만한 출판사가 없다는 뜻이기 때문이다.

이 군사서적 삼대장이 가치가 뛰어나다는 것이 책을 낼 때 기본적으로 고려해야 할 '확장성'은 거의 고려하지 않은 오직 밀덕만을 바라보고 낸 책이라는 점이다. 군사와 전쟁에 대한 기본적인 지식이 없으면 읽기 힘든 책들이다. 한마디로 밀덕 냄새가 진동해서 일반인들은 코를 쥐어 잡아야 한다. 회를 먹지 않는 사람이 홍어회를 먹을 수는 없는 노릇이다. 이익과 수요가 낮은 이 책은 2007년 초판이 발행되고 나서 절판이 되었는데 밀덕들의 집요한 요구로 2011년 재출간되었다. 문제는 이 재출간본마저 절판이 되었고 밀덕들이 호소한 끝에 2015년에 또 재출간되었다. 물론 또 절판될 '예정'이다. 군사서적을 대표하는 『독소 전쟁사』가 군사서

적의 비애를 잘 보여준다. 수요가 많지 않으니 출판사도 찔끔 찔끔 찍어 내고 적은 수요가 끊임없이 요구하니까 몇 년마다 한 번씩 재출간하곤 한다.

이런 책들은 절판이 되면 중고로 구하기가 힘든데, 이 책을 산 대부분의 독자들은 심심풀이나 호기심으로 산 경우가 드물고 대부분 군사 지식이 많은 밀덕들이라 소장용으로 사기 때문이다. 남은 선택지는 도서관뿐인데 갈 때마다 대여 중이니 '이 놈의 도서관에는 왜 이렇게 밀덕이 많냐'라는 한탄을 하게 된다.

『독소전쟁사』는 소문난 밀덕들이, 『전격전의 전설』은 육군 전차대대장을 거친 장군이 번역을 맡았기 때문에 번역의 질이 높은 장점도 있다. 『독소전쟁사』가 어렵다면 리처드오버리가 쓴 『스탈린과 히틀러의 전쟁』을 권한다. 밀덕 냄새가 덜 지독해서 일반 독자라도 읽을 수 있다.

최근에도 좋은 군사서적이 나오고 있지만 현역 군인이나 전문가나 볼 법한 밀덕 냄새가 진동하는 목록은 드물다. 군사서적이라도 인문학적인 요소가 섞여 있거나 일반 독자들도 흥미를 가질 만한 가벼운 소재가 주로 담겨 있어야 그나마 팔리기 때문이다. 요즘 밀덕들은 책보다는 유튜브를 많이 이용한다. 더 이상 책으로 밀덕 노릇을 하기 어려운 시대다.

미셸 우엘백이 쏘아올린 번역의 문제

『소립자』

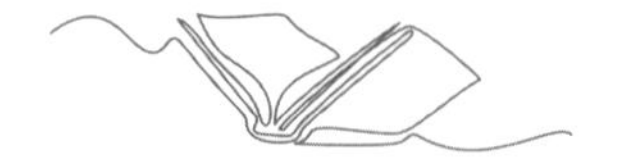

미셸 우엘벡이 쓴 『소립자』이세욱 역, 열린책들, 2009를 읽었다. 흥미롭고 지적인 책이었다. 20세기 후반에 서유럽에 살았던 아버지가 다른 두 형제의 대조적인 성생활 탐구로도 읽히고, 생물학에 대한 진지한 학술서로도 읽히고, 서유럽의 경제 · 정치에 관한 책으로도 읽힌다. 정치 · 경제 · 사회적 배경의 변화에 따라 맞물려 변모하는 두 남자의 연애와 성생활의 변화를 절묘하게 연동시키는 작가의 솜씨를 보고 있자니 경외심이 절로 생긴다.

고종석의 『빠리의 기자들』새움, 2014을 읽었을 때의 감탄이 연상되었는데, 유럽의 정치 · 경제 상황과 기자들 간의 연애사가 따로 놀았던 아쉬움이 『소립자』에는 없었다. 우엘벡이 쓴 소설을 모두 주문해버렸다. 전작주의를 실천할 만한 작가다. 진보적인 새 문물이 유행하던 서유럽을 배경으로 삼았는데 임신중절 수술, 가슴확대 수술의 선구자 세대였고 야동에나 나올 법한 자유로운 섹스를 즐기는 주인공이 등장하지만, 동양적인 애절한 감성과 유머는 이 소설을 더욱 빛나게 한다.

> 할머니는 평생 그렇게 자식과 손자를 위해 살았다. 만일 누구든 인류의 행동에 관해서 철저하게 분석하고자 한다면, 미셀의 할머니와 같은 사람들을 반드시 고려해야 하리라. 그런 사람들은 역사적으로 존재했다. 평생토록 오로지 헌신과 사랑으로 고된 일을 마다하지 않고 살았던 사람들, 자기들의 삶을 말 그대로 남에게 바친 사람들, 그러면서도 전혀 자신을 희생하고 있다고 생각하지 않은 사람들, 헌신과 사랑의 마음으로 자신들의 삶을 남에게 바치는 것 말고는 삶의 다른 방식을 생각하지 않았던 사람들은 분명히 존재했다. 그리고 그런 사람들은 대개 여성이었다.
>
> —『소립자』, 123쪽

굳이 토를 달지 않고 싶고 그럴 필요도 없는 문장이다. 그저 애절하고 어머니 생각이 나서 눈물만 흐르는 글이다. 지적이고 통찰력이 느껴지는 유머가 있다면 이런 것들이 아닐까?

> 확실히 에이즈는 그 세대의 남자들에겐 그야말로 하나의 축복이었다. 그들은 성기가 물렁해진다 싶으면 얼른 콘돔을 꺼낸다. 그러면 그

들의 성기는 완전히 물렁해져 버리지만, 그건 정력이 약한 탓이 아니라 콘돔 탓이다. 따라서 "이놈의 것에는 도무지 익숙해지질 않아"라고 한마디만 하면 그들의 남성적인 능력은 대체로 의심받지 않는다. 그렇게 짧은 의식을 거행하고 나면, 그들은 여자의 몸에 기대어 평온하게 잠이 든다.

—『소립자』, 196쪽

참으로 경험과 통찰력이 없고는 나올 수가 없는 유머가 아닐 수 없다. 작가와 소설의 위대함에 대한 찬양은 그만하고 이 소설을 읽으면서 소설의 번역에 대해서 생각해보게 되었다

명색이 20세기 후반 서유럽을 배경으로 하는 소설인데 강산이 두 번 변했다는 표현은 어색했다. 서유럽의 청년 화자의 입을 통해서 "딸딸이를 쳤다"라든가 "용두질을 했다"는 표현도 그렇다. 강산이 두 번 변했다는 표현을 발견했을 때 대체 프랑스어의 어떤 표현을 이렇게 번역했는지 확인하고 싶은 욕구가 치밀었다.

말이 나왔으니 하는 말인데 번역서의 경우 원문과 대조해서 읽는다면 무척이나 호사스럽고 지적인 독서법이 되겠다. 원서와 번역서를 비교해서 읽으면 그동안 천상의 세계에 사는 신의 능력을 갖추었다고 추앙하는 번역가의 인간적인 면모를 발견하는 경

우가 있다. 원서에는 분명히 한 문장인데 여러 문장으로 분해해서 번역하는가 하면 명백한 오역도 발견하기도 한다.

원저자가 긴 문장으로 글을 썼다면 그만한 이유가 있는 법이다. 작가는 문장의 길이도 표현상의 문제에 못지않게 의도를 가지고 있는데 번역가가 임의로 여러 문장으로 잘라서 번역하는 것은 일종의 '지나친 친절'이라고 생각한다. 프랑스 사람들이 오랜 시간이 지난 상황을 두고 강산이 두 번 변했다는 표현을 쓸 리가 없다.

원서에는 아마도 프랑스식 표현이 있을 터인데 원문을 그대로 번역하고 독자의 이해를 위해서 주석을 달아주는 것은 어떨까 싶다. 가령 빌 브라이슨의 『나를 부르는 숲』에는 여성이 남성에게 '고양이'라고 말을 했는데 번역가가 여기서 말하는 고양이라는 말은 나약하고 여성적인 청년을 말하는 표현이라고 주석을 달아 놓았다.

이 부분에서 고양이를 '기생 오라버니'처럼 우리나라 사람들이 이해하기 쉽게 의역하는 것보다는 저런 식으로 주석으로 설명하는 쪽이 낫겠다. 독자들은 서양에서는 기생 오라버니 같은 남자를 고양이라고 부른다는 것을 알게 되고 지식이 하나 더 늘어나는 것 아니겠는가? 딸딸이를 친다는 표현이 우리말로 표준어인지를 확인하기 위해서 동료 국어 선생에게 물어보기가 민망해서 확인은 못 해봤지만 조금 거시기하다.

껌 좀 씹는 청소년들이 사용하는 비속어를 발견하고 놀랐는데 용두질은 또 뭔가 말이다. 비슷한 상황을 두고 20세기 청소년들이 사용하는 은어를 사용했다가 조선시대 역사소설에나 나올 법한 표현이 등장하는데 어리둥절할 수밖에. 분명 해당 언어의 권위자로 통하는 번역가니까 나름의 이유는 있겠지만 프랑스소설을 읽는데 용두질을 한다는 표현을 보자니 에펠탑 앞 프랑스식 노천 식당에서 된장찌개를 먹는 기분이랄까.

편집자가 2년 동안 애타게 찾아다닌 책

『죽음의 부정』

독자들만 희귀본을 구하기 위해서 동분서주하는 것은 아니다. 책을 만드는 편집자가 2년 동안 애타게 찾아다닌 절판본이 있다. 죽음을 주제로 한 책 중에서 단연 손꼽는 고전으로 추앙받으며 1974년 퓰리처상을 수상한 어니스트 베커의 『죽음의 부정*The denial of Death*』이 그 주인공이다.

문화인류학자 어니스트 베커의 평생에 걸친 역작인 『죽음의 부정』은 2008년에 국내에 번역되었지만 절판되었다. 이 책은 죽음에 대한 진지한 논의나 성찰로 가기 위해서 반드시 거쳐야 하는 관문과 같은 책이니 재출간에 대한 열망이나 절판본을 구하고 싶다는 의지가 강한 것은 자연스러운 일이었다.

최초의 번역본이 절판되면서 국내 독자들은 '죽음에 대해 알고 싶은 사람이라면 꼭 만나게 된다'는 이 책을 만나지 못했다. 이 책의 절판본을 필사적으로 구하려고 했던 독자들의 소망과 이 책을 재출간하고 싶다는 출판계의 의지에 대한 응답은 뜻밖에도 아홉 살 소녀의 '죽음에 대한 호기심'에서 시작되었다.

호기심이 충만하고 모르는 것이 없다고 자신감이 넘쳤던 아홉 살 소녀는 살아오면서 유일하게 해결되지 않는 과제 즉 죽음의 비밀을 스스로 알아내기로 했다. 아홉 살 인생에서 모르는 것은 책이나 질문을 통해서 모두 알아낼 수 있었는데 유독 '죽음'만은 지금까지 유용했던 그 어떤 경로로도 알아낼 수가 없었기 때문이다.

소녀는 지금까지 자신의 호기심을 충족시켜 주었던 세상의 모든 지식 공급체계에 대한 보답으로 이번엔 자신이 직접 새로운 지식의 공급자가 되기로 했다. 어느 날 오랫동안 공부하고 생각해낸 계획을 감행하기에 이르렀다. 다행히 그녀의 선구적인 실험에는 비용이 많이 소요되지 않았다. 또 별도의 실험실도 필요하지 않았다.

용감한 소녀는 급식으로 나온 우유와 함께 '실리카겔'을 맘아 먹었다. 이 알갱이들이 그녀를 죽음으로 편안하게 데려다 줄 것을 의심치 않았다. 하지만 그녀의 프런티어 정신이 가득한 실험은 실패하였다. 죽지는 않고 배만 불러왔기 때문이다. 실리카겔을 포장한 종이에 적힌 문구 "인체에 무해하나 먹지 마시오"처럼. 소녀의 장이 충실히 제 할 일을 한다는 것은 증명되었지만 죽음의 비밀을 알아내겠다는 야심찬 시도는 실패로 돌아갔다.

실행력이 남달랐던 이 소녀는 포기를 몰랐다. 첫 번째 시도가 실패로 돌아가자 플랜B를 가동했다. 이번엔 다소 자금을 필요로 하는 실험이었다. 밀폐된 공간에 백합을 두고 자면 질식사할 수 있다는 도시괴담을 들은 것이다. 소녀는 용돈을 모아 산 백합 한 단을 머리맡에 두고 잠을 청했지만, 안타깝게도 두 번째 시도 역시 실패로 돌아갔다. 소녀가 경험한 것은 질식이 아니었고 꿀잠이었다.

용감했던 아홉 살 소녀의 두 번의 시도는 『죽음의 부정』한빛비즈, 노승영 역, 2019의 저자인 어니스트 베커의 일화를 떠올리게 한다.

> 어니스트 베커의 병실을 찾아갔을 때 그가 맨 처음 꺼낸 말은 다음과 같다. "최후의 순간에 절 찾아오셨군요. 제가 죽음에 관해 쓴 모든 것을 드디어 검증할 때가 되었습니다. 사람이 어떻게 죽는지, 어떤 태도를 취하는지 보여줄 기회가 찾아온 거죠. 제가 과연 존엄하고 인간답게 죽음을 맞이하는지, 죽음에 대해 어떤 생각을 하는지, 어떻게 죽음을 받아들이는지 보여드리겠습니다."
>
> —『죽음의 부정』 서문 중에서

어니스트 베커의 집요하고도 치밀한 죽음에 대한 탐구는 그가 사망한 지 3개월 후 퓰리처상을 수상함으로써 미진하나마 그 열매를 거뒀고, 아홉 살 소녀의 두 차례에 걸친 무모한 죽음 체험 시도는 수십 년이 지난 2019년에 그 결과물이 탄생하였다. 시간이 흘러 편집자로 성장한 그 아홉 살 소녀의 손에서 『죽음의 부정』 복간본이 출간되었기 때문이다. 하지만 복간을 위한 초역본을 구하는 과정은 어린 시절 미처 이루지 못한 죽음에 대한 실험만큼이나 험난했다.

인터넷 중고서점에 입고 알람을 걸어두었지만 눈앞에서 놓치기를 반복했다. 알람을 받고 얼른 들어가 보면 그 사이에 다른 발 빠른 독자가 낚아채 가곤 했다. 어디엔가 다소곳이 먼지를 뒤집어쓴 채 자신을 기다릴 것 같아서 오프라인 헌책방을 돌아다녔지만, 그 어디에도 없었다. 상심에 빠진 그녀를 구출해 준 곳은 도서관이었다. 이마저도 공용 서가가 아니고 신청을 하면 사서가 별도 서가에서 책을 가지고 나오는 방법으로 간신히 만날 수 있었다.

간신히 책 내용을 검토해서 재출간을 확정하였지만, 출간을 진행하자면 책이 꼭 있어야 하겠다고 생각한 그녀는 초역 번역본 사냥을 멈추지 않았다. 책을 수집하다 보면 꼭 그 책을 읽고 싶다기보다는 사냥에 성공하고야 말겠다는 오기가 생기는데 이 오기야말로 책 수집가를 성장하게 하는 원동력이다. 여러 번의 시행착오 끝에 한 인터넷서점의 알람이 뜨자마자 전광석화처럼 클릭해서 마침내 정가의 4배를 주고 초역본 『죽음의 부정』을 구할 수 있었다. 헌책방과 인터넷을 뒤진 지 2년 만의 감격적인 순간이었다.

한빛비즈가 2019년 새로 낸 『죽음의 부정』은 독자를 세 번

놀라게 한다. 그 가격이 첫째이며, 내용의 난해함이 둘째, 고급스럽고 튼튼한 장정이 마지막이다. 비싼 가격에 투덜거리면서 주문하지만 일단 이 책을 손에 넣으면 반드시 만족하게 된다는 것이다. 게다가 '믿을 만한' 번역가 노승영 선생의 손을 거친 작품이라는 것이 이 책의 가치를 더한다.

천으로 표지를 삼은 튼튼하고 고급스러운 장정을 만지다 보면 출판사가 이 책의 제작에 얼마나 공을 들였는지 실감된다. 표지의 반 이상을 천으로 마감하고 하단에는 종이를 사용하는 독특한 구조인데 종이에는 '죽음'과 '부정'이라는 두 개의 단어를 연상하게 하는 어지혜 작가의 그림이 인쇄되어 있다.

『죽음의 부정』을 새로 내는 출판사와 편집자에게는 다행이었던 것이 원서가 출간된 지 오래된 책이라 저작권료 자체는 비싸지 않았다. 덕분에 절약한 비용과 이윤의 상당 부분을 책의 완성도에 투자했다. 책을 읽다 보니 편집자가 겪었던 그간의 고충을 알 것 같다. 책은 뒤로 갈수록 난해해서 읽기를 포기하는 독자가 많을 것 같다. 이런 독자들에게 이 말을 꼭 전하고 싶다.

이 책을 읽기 전에는 지구를 떠나시면 안 됩니다.

에필로그

윗글을 쓰고 나서 두 달쯤 지났다. 일주일 만에 본가에 와서 서재 문을 열었다. 나무꾼이 높은 산에서 해온 장작을 지게에서 내려놓는 것처럼 뿌듯하게 새로 산 책을 내려놓았다. 새로 산 책을 내려놓고 무심히 한 귀퉁이를 보았는데 『죽음의 부정』이라는 글씨가 눈에 들어온다. 물론 한빛비즈에서 나온 『죽음의 부정』이 아니고 내가 윗글에서 2008년에 번역 출간되었지만 절판되었다고 무심하게 말한 인간사랑 출판사에서 나온 『죽음의 부정』이다. 그것도 다른 책에 눌려 쌓여 보이지 않는 곳이 아니고 '전망 좋은 곳'에 있었다.

믿을 수 없는 현실을 부정하다가 결국 조심스럽게 내가 '바보'임을 자백할 수밖에 없었다. 내 서재에서 발굴한 인간사랑 판은 2008년 초판이었다. 살펴보니 정성스럽게 읽은 흔적이 없다. 분명 이제 막 불혹이 넘은 11년 전의 내가 이 책을 샀을 때는 무슨 이유가 있었을 텐데 아무런 기억이 없다. 궁금하지만 어쩔 수 없는 도리다. 내가 이 책을 사두기만 하고 묵혀두고 있는 동안 우리의 한빛비즈 편집자는 이 책을 그토록 찾아 헤맸고, 희귀본이라는 이유로 정가의 2배 넘는 가격에 팔리고 있었다. 이런 생각을 하고 있자니 이제는 어디 가서 희귀본을 수집한다는 말을 하면 안 되겠다는 다짐을 하게 된다.

명색이 책 수집가가 제 집에 있는 희귀본을 못 알아본단 말인가. 내친김에 인간사랑판 『죽음의 부정』을 11년 만에 자세히 살펴보았다. 한빛비즈판과 인간사랑판을 나란히 비교해서 읽어보았는데 번역에 대한 기본 방향만 서로 다른 것을 느꼈을 뿐 번역의 질은 각자 다른 방식으로 매우 훌륭했다. 한빛비즈판은 11년 늦게 나온 것이니만큼 좀 더 현대적이고 실생활 언어에 좀 더 가까우며 가독성에 좀 더 초점을 맞췄다면 인간사랑판은 원문에 좀 더 충실한 번역이었다.

놀랍게도 인간사랑 출판사는 2008년 『죽음의 부정』을 '죽음학 시리즈'의 두 번째 책으로 출간했다. 이 시리즈에는 『죽음의 부정』, 『죽음학의 이해』, 『인문학으로서의 죽음교육』이 포함된다. 죽음이라는 무거운 주제로 시리즈를 편찬한 인간사랑이라는 독특한 이름을 가진 출판사가 궁금했다. 인터넷서점에서 출판사 이름을 검색했더니 무려 694권이 검색되었고 첫 책이 1986년에 나온 『마르크스의 이데올로기 과학비판』이었다. 출판 목록의 거의 대부분이 출판사 이름처럼 인간(인문)과 고전이었다. 1986년 이래로 인문 고전을 고집하면서 694권의 책을 낸 출판사를 그동안 모르고 지냈다니 이해가 되지 않는 노릇이다. 책 꽤나 읽는다는 자부심에 상처받은 나는 오기가 발동해 694권의 목록을 하나씩 확인해 나갔다. 아무리 살펴보아도 2008년 교통사고처럼 우연히 『죽음의 부정』을 구매한 것 이 외에는 인간사랑과의 거래는 없었다.

인간사랑 출판사는 2008년에 출간한 '죽음학 연구 시리즈'로 만족하지 않았는지 혹은 10주년을 기념하고 싶었는지 알 수 없으나 2018년에 『죽음학 스케치』라는 또 다른 죽음 인문학 책을 냈다. 저자는 산부인과 전문의 김달수 선생인데 이력을 보니 한양대 공대 전자과를 졸업하고 다시 순천향대 의대를 졸업하고 의사가 된 분이다. 대한죽음학회 이사로 활동하기도 하고 『그날은 온다』라는 소설을 낸 소설가이기도 하다. 『죽음학 스케치』는 죽음에 대한 끝판왕을 끊임없이 찾아 헤맨 나의 방황에 마침표를 찍어 주었다. 죽음의 의미, 영혼과 사후 생, 죽음 준비 교육, 장례, 호스피스, 임사 체험 등 말 그대로 죽음에 관련된 이 세상의 모든 지식을 담고 있었다.

이토록 인문학에 정진해 온 출판사를 까마득하게 모르고 지냈다니!

『죽음의 부정』

(좌) 인간사랑, 2008 / (우) 한빛비즈, 2019

소명출판의 소명

『문학의 논리』

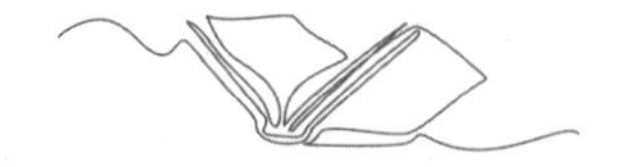

20년 동안 오직 학술서만을 1,900여 종 가까이 펴낸 출판사가 있다. 이 책이 팔릴까 하는 의문은 둘째 치고 서점 매대에 도저히 진열되기도 어려울 것 같은 책만 골라서 낸다. 국문학과 동아시아학을 전문으로 내는데 내 경우를 말하자면 '나라도 이 책을 사주어야겠다'는 '소명'의식과 '나는 무려 이런 책을 소장하고 있어'라는 '선민'의식으로 이 출판사의 책을 사는 경우가 많다.

팔리지 않는 책을 소개할 수 없는 숙명 때문에 이 출판사의 목록을 외면해야 하는 출판평론가들이 늘 미안해하기도 한다. 이 출판사가 아니면 세상의 빛을 보지 못할 금쪽같은 1,900여 종의 책을 선택한 사람에게는 그만한 값어치를 되돌려 준다. 팔리지 않는 학술서만을 내면서도 무려 1천만 원의 상금을 주는 임화문학예술문학상을 후원한다. 소명출판이 그 주인공이다.

소명출판의 책을 주문할 때는 책이라는 상품을 구매한다는 느낌과 다르다. 말솜씨는 없지만, 공부를 엄청나게 열심히 한 사내를 만난다고 생각하게 된다. 귀한 스승을 모신다는 비장한 각오로 소명출판에서 나온 책을 구매한다. 의외로 출판사의 시작은 소박했다. 학비가 부족해서 무려 10년에 걸쳐서 대학을 다닌 소명출판의 박성모 사장이 제대를 하고 우연히 한국어계통론의 권위자인 강길운 선생의 연구실에서 임화의 『문학의 논리』라는 불온한 책을 발견한 것이 소명출판의 시작이었다.

임화는 조선의 랭보라는 찬사를 받으며 윤동주, 백석, 황순원과 일제강점기 문화계를 대표하는 꽃미남 트로이카 중 한 명이었다. 시인으로서 임화는 우리나라에서 최초로 단편 서사시를 시도했다. 그가 쓴 단편 서사시의 대표작은 「우리오빠와 화로」, 「젊은 순라의 편지」, 「어머니」 등이 있다. 문학비평가로서 임화는 우리나라 비평의 근간을 구축했다. 임화는 영화 주연배우로도 활약한 다재다능한 예술인이었다. 업적은 화려했지만, 말로는 불우했다.

24살의 나이로 마르크스 문학을 지향했던 카프의 서기장으로 활약하다가 광복이 되고 나서 박헌영과 함께 월북했지만, 남로당 숙청 작업이 한참일 때 미국의 스파이, 친일 행위, 반소련, 반공의 죄를 뒤집어쓰고 총살을 당했다. 북한에서 처형되었던 임화는 남한에서조차 그의 이름이 언급되는 것 자체가 금기시되는 문학가로서는 더 치욕스러울 수 없는 처지가 되어버렸다.

박성모 사장이 대학생 시절 강길운 선생의 강의실에서 『문

임화(1908~1953)의 청년시절과

『문학의 논리』 초판

박성모 제공

학의 논리』를 발견한 1980년대 중반에도 임화는 실명으로 부를 수도, 표기될 수도 없는 사람이었다. 그는 임화가 아닌 '○화'로만 불려졌다. '○화'가 쓴 불온서적 『문학의 논리』를 강길운 선생의 책장에서 발견하고 박성모 사장의 심장이 뛰었다. 전설적인 금서를 코앞에서 알현한 박성모 사장은 은사에게 "선생님 이 책 복사 좀 하겠습니다"라고 말해 버렸다.

책에 대해서 애착이 없는 사람들은 '그깟 복사가 뭐가 대수냐'고 말할 수 있지만, 책을 보물처럼 아끼는 사람에게 '복사'는 국보급 도자기를 밥그릇으로 쓰면 안 되느냐고 부탁하는 것이나 다름없다. 책 한 권을 복사하자면 원본이 상할 수밖에 없다. 먼지마저도 조심스럽게 닦아내는 애서가에게 복사는 청천벽력이나 다름없다. 더욱이 강길운 선생은 거의 결벽증 수준으로 책을 소중히 보관하는 애서가였다.

제자의 당돌한 부탁이 어지간히 당황했을 강길운 선생은 태연하게 "자네들이 뭐 알기나 하겠나. 임화에 대해서"라며 선뜻 『문학의 논리』를 내주었다. 금지된 보물을 품에 안은 박성모 사장과 한 친구는 복사집에 달려갔다. 복사집 주인에게 아픈 자식을 의사에게 부탁하듯이 원본이 상하지 않고, 정성을 다해서 복사해 달라고 신신당부를 했다. 과연 튼튼하고 아름다운 제본으로 이 세상에 단 2권밖에 없는 『문학의 논리』가 탄생했다.

임화문학예술전집

책 사이즈도 두툼하고 큰 원본에 비해 여백을 잘라내고 아담하게 제작했다. 그야말로 참 예쁜 책이 되었다. 원본은 상당히 훼손되었다. 책보다 제자를 사랑하셨던 강길운 선생은 아무런 말이 없이 원본을 받아들였다고 한다. 대학을 졸업하고 결국 한국문학 전문 출판사를 운영하게 된 박성모 사장은 당연히 『문학의 논리』 원본을 구했지만, 대학 시절 복사집에서 만든 복사본에 더 애착을 가졌고 그의 애정서 1호 자리는 원본이 아니고 복사본이 차지한다.

스승의 원본을 훼손해 가면서 정성스럽게 만든 복사판 『문학의 논리』를 정성스럽게 읽은 박성모 사장은 '임화문학전집을 내기 위해서 출판사를 차리기에 이른다. 임화가 소명출판의 뿌리라고 한다면, 『문학의 논리』가 포함된 임화문학전집은 소명출판이 후원하는 임화문학예술상의 뿌리다.

임화는 1930년대 새롭게 태동한 문학 경향에 반대하며 사실주의 문학을 옹호하는 평론으로 일약 조선을 대표하는 평론가로 등극하였는데 당시의 평론을 엮은 유일한 평론집이 바로 『문학의 논리』다. 당시 약 7년 동안 다양한 매체에서 발표한 평론 가운데 임화 자신이 직접 고르고 고른 대표작을 선별했다는 점에서 더욱 가치를 더한다.

박성모 사장이 강길운 선생의 연구실에서 발견한 『문학의 논리』는 학예사라는 출판사가 1940년 12월 20일에 출간한 초판본이다. 재미있는 것은 학예사가 금광으로 큰돈을 번 최남주가 투자하고 임화와 국문학자 김태준이 경영을 맡은 출판사라는 것이다.

장정을 『근원수필』로 유명한 김용준이 맡았으며 앞뒤 표지 모두에 연꽃이 수줍게 그려져 있다. 연꽃 위에는 꽃보다 훨씬 작은 조각구름을 배치했고 위아래에 횡선을 배치하여 안정감이 느껴진다. 평론집이다보니 화려한 표지보다는 점잖은 표지를 지향한 것이다. 표지는 두툼하고 본문은 갱지다. 판권이 인쇄된 뒷면에는 학예사가 발행한 책 광고가 실려 있다. 800쪽이 넘는 하드커버라서 당시 판매 가격이 3원이었다. 오늘날의 가치로 대략 5만 원이 좀 못 되는 비싼 책이었다.

임화 전집을 내기 위해서 박성모 사장은 임화 전문가들을 편집위원으로 삼고 무려 9년이 넘게 동안 자료를 수집하는 등 애를 쓴 끝에 2009년 5월 마침내 전집의 1차분을 출간했다. 원문의 맛을 살려 현대어로 옮기되, 각주를 상세히 달아 보충한다는 취지를 그대로 반영한 결과물이었다.

애초에 임화문학예술전집은 총8권으로 기획되었고 시, 문학사, 문학의 논리, 평론 1 · 2가 먼저 출간되었다. 산문 및 자료집으로 6~8권까지 출간을 계획하였지만, 시간이 또 흘러 10년이 지난 2020년이 된 지금도 박성모 사장이 계획했던 2차분은 아직 나오지 못하고 있다. 그만큼 힘들고 시간이 많이 드는 대업이기도 하다. 임화 전집을 낼 만한 규모 있는 출판사들이 하지 않으니 자기라도 해야겠다며 시작한 일이었다. 임화 전집 발간이야말로 소명의식의 결정체다.

소명출판에서 나온 임화 전집을 살펴보면 그 내용보다 먼저 눈에 띄는 것이 무수한 각주다. 각주 하나를 위해서 며칠 동안을 뜬눈으로 지새우는 연구자, 각주를 학술서적의 꽃이라고 생각하는 편집자로서의 참모습을 임화 전집이 잘 보여준다.

소명출판에서 애를 많이 써서 만든 임화 전집의 사진을 보고 있자니 『문학의 논리』가 전집의 중간에 자리 잡고 있다. 이 구도를 일부러 만들기 위해서 『문학의 논리』를 5권의 전집 중 제3권에 배치한 것은 아니냐는 궁금증이 생겼다. 20년 동안 1,600여 종의 묵직한 책을 낸 출판가가 SNS 프로필 사진으로 10년 전에 나온 임화 문학예술전집을 10년째 사용하고 있는 것은 귀찮음의 발로인 것인지 애착의 발로인지도 궁금하다.

박성모 사장에게 따로 확인 차 묻지는 않았다. 독자의 상상 또한 문학책이 주는 즐거움 중의 하나라고 생각하니까.

새로운 지리 교과서용 동화

『닐스의 모험』

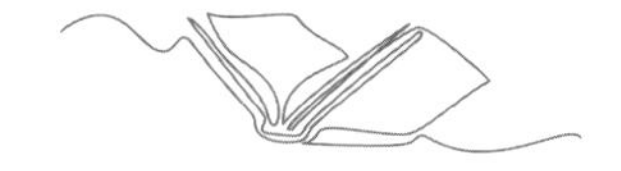

심술궂고 동물을 괴롭히는 낙으로 사는 '닐스'라는 소년이 꼬마 요정에게 장난을 치다가 난쟁이로 변해버렸다. 크기가 작아진 대신 동물들이 하는 말을 알아듣는 재주가 생긴 닐스는 평소 자신이 괴롭히던 동물들에게 실컷 구박을 당한다. 거위이면서도 기러기처럼 하늘을 날고 싶어서 안간힘을 쓰는 모르텐이 기러기 무리가 하늘을 날자 자기도 날아 보겠다고 따라갔는데 모르텐을 붙잡으려던 닐스도 얼떨결에 모르텐과 함께 하늘을 날며 여행을 하게 된다.

기러기들을 따라 하늘 위로 여행을 하면서 여러 가지 모험을 겪은 닐스는 철이 들어서 집으로 돌아왔다. 모르텐을 죽이려는 아버지를 말리려고 부엌으로 뛰어든 순간 닐스는 마법이 풀리고 원래의 크기를 가진 사람으로 돌아온다. 한국에서 『닐스의 모험』이나 『닐스의 신기한 모험』으로 주로 번역되는 이 책은 스웨덴의 작가 셀마 라게를뢰프의 작품이다.

1902년에 쓰기 시작해서 1906년에 출간했고 1909년에 노벨문학상을 받은 작품이기도 하다. 원제가 『닐스 홀게르손의 신기한 스웨덴 여행』인 이 아동소설은 사실 스웨덴의 지리 · 역사교과서로 사용하기 위해서 쓴 책이다. 이제 막 20세기가 시작되면서 산업의 발달로 사회가 급변하던 1901년 스웨덴 초등학교 교사연합은 새로운 시대에 맞는 새로운 교과서가 필요하다는 데 뜻을 모았다.

과거의 지루하고 재미없는 지리 · 역사교과서가 아닌 재미나고 효과적으로 스웨덴의 지리와 역사를 배울 수 있는 교과서를 쓸 적임자를 물색하기 시작했다. 이들의 레이더망에 들어온 사람이 1891년 소설가로 데뷔하고 전업 작가가 되기 전 스웨덴 최남단부 지역인 스코네 지방에서 교사로 일한 라게를뢰프라는 43세의 여성 소설가였다. 교사 경력이 있으면서 글을 잘 쓰는 작가보다 이 프로젝트에 적합한 인물은 없었을 테니까.

라게를뢰프는 '고난의 길'이라는 것을 알았지만 사명감을 가지고 교과서 개발 프로젝트를 수락했다. 3년 동안 스웨덴 전국을 돌아다니면서 전문가의 조언을 구하고 지리, 역사, 자연환경 등에 관한 자료를 수집하고 공부했다. 사실 그녀는 누구보다 자연과 동물을 사랑한 사람이었다. 무려 3년 동안 발품을 판 끝에 교과서를 집필할 만큼의 충분한 자료는 모았지만 어떤 형태로 교과서를 만들지에 관한 숙제가 남아 있었다.

라게를뢰프에게 주어진 과제는 교과서 개발이라기보다는

'재미있는' 교과서의 개발이었다. 그녀는 영국 작가인 러디어드 키플링이 1894년에 발표한 『정글북』에 등장하는 의인화된 동물들의 이야기를 통해서 힌트를 얻는다. 또 집에서 기르던 거위 한 마리가 기러기떼와 함께 날아갔다가 가을에 다시 기러기들과 함께 돌아왔다는 집안에서 내려오던 이야기를 활용하기로 했다. 닐스에게 마법을 걸어서 난쟁이로 만든 요정 톰텐은 스웨덴 민담에 자주 등장하는 캐릭터였다. 조용하고 독서를 좋아하는 라게를뢰프가 이를 활용한 것은 당연한 일이었다.

『닐스 홀게르손의 신기한 스웨덴 여행』으로 당시 스웨덴 초등학생은 스웨덴의 지리, 문화, 자연에 대해서 재미있고 효과적으로 공부할 수 있었다. 곳곳에 등장하는 스웨덴 민담은 이 교과서로 공부하는 즐거움을 배가시켰다. 스웨덴 초등학생에게 스웨덴 지리와 역사를 가르치려면 일부 지역이 아닌 스웨덴의 전국을 모두 여행을 해야 했기 때문에 주인공 닐스의 크기를 15cm 정도로 줄여서 거위에 타고 하늘을 날 수 있도록 설정했다.

또 하늘 위에서 내려다보는 형태여야 스웨덴 국토를 전체적으로 탐방할 수 있기 때문에 닐스가 거위 등에서 하늘을 날아다녀야 했다. 요즘 우리가 인터넷에서 사용할 수 있는 위성지도로 우리가 사는 도시를 내려다보는 형식과 비슷하다고 보면 된다. 교과서로 기획된 만큼 스웨덴의 전 국토를 골고루 다녀야 했기 때문에 스웨덴의 남쪽에서 북쪽까지 닐스는 거위를 타고 여행을 한다.

이야기 속 여행의 출발지 스코네 지방은 저자인 라게를뢰프가 10년 동안 교사로 일했던 곳이다. 『닐스 홀게르손의 신기한 스웨덴 여행』은 노벨문학상을 받은 만큼 뛰어난 문학 작품이기도 했지만, 교과서의 역사에서도 큰 획을 남겼다. 교과서의 역사를 두 개의 기간으로 구분한다면 『닐스 홀게르손의 신기한 스웨덴 여행』이야말로 초기 교과서의 시대를 마감하고 새로운 시대를 연 상징과 같은 존재다.

초기의 교과서는 책 자체가 교과서이면서도 교육과정이었다. 무슨 말인가 하면 조선시대 학생들이 공부한 교과서 즉 『논어』, 『맹자』 등은 학생들을 공부시키기 위해서 개발한 책이 아니다. 『논어』와 『맹자』라는 책이 과거에 합격하고 배운 사람이 되기 위한 교육과정이자 교과서였다.

『닐스 홀게르손의 신기한 스웨덴 여행』은 책이 곧 교육과정인 시대에서 벗어나 교육과정과 목표를 이루기 위해서 혹은 그 목표에 봉사하기 위한 수단으로 만들어진 교과서의 가장 뚜렷한 사례다. 물론 현시대 대학 이상의 고등교육 기관에서는 위대한 책을 교과서 삼아 학문을 연구하기도 하지만 초중등 교육기관에서는 대체로 『닐스 홀게르손의 신기한 스웨덴 여행』처럼 교육목표와 내용을 효과적으로 전달하기 위해서 개발된 교과서로 공부를 한다.

『닐스의 신기한 여행』 완역판

셀마 라게를뢰프가 등장한 스웨덴 옛 지폐 앞뒷면

『닐스 홀게르손의 신기한 스웨덴 여행』이 위대하다는 것은 좋은 교과서였을 뿐만 아니라 뛰어난 문학 작품이었다는 사실이다. 오에 겐자부로는 어린 시절 이 책을 읽고 문학가로서의 꿈을 키웠다고 할 정도니.

2006년 『닐스 홀게르손의 신기한 스웨덴 여행』의 출간 100주년을 맞아 오즈북스에서 전 3권으로 완역본이 출간되었다. 번역가가 독일어를 전공한 사람인 것으로 보아 스웨덴어를 직역한 것은 아니다. 중역이겠지만 완역본을 출간한 오즈북스는 2010년 이후 신간을 내놓지 않는 것으로 보아 문을 닫은 것으로 보인다. 절판된 완역본 『닐스의 신기한 여행』을 읽기 위해서는 도서관을 찾는 수밖에 없다.

04

암호문 같았던 작가의 일생

『호밀밭 파수꾼』

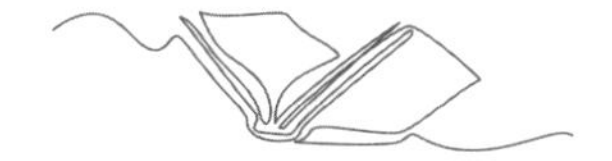

나는 1989년부터 2년 남짓 동안 통신병으로 군생활을 했었다. 요즘은 사정이 어떤지 모르겠지만 주로 통신기기를 '운용'하는 병사들로 채워진 우리 중대에는 암호병도 있었다. 군대와 관련된 것들은 웬만해선 모두 외부 사람들이 알아서는 안 되는 비밀이지만 특히 통신병들이 다루는 자료나 문서는 더욱 그렇다. 암호병들은 비밀을 다루는 통신병들 사이에서도 보안과 비밀을 엄중히 다뤄야 할 의무가 있었다.

암호병들이 입버릇처럼 하는 말이 '나는 모릅니다'였다. 다른 병사 입장에서는 24시간을 같은 내무반에서 생활하며 벽 하나를 두고 근무하는 암호병들이 암호실 안에서 어떻게 생활하는지 도대체 암호는 어떻게 조립하고 해독을 하는지 왜 궁금하지 않겠는가. 암호병 신병들이 들어오면 다른 주특기 선임병들이 버릇처럼 물어보았다.

'암호는 어떻게 만드는 거냐' 그 질문에 '예, 그게 말입니다.

사실은 이렇게 저렇게 만드는 겁니다'라고 대답하는 암호병들은 한 명도 없었다. 병장이 아니고 장교가 물어보아도 그들은 한결같이 '나는 모릅니다'로 응수했다. 암호문으로 통신을 한다는 것은 그만큼 중대한 사안이라는 뜻이고 암호를 해독하는 방법이 적에게 누설되면 적의 손바닥 안에서 논다는 말이 된다. 암호병들과 함께 생활하면서 익숙해져야 할 것은 2년 동안 한 번도 들어가 보지 못하는 암호실이 도대체 어떻게 생겼고, 매일 머리를 쥐어짜며 만드는 암호가 어떻게 조립되는지 궁금해하지 않는 것이다.

한 식구처럼 지내지만, 암호에 대해서는 절대로 궁금해하지도, 물어서도 안 되는 것이었다. 1951년 7월 16일에 발표한 기념비적인 작품으로 전 세계적인 관심을 받았고 모두 합쳐서 수천만 부가 팔린 소설가와 이웃으로 지낸 미국의 한 시골 동네 주민들도 암호병과 함께 생활했던 다른 통신병들과 같은 궁금증을 애써 참아야 했고 그것에 익숙해져야 했다.

이 유명하지만 조용한 것을 좋아하는 작가 선생은 나름대로 분주했다. 비록 조용히 살고 싶어서 지방에 내려와 살았지만, 교회에도 열심히 다녔고 지역 사람들과 잘 어울려 살았다. 은둔생활을 했다지만 그 와중에 결혼을 세 번 했고 저작권이나 출판권과 관련된 송사에 끊임없이 시달려야 했다.

가장 뜨거운 관심을 받는 가장 내성적인 작가이자 유명해지는 것을 싫어하는 것으로 유명한 샐린저를 이웃으로 둔 시골 동네 주민들은 본명으로 불러서는 안 되었고 모두가 궁금해할 만한 작가 선생의 사생활에 대해 질문을 해서는 안 되는 불문율을 철저히 지켜야 했다. 그 동네 사람들이 부르고 싶어서 조바심이 났던 그 유명 작가의 이름은 '제롬 데이비드 샐린저'다. 눈 앞에 세계적인 작가 샐린저가 있어도 샐린저라고 부르지도 못하고, 온갖 논란의 여지가 있는 작품을 쓴 작가가 있어도 작품이라면 한 마디도 물을 수 없는 고통이라니. 그렇다고 다음 작품은 언제 나오느냐고 물을 수도 없다.

이웃을 이토록 애타도록 한 그가 쓴 대표작은 당연히 『호밀밭의 파수꾼』이다. 그의 독자라면 그가 1951년에 발표한 『호밀밭의 파수꾼』으로 너무나 유명해지자 무려 60년 동안 은둔생활을 하다가 2010년에 91살의 나이로 사망했다는 것을 잘 안다. 하도 오랫동안 조용히 살다보니 그가 사망했다는 소식이 들려왔을 때 많은 사람들의 반응은 "아니, 샐린저가 아직까지 살아 있었다니!"였다.

『호밀밭의 파수꾼』에 나오는 외설적인 요소 때문에 엄격한 청교도적인 가치관을 따르고 있는 독자나 개신교의 영향력이 특히 강한 주들에서는 금서가 될 정도로 논란이 치열했다. 반면 위선과 거짓으로 가득 찬 사회를 상징하는 학교를 미련 없이 떠나는 홀든의 용기에 당시 젊은이들은 환호했다. 샐린저는 소설 속에

'fuck you'를 쓴 미국 최초의 작가였다. 뿐만 아니라 출간 당시 어느 분노한 학부모의 통계에 의하면 『호밀밭의 파수꾼』에는 "제기랄goddamn"이 237회, "개자식bastard"이 58회 등장한다.

『호밀밭의 파수꾼』은 1949년에 집필을 시작해서 1950년 가을에 완성되었고 1951년 7월 16일에 출간되었다. 한편 『호밀밭의 파수꾼』의 근간이 되는 단편들은 출판만 안 했을 뿐이지 그 원고들은 텍사스 대학 도서관에 보관되어 있다. 1940년대 후반에 썼다고 추측되는 『세 가지 이야기*Three Stories*』라는 단편집이었는데 "Birthday Boy"와 "Paula" 그리고 문제의 "An Ocean Full of Bowling Balls", 이렇게 세 편의 단편이 담겨 있었다.

그저 평범했던 "Birthday Boy"와 "Paula"와는 달리 "An Ocean Full of Bowling Balls"는 남다른 주목을 받았다. 이 단편이야말로 『호밀밭의 파수꾼』의 프리퀄 즉 원작의 내용을 설명해 주는 전작이 되는 작품으로서 주인공 홀든의 형이 화자로 나서서 홀든의 동생 앨리가 살아있을 때의 일을 설명하는 내용이 나오기 때문이다.

1949년 샐린저가 『하퍼스바자』라는 잡지에 기고하려다가 마음을 바꾸어서 본인이 죽고 나서 50년이 되기 전까지는 출간을 하지 않는다는 조건을 달고 프린스턴 대학에 보관하기로 했다. 샐린저의 뜻과는 달리 출판사에서 내용이 너무 우울하다는 이유로 출간을 거절했는데 이 일을 계기로 샐린저가 아예 살아 생전에 이 단편을 출간할 생각을 접었다는 설도 있다.

샐린저가 2010년에 사망했으니 이 원고는 무려 2060년이 되어야 출간될 수 있고 여전히 프린스턴 대학에 보관중이다. '아이돌' 같은 인기를 누리는 작품의 전작격인 이 작품에 대한 관심이 높은 만큼 보관에도 신중을 기하고 있어서 이 작품을 열람하려면 까다로운 절차를 거쳐야 한다.

우선 샐린저를 연구하는 학자가 아니면 허가 자체가 잘 나지 않는다. 두 가지 종류의 신원을 인증하는 서류를 제출한 다음 사서의 승인이 떨어지면 제3자의 감시하에 따로 만들어진 열람실에서 '알현'할 수 있다. 이토록 철통 보안을 유지했는데도 2013년 11월 28일 소수의 회원이 활동하는 파일공유 사이트에서 "An Ocean Full of Bowling Balls"을 스캔한 원고가 올라온 사건이 발생하고 만다.

파일공유 사이트라는 특성상 41쪽 분량에 지나지 않는 세상에서 가장 비밀스러운 이 원고는 만천하에 공개가 되고 말았다. 이 원고가 어떻게 유출이 되었는지는 아직도 미스테리로 남아 있다.

어쨌든 샐린저의 팬에게는 고통스러운 결정이 주어졌다. 독자로서의 욕심에 충실해서 샐린저의 생전 바람을 무시하고 읽을 것이냐? 아니면 작가의 의도를 존중해서 2060년까지 기다렸다가 출간된 책으로 읽을 것이냐?는 선택 말이다.

샐린저의 팬 노릇하는 것은 어차피 기다림의 미학이 필요하다. 스티븐 스필버그, 잭 니콜슨, 레오나르도 디카프리오, 이 세 영화인의 공통점이 무엇인지 아는가? 『호밀밭의 파수꾼』을 영화로 만들자고 샐린저를 설득하려다가 결국은 실패한 사람들이다. 샐린저가 2010년에 세상을 떠났으니 사후 70년간의 저작권이 만료되는 2080년이 되어야 영화 〈호밀밭의 파수꾼〉을 볼 수 있을지도 모른다. 그때까지는 오직 샐린저 자신만이 『호밀밭의 파수꾼』의 주인공 홀든 콜필드를 연기할 수 있다.

윤동주 시인이 그토록 읽고 싶었던 시집

『사슴』

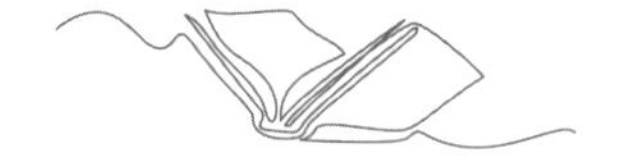

1936년 용정에 있는 광명학원 중학부 4학년생 윤동주는 한 시집을 구하기 위해서 안달이 났다. 장차 시인이 되려는 꿈을 품고 당시 유명한 『국경의 밤』, 『님의 침묵』, 『정지용 시집』 등 귀감이 될 만한 웬만한 시집을 가지고 있었지만, 정작 꼭 읽고 싶은 시집을 구하지 못하고 있었다.

윤동주가 그토록 읽고 싶었던 시집은 1936년 1월 20일 경성의 선광인쇄주식회사에서 나온 100부 한정 『사슴』이었다. 오매불망 『사슴』을 읽고 싶었던 윤동주가 소원을 성취한 것은 1937년 8월이 되어서였다. 도서관에서 힘들게 『사슴』을 영접할 수 있었다. 탐은 났지만 다른 시집처럼 책꽂이에 모셔두고 소유할 수 없었을 것이다. 한정된 수량도 문제였거니와 가격도 비쌌기 때문이다.

서너 달 월급을 모아야 살 수 있는 연둣빛 더블버튼 양복을 맞춰 입고, 눈에 띄지 않는 양말도 남들보다 몇 배나 비싼 것을 신었던 모던보이였던 백석은 자신의 첫 시집도 고급스럽고 깔끔하

영생고보 재직 시절 백석

게 제작했다. 조선 한지를 사용했고 속표지에는 시집 제목만 깔끔하게 배치한 100부 한정 『사슴』의 가격은 2원이었다. 내지에 발행자가 백석으로 명기되어 있는 것을 보아 자비 출판으로 보인다. 백석이 살아 있을 때 발간된 시집은 『사슴』뿐이었고 나머지 백석이 발표한 시는 여러 신문과 잡지에 흩어져 있었다. 『사슴』이 가치가 높다는 것은 백석 자신이 직접 고른 시를 모아서 펴냈기 때문이다. 또 자비로 출판했다는 것은 그만큼 이 시집에 대한 애착이 컸다는 증거이기도 하다.

시집 제목이 『사슴』인 것은 이상한(?) 일이다. 보통 시집의 경우 실린 시 중에서 대표할 만한 것으로 골라 그 시 제목을 책 제목으로 정하는 것이 보통인데 『사슴』에는 제목이 사슴인 시가 없고 심지어는 시어로도 사슴이라는 단어는 사용되지 않았다.

비슷한 시기 다른 시인들이 낸 시집의 가격이 1원이 조금 넘었고 당시 쌀 한 가마에 13원이었다. 윤동주는 도서관에서 빌린 『사슴』을 한 자 한 자 정성스럽게 옮겨 적었다. 필사한 『사슴』을 윤동주는 분신처럼 끼고 다니면서 읽고 또 읽었다. 신경림 시인 또한 백석의 시에 깊이 영향을 받았다.

신경림 시인은 중학교 시절 정기 구독한 잡지에 실린 박목월 시인의 시 창작 강의를 애독했다. 시 창작 강의에 나온 백석이 쓴 시를 읽고 단박에 팬이 되었다. 신경림 시인 또한 윤동주 시인처럼

아오야마학원 재학시절

『사슴』이 출간되었다는 소식을 들었지만, 경성에서 100부 한정으로 출간된 탓에 구경할 수도 구할 수도 없었다. 신경림 시인은 충주의 시골에 태어나 고등학교까지 졸업했으니 당연한 일이었다.

신경림 시인이 안절부절하며 구하려고 했던 『사슴』을 손에 넣은 것은 시골 고향을 벗어나 동국대 영문과에 입학한 1955년 즈음이었다. 책을 좋아하는 시골 출신의 대학생에게 서울의 헌책방은 신세계였으리라. 매일 동대문과 청계천 헌책방을 마치 농부가 들판을 둘러보듯이 순회를 했다. 전쟁이 끝난 얼마 뒤 뒤숭숭한 시절 신경림 시인은 헌책방에서 붉은 장서인이 찍힌 것 말고는 다른 흠집이 없이 깨끗한 『사슴』을 발견했다.

마침 헌책방 주인이 진가를 몰라봐서 참고서 한 권 값으로 샀다. 이른바 '헌책 이삭줍기'에 성공한 것이다. 윤동주와 마찬가지로 『사슴』을 끼고 살았던 신경림 시인은 1961년 가택수색을 당하면서 이 보물을 빼기고 만다. 한편 1955년 신경림 시인이 참고서 한 권 값으로 샀던 『사슴』 초판은 2014년 서울 종로구 경운동 수운회관 코베이 전시장에서 열린 경매에서 7천만 원에 낙찰되었다.

현재 남아 있는 1936년판 『사슴』이 몇 부인지는 알 수가 없다. 다만 상태가 좋은 것은 거의 없으며 그나마 가장 양호한 것이 국립중앙도서관에서 소장하고 있는 것이다. 이 소장본은 1936년 조선총독부 도서관에 납본된 것으로, 해방 후 현 국립중앙도서관에서

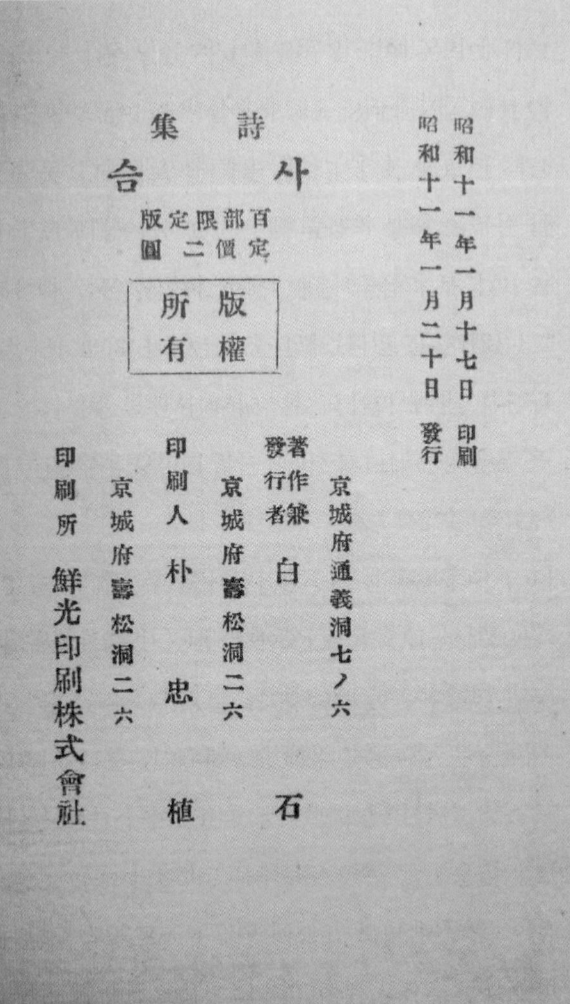

昭和十一年一月十七日 印刷
昭和十一年一月二十日 發行

詩集
사슴

百部限定版
定價二圓

版權所有

京城府通義洞七ノ六
著作兼發行者 白石

京城府壽松洞二六
印刷人 朴忠植

京城府壽松洞二六
印刷所 鮮光印刷株式會社

『사슴』 초판본 판권란

신연수 제공

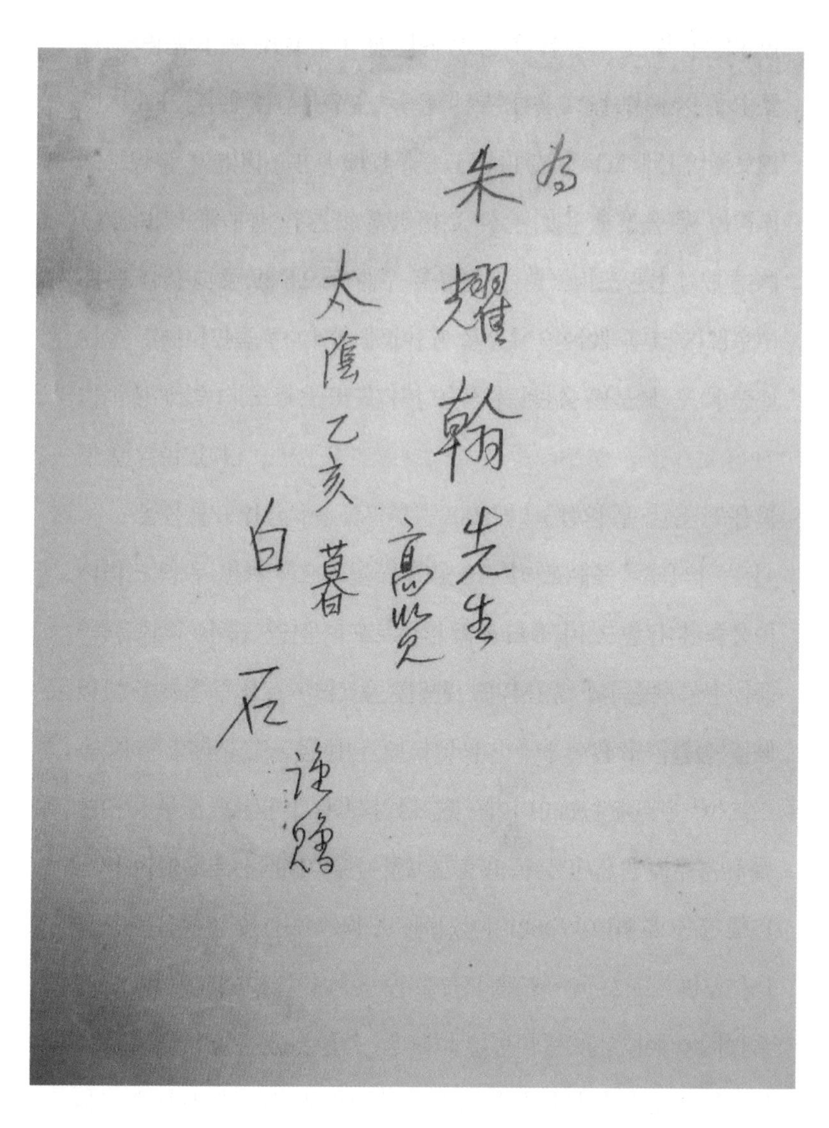

시인 주요한에게 백석이 서명한 『사슴』 초판본

신연수 제공

물려받은 것이다. 과거에는 월북한 시인이기 때문에 열람 금지로 묶인 탓에 사람들의 손때를 타지 않았고 현재에는 귀중도서이기 때문에 열람이나 대출이 불가능하다. '조선총독부 도서관'이라는 도서관 낙인이 찍혀 있는 『사슴』이 가장 보존 상태가 좋은 이유다.

시집 『사슴』은 예나 지금이나 주목받고 동료 문인들에게 큰 영향을 주었다. 2005년에 발간된 『시인 세계』 여름호에 실린 설문 조사에 의하면 『사슴』은 문인들로부터 '지난 100년간 간행된 시집 가운데 가장 큰 영향을 받은 시집' 1위로 뽑혔다. 백석은 동료 문인들뿐만 아니라 후학들에게도 중요한 시인이다. 2009년 개정 교육 과정에 의해서 집필된 중고등학교 국어 교과서에 김수영 시인과 함께 가장 많은 시가 게재된 시인이기도 하다.

백석의 시에 대한 가장 찬란한 찬사는 이런 수치보다는 그의 연인이었고 그의 시 「나와 나타샤와 흰 당나귀」의 주인공인 자야(김영한) 선생의 한마디다. 김영한 선생은 그 가치가 일천억 원에 달하는 대한민국의 3대 요정인 대원각을 아무런 대가 없이 법정 스님에게 시주하여 사찰 길상사를 세우게 한 인물이다.

기부한 재산이 아깝지 않으냐는 기자의 질문에 이렇게 대답했다.

1,000억 재산이라고 해봐야 백석의 시 한 줄만도 못해

1912년 7월 1일 평안북도 정주에서 태어난 백석의 본명은 백기행이다. 백석은 필명이다. 1934년 영어 교사가 되기 위해서 일본에 유학했던 백석은 고향 선배인 『조선일보』 방응모의 입사 제의를 받는다. 방응모는 고향 정주에서 『동아일보』 지국을 운영했지만, 자금난 때문에 결국 포기를 하고 금광 개발에 나섰다가 금맥을 발견하는 행운을 잡았다. 고향 정주에서 한 대밖에 없었다는 포드 승용차에 발견한 금덩어리를 싣고 경성에 팔러 갔는데 그가 손에 쥔 돈이 오늘날의 가치로 무려 1,350억 정도라고 한다.

방응모의 제의를 수락한 백석은 『조선일보』 교정부에서 일하게 되었다. 멋을 잘 부리고 결벽증에 가까울 정도로 깔끔했던 백석은 고급 음식점이 아니면 발을 들여놓지 않아 동료들을 곤란하게 했고 전화 받을 때도 손수건으로 수화기를 싸서 받았다고 한다. 심지어는 문을 여닫을 때도 다른 사람의 손이 많이 닿은 손잡이를 직접 잡지 않고 손등이나 팔꿈치를 밀어서 문을 열었다고 하니 동료들의 눈총을 살 만했다. 시집을 만들면서 표지에 아무것도 없이 제목만을 정갈하게 넣은 것이 우연이 아니고 그의 깔끔한 성격이 발휘된 것이다.

1936년 1월 29일 평소의 백석답게 태서관이라는 고급 음식점에서 『사슴』 출판기념회가 열렸는데 참석자들은 회비로 1원을 내야 했다. 『사슴』을 출간한 이후 몇 년간이 백석 인생에서 가장 빛나는 시기였다. 문단의 주목을 받았고 여러 여성과 사랑을 나눴다. 1936년 『조선일보』를 그만두고 영생고보의 영어교사로 부임했지만, 그의 멋과 영민함은 빛을 잃지 않았다. 출석부를 어깨에 끼고 학생들의 이름을 한 명의 착오도 없이 불렀으며 영어 회화에 도통한 영어교사이자 뛰어난 수필과 시를 발표한 문인이었다.

백석이 1948년 그러니까 남한에서 마지막으로 발표한 시가 「남南신의주 유동 박시봉방」인데 이 시의 마지막 구절에 대해서 사소한 의문이 있다.

> 어느 사이에 나는 아내도 없고, 또,
> 아내와 같이 살던 집도 없어지고,
> 그리고 살뜰한 부모며 동생들과도 멀리 떨어져서,
> 그 어느 바람 세인 쓸쓸한 거리 끝에 헤매이었다.
> 바로 날도 저물어서,
> 바람은 더욱 세게 불고, 추위는 점점 더해 오는데,
> 나는 어느 木手네 집 헌 샅을 깐,
> 한 방에 들어서 쥔을 붙이었다.
> (…중략…)
> 나는 내 슬픔이며 어리석음이며를 소처럼 연하여 쌔김질하는 것이었다.

내 가슴이 꽉 메어 올 적이며,

내 눈에 뜨거운 것이 핑 괴일 적이며,

또 내 스스로 화끈 낯이 붉도록 부끄러울 적이며,

나는 내 슬픔과 어리석음에 눌리어 죽을 수밖에 없는 것을 느끼는 것이었다.

그러나 잠시 뒤에 나는 고개를 들어,

허연 문창을 바라보든가 또 눈을 떠서 높은 턴정을 쳐다보는 것인데,

이 때 나는 내 뜻이며 힘으로, 나를 이끌어 가는 것이 힘든 일인 것을 생각하고,

이것들보다 더 크고, 높은 것이 있어서, 나를 마음대로 굴려 가는 것을 생각하는 것인데,

이렇게하여 여러 날이 지나는 동안에,

내 어지러운 마음에는 슬픔이며, 한탄이며, 가라앉을 것은 차츰 앙금이 되어 가라앉고,

외로운 생각만이 드는 때 쯤 해서는,

더러 나줏손에 쌀랑쌀랑 싸락눈이 와서 문창을 치기도 하는 때도 있는데,

나는 이런 저녁에는 화로를 더욱 다가 끼며, 무릎을 꿇어 보며,

어니 먼 산 뒷옆에 바우 섶에 따로 외로이 서서,

어두어 오는데 하이야니 눈을 맞을, 그 마른 잎새에는,

쌀랑쌀랑 소리도 나며 눈을 맞을,

그 드물다는 굳고 정한 갈매나무라는 나무를 생각하는 것이었다.

—「남(南)신의주 유동 박시봉방」 부분

저 유명한 '그 드물다는 굳고 정한 갈매나무'가 그것이다. 시 구절만 생각하면 보통 사람들은 갈매나무가 키가 크고 든든하며 정갈하게 생긴 나무인 것으로 생각하기 쉽다. 삼국시대에는 이 나무가 흔했고 꼭 필요했던 모양이다. 삼국시대 유물을 발굴하다 보면 꼭 갈매나무가 나왔다고 한다.

갈매나무는 백석의 시 구절이 주는 이미지와는 달리 키도 작고 못생긴 나무다. 보통 키가 2~3m에 지나지 않아서 얼핏 보면 잡초로 보일 수도 있다. 게다가 수피가 덕지덕지 벗겨져서 '정한(맑고 깨끗한)' 것과는 거리가 멀다. 시인이 갈매나무를 모르고 잘못 쓴 것인지 백석의 고향인 평안도의 갈매나무는 곧고 정한지 알 수가 없다. 독자들의 상상과 추측에 맡길 뿐이다.

해방 후 특별히 남으로 내려갈 이유가 없어서 북에 남은 백석은 결국 숙청을 당한다. 북한에서도 가장 추운 개마고원에 있는 삼수군의 축산반에 배치되었다. 광화문을 거쳐서 『조선일보』 사옥으로 출근할 때 뭇 여성들의 시선을 한 몸에 받았던 모던보이이자 가장 주목받던 시인이었던 백석이 양을 치고 태어나는 새끼 양을 받아야 했다. 그는 농촌생활에 진심으로 적응하려고 애썼다. 글을 쓰고 영어를 가르치기만 했던 백석은 농장에서 농사일을 제대로 못해서 놀림감이 되었으며 달밤에 혼자서 김매기 연습을 했다고 한다.

백석의 말년을 양치기로 말할 수는 없다. 삼수군 문화회관에서 청소년들에게 글쓰기 지도를 했고 지도받은 학생 몇몇이 평양에서 열린 중앙무대에서 상을 받은 학생이 있었다는 것이 그의 말년이었다. 특별한 의도 없이 남과 북을 오가며 한평생을 보낸 백석이지만 그는 언제나 문인 그 자체였다.

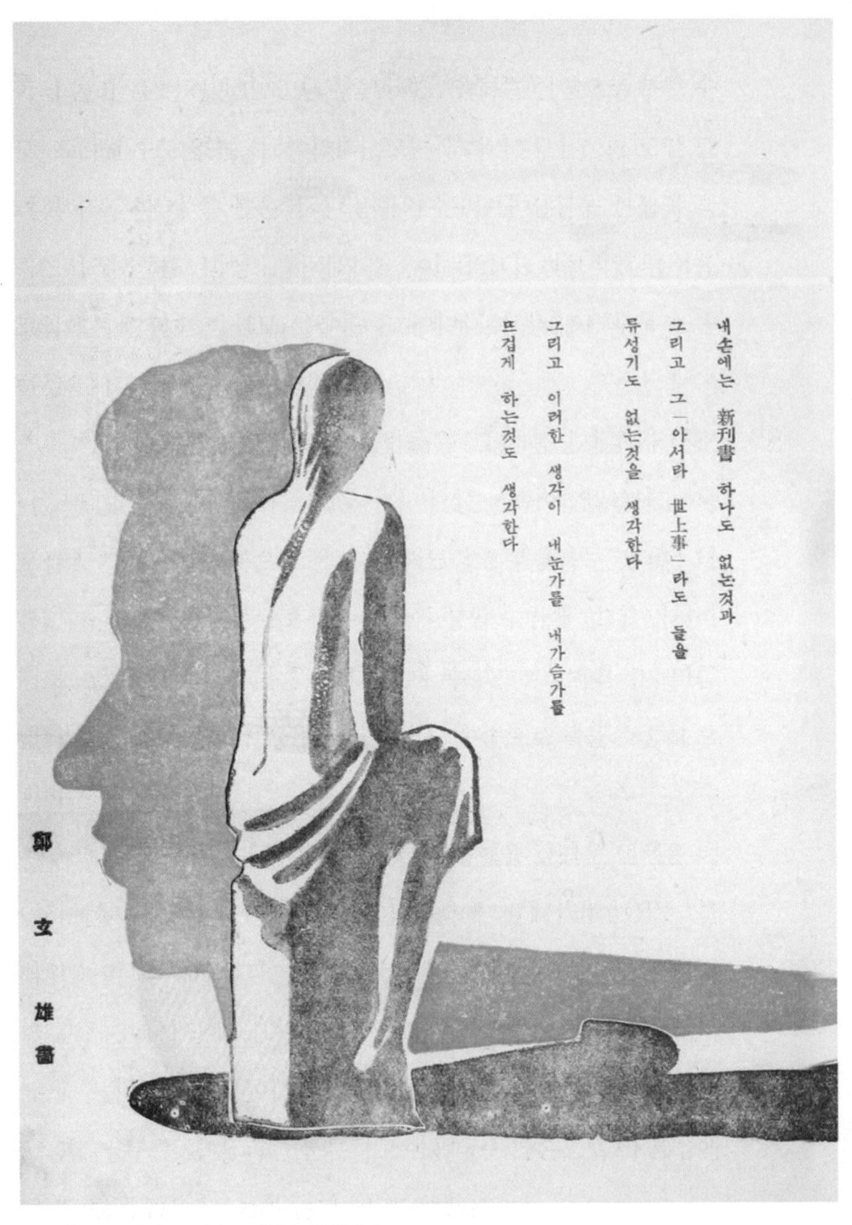

백석, 「내가 생각하는 것은」, 정현웅 화, 『여성』 3-4(1938.4.1)

정지석 · 오영식 편, 『틀을 돌파하는 미술』, 소명출판, 2012

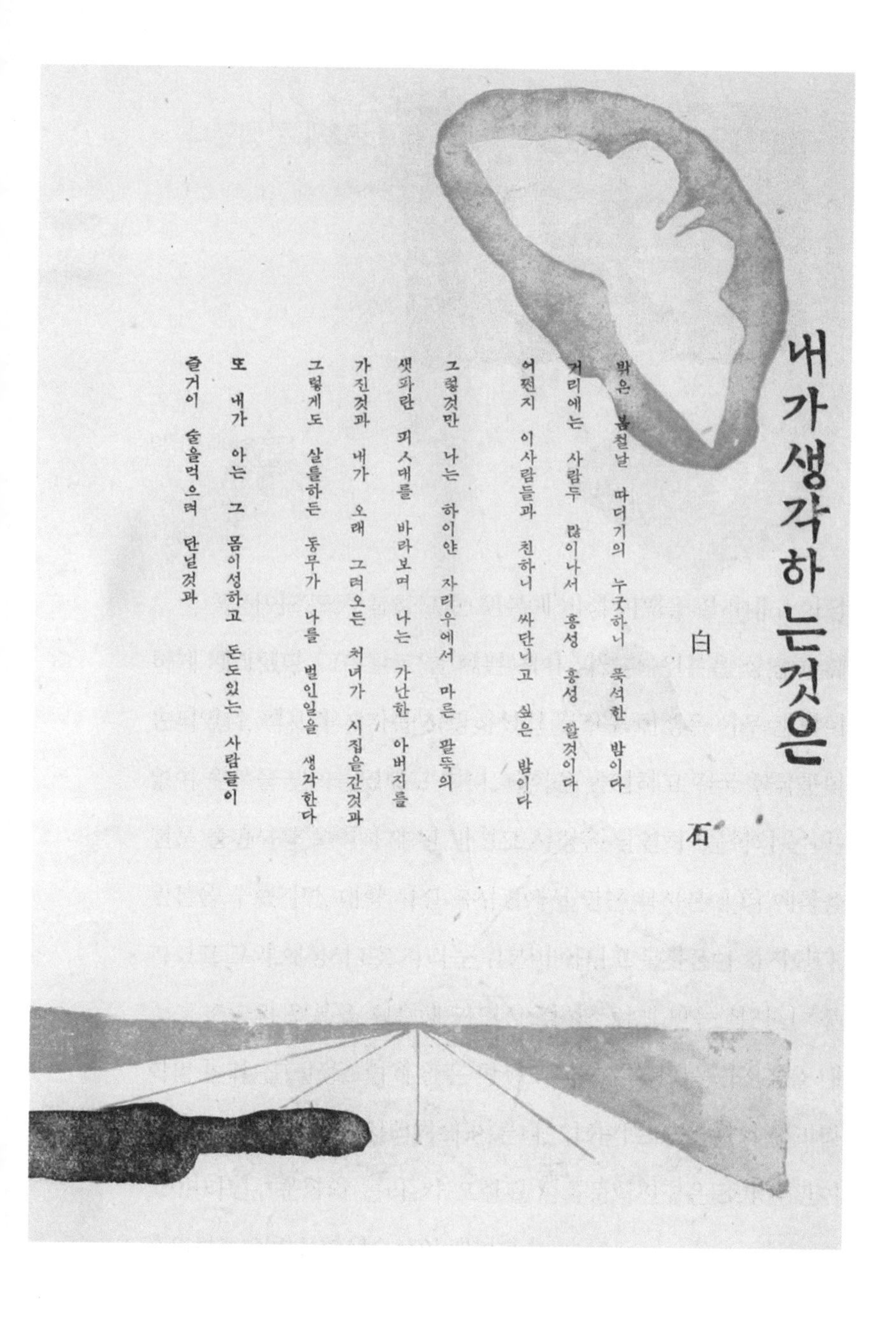

내가생각하는것은

白石

밖은 봄철날 따디기의 누굿하니 푹석한 밤이다
거리에는 사람두 많이나서 흥성 흥성 할것이다
어쩐지 이사람들과 친하니 싸단니고 싶은 밤이다

그렇것만 나는 하이얀 자리우에서 마른 팔뚝의
샛파란 피ㅅ대를 바라보며 나는 가난한 아버지를
가진것과 내가 오래 그려오든 처녀가 시집을간것과
그렇게도 살틀하든 동무가 나를 벌인일을 생각한다

또 내가 아는 그 몸이성하고 돈도있는 사람들이
즐거이 술을먹으려 단닐것과

국민시, 국민노래 〈세월이 가면〉은 어떻게 탄생했나

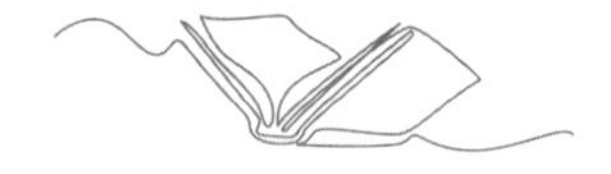

한국문학을 좋아하는 독자들 사이에서 신화처럼 전해 내려오는 신비로운 사건이 있다. 1956년 서울 명동 한복판에 있는 빈대떡 집에 우리나라를 대표하는 예술가들이 모였다. 참석자의 면면을 살펴보면 시인 박인환, 시나리오 작가이면서 음악에 조예가 깊었던 이진섭, 테너 임만섭이었다. 끊임없이 글을 쓰고 원고료를 받으러 다녔지만 쌀을 살 돈이 없어서 집에 들어가기를 망설이던 박인환은 명동에 들어서면 즐겁게 놀 생각으로 흥분에 휩싸이곤 했다.

일찌감치 막걸리를 연거푸 마신 박인환은 취기를 응원 삼아 시를 지었고, 친구인 이진섭에게 상송조로 작곡을 해 달라고 부탁을 했고 이진섭은 그 자리에서 작곡을 했다. 옆에 있던 테너 임만섭은 휘갈겨 쓴 악보를 보고 목청을 가다듬은 다음 우렁찬 목소리로 노래를 불렀다. 나애심, 현인, 현미, 조용필, 박인희가 불러서 더욱 유명하게 된 〈세월이 가면〉은 이렇게 탄생했다. 세 예술가들의 천재적인 순발력과 예술성을 자랑하는 이 이야기는 명동 백작이라는 별명으로 유명한 이봉구가 쓴 〈명동 백작〉에 기원을 둔다.

1956년 4월에 발행된 잡지 『주간희망』에 따르면 이 전설은 과장된 것으로 보인다. 『주간희망』이 말하는 〈세월이 가면〉이 탄생한 비화는 이랬다. 우선 『주간희망』에 실린 한 편의 시 같은 박인환과 이진섭의 대화의 일부를 살펴보자.

쓸쓸한 3월 초 어느 날 고 박인환 시인과 친우 이진섭 씨 사이에 이러한 대화가 있었다.

박 오늘은 유달리 거리가 쓸쓸하구나.

이 비단 오늘만이 아니지.

박 아냐 비인 성냥곽 같아.

이 소모품의 비애 같은 거겠지.

박 야! 그래도 옛날엔 이렇지 않았어. 발걸음 하나하나가 뭣에 다르고, 눈에 들어오는 것이 모두가 따뜻했단다. 참 슬픈 일이야.

이 너 오늘 너무 센티멘털하구나.

박 송장 지나간 길 같아. 메마르고 차디차고. 술 한 잔 마시면 가슴이 더 미어지는 것 같아.

이 그걸 시로 읊으려무나.

박 그래 내가 해 보지.

이 그럼 그걸 내가 작곡해 볼까?

박 너 작곡할 줄 아니? 야 됐다! 그럼 상송조로 해봐라! 그걸 부르며 쓸쓸한 이 명동을 후줄근히 적셔보자. 내일 가지고 올께.

이래서 박 시인은 이튿날 슬픈 시 〈세월이 가면〉을 써 가지고 동방 살롱에 나타났다.*

1956년 이른 봄 서울 거리에서 친구 이진섭을 만난 박인환은 자신의 외롭고 차가운 마음과 술만 마시면 미어질 것 같은 마음을 하소연했고 이진섭은 그 심정을 시로 표현해 보라고 권했다. 박인환은 그러자고 했고 이진섭은 시가 완성되면 작곡을 하겠다고 다짐했다. 과연 박인환은 이틀 뒤에 시를 완성했고 이진섭 또한 박인환의 시를 열흘 만에 노래로 만들었다.

둘은 이렇게 완성된 〈세월이 가면〉을 대폿집에서 부르기 시작했고 그 자리에 동석했던 명동 백작 이봉구, 테너 임만섭 그리고

* 엄동섭 · 염철 · 김낙현 편, 『박인환 문학전집』 2 – 산문 · 번역, 소명출판, 2020, 1,007쪽.

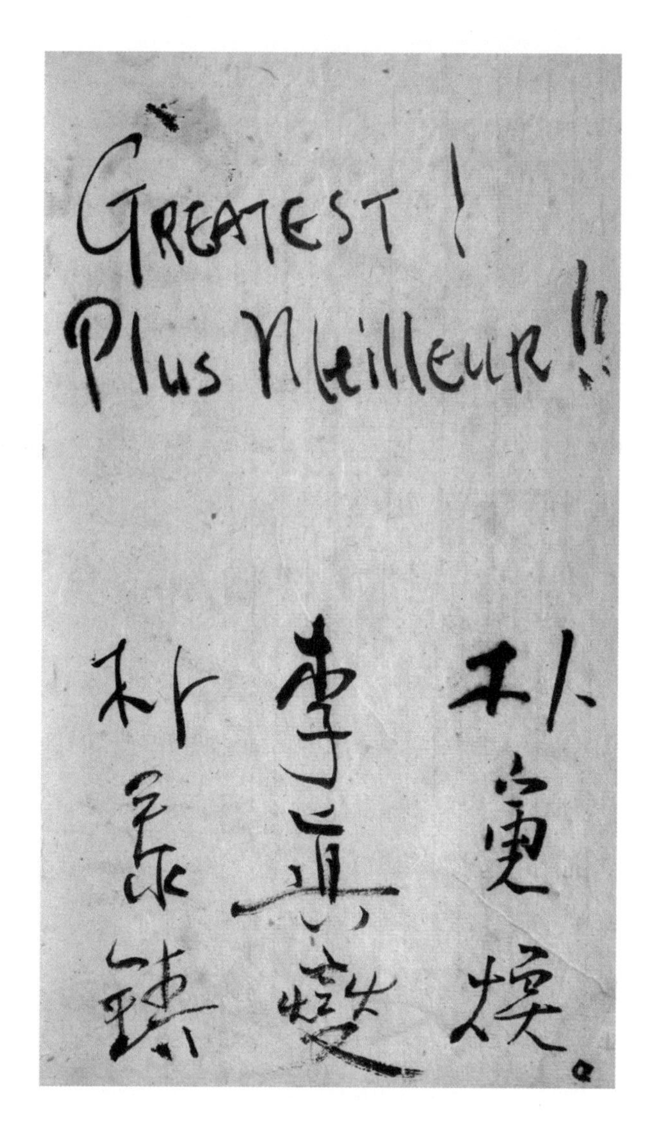

1955년 1월 18~27일에 미도파화랑에서 열린 〈이중섭 작품전〉 관람 후

방명록에 남긴 박태진, 이진섭, 박인환의 서명

엄동섭 · 염철 · 김낙현 편, 『박인환 문학전집』 2 - 산문 · 번역, 소명출판, 2020

좌) 박인환 사망 직후 1956년 5월, 나애심이 신신레코드에 발매한 음반

작사가 이름이 박헌환(朴憲煥)으로 오기되어 있다

엄동섭 · 염철 · 김낙현 편, 『박인환 문학전집』 2 – 산문 · 번역, 소명출판, 2020

우) 『주간희망』 12호(1956.3.12)에 실린 「세월이 가면」

엄동섭 · 염철 편, 『박인환 문학전집』 1 – 시, 소명출판, 2015

風雨談

明洞의「상송」

宋志英

여기 世俗的인 繁榮에서 버림 받은 理想만의 孤高한 貴族의 隊列이있어 제멋대로 뽐낸다。

네거리에 서있음은 그 허술한 몸차림으로 街景을 點綴하려 함이 아니요 雜多한 온갖行列속에 孤獨이 奔流로 쏟아져오르는 人生의 廣場에서 哭노래를 불러보는것이며 뒷골목 초라한 지붕밑에서 陶然한 酔興을 못 이기어 비웃음과 抗拒와 傲慢이 솟구치는 激情에 저절로 목청을돋구어 放歌하는 모습은 진정 隔絶된世界에서 누구나 接近할수없는 隊列들인것이다。

歐羅巴의 어느곳 或은 巴里의 지붕밑이라고해도 좋다。 그러한 곳에서 棲息하는 實存의 群舞만이 話題가 되어야할 까닭도없다 실은 話題를 만들어 퍼뜨린다는 그것조차 念頭에없는게지만……

여지없이 世俗의 禮儀라는 것과 妥協하기를 拒否하면서 禮儀를 超脫한 精神의生理들은 언제나 藝과 美와 眞의 境涯에 들어서려고 발버둥치는 참으로 스스로의 자랑을 지닌 隊列들。

希求하는 어느 한 世界로의 共通하는 呼吸이라면 구태여 地域을 따질것도 없이 黃昏의 서울 거리 그것도 明洞 뒷골목 깨어진 유리窓속에서 흘러나오는 한가락의 노래에 귀를 기울임으로써 이처럼 孤高한 隊列들의隔絶된 生理를 곁눈으로나마 훔쳐볼 수 있는것이다。

이고장 뒷골목에『상송』이 퍼진다는것은 누구를 흉내 낸다거나 造作하는 感情의 한쪼각 비늘(鱗)만은 결코 아닌것이다。 精神의 貴族들이 찾는世界가 그

『리듬』이나 『톤』에 있어서 『샹송』은 노래함으로써 받을수있는 愉悅感이 무엇보다 큼으로서 일것이다。

멋더러진 標題의 날개에 부치어 멋더러진 詩를 쓰는感激派의 貴族인 P가 歌詞를 단숨에 써내려가고 옆에 앉은 情恨의貴族 R이 五線譜에 曲을 엮어 그럴듯이 繼를 놓았다。 또 앞자리에 앉은 豪俠風의 貴族 L는 손가락을 퉁기며 노래를 부르고……

이리하여 明洞의『샹송』은 孤高한 貴族의 隊列에서 흘러나와 한없이 퍼져간다。 明洞의『샹송』을 들으며 나는 머리속에 時代와 知性의 언덕에 넌지시 다리(橋)를 놓아본다。

지금 그사람 이름은 잊었지만
그 눈동자 입술은 내가슴에
있네
바람이 불고 비가 올때도
나는 저 유리창밖 街路燈
그늘의 밤을 잊지 못하지
사랑은 가고 옛날은 남는것
여름날의 湖水가 가을의 公園
그 벤치위에
나무 잎은 떨어지고
나무 잎은 흙이되고
나무 잎에 덮여서
우리들 사랑이 사라진다 해도
지금 그사람 이름은 잊었지만
그 눈동자 입술은 내가슴에
있네
내 서늘한 가슴에 있네
〈歲月이 가면〉

지금 그사람 이름은 잊었지만
그 눈동자 입술은 내가슴에
있네
바람이 불고 비가 올때도
나는 저 유리창밖 街路燈
그늘의 밤을 잊지 못하지
사랑은 가고 옛날은 남는것
여름날의 湖水가 가을의 公園
그 벤치위에
나무 잎은 떨어지고
나무 잎은 흙이되고
나무 잎에 덮여서
우리들 사랑이 사라진다 해도
지금 그사람 이름은 잊었지만
그 눈동자 입술은 내가슴에
있네
내 서늘한 가슴에 있네
〈歲月이 가면〉

授賞者 들에게 授與 되었다。 亞細亞 財團에 依하여 例年 韓國의 文學者 들에게 授與되는 이賞은 一九五五年度의 作品中에서 廉想涉、金東里、徐廷柱、朴木月 諸氏의 作品에 對하여 授與되었다。

4289年3月12日

— 54 —

소설가 김훈의 부친인 김광주는 한국 문학사에 길이 남을 신화의 일원이 되었다. 이 자리에서 테너 임만섭은 〈세월이 가면〉을 멋지게 불렀다. 이봉구 입장에서는 이 노래가 탄생하게 된 그간의 사정을 모르고 대폿집에서 처음 들었다면, 박인환과 이진섭이 〈세월이 가면〉을 만든 과정을 이봉구에게 말하지 않고 그 자리에서 만든 것처럼 장난이라도 쳤다면, 〈명동 백작〉에 쓴 이야기를 일부러 지어낸 것이 아니게 된다. 마침 그 자리에 들렀던 『주간희망』의 편집주간 송지영이 극찬했고 이 일화를 『주간희망』에 「〈세월이 가면〉, 명동 '샹송'이 되기까지」라는 글로 실어서 세간의 화제가 되었다. 아울러 『주간희망』에 실린 글을 보고 감동을 한 당대 최고의 가수 나애심이 이 노래를 레코드로 정식 발표했다.

사실은 아니지만 〈세월이 가면〉을 술자리에서 금방 썼다는 전설이 오늘날까지 큰 의심없이 회자되었다는 자체가 박인환이 시인으로서 얼마나 천재적이었는지를 반증한다.

영안실 청소부, 책방을 차리다

『죽음의 한 연구』

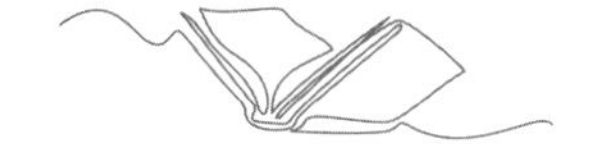

1982년 캐나다의 밴쿠버에서 한 동양인이 READERS RETREAT라는 간판을 달고 서점을 열었다. 왜소한 체구의 백발을 가진 서점 주인은 전직 병원의 영안실 청소부였다. 원 모양의 아케이드 건물의 중간에 자리 잡은 이 작은 서점은 주인의 피와 땀으로 만들어진 기념관이자 가족을 위해 헌신한 가장에 대한 기념탑이기도 했다.

동네 주민들은 그 서점과 주인을 무시했다. 영어도 제대로 할 줄 모를 것 같은 동양인이 서점을 운영한다니 가당찮게 생각했다. 동양인이 영어로 된 책을 이해도 못할 것이면서 팔겠다고 덤벼드는 것이 캐나다 현지 주민들에게는 이해하기 어려운 일로 여겨졌다. 한동안 READERS RETREAT의 문턱을 넘은 고객들이 없었던 것은 당연했다.

서점 주인은 실망하지도 물러나지도 않았다. 당시도 지금도 보기 힘든 마케팅을 동원하기 시작했다. 독특하고 지적인 그만의 마케팅은 서점 주인이 직접 책을 읽고 느낀 소감을 지역신문에 광고로 싣는 것이었다. 서점 주인이 쓴 서평 광고는 독자들의 열광적인 호응을 얻었다. 서평이 얼마나 아름답고 수려했는지 현지인들은 신문기자가 대신 써준 것은 아닌지 의심할 정도였다. 서평 광고를 읽은 캐나다 사람들은 급기야 서점에 전화하기 시작했고 READERS RETREAT는 캐나다 고객으로 붐비기 시작했다.

서점 주인 부부는 단순히 손님이 오면 원하는 책을 파는 상인이 아니었다. 서점 주인이라면 모름지기 팔려고 하는 책들을 읽고 고객들에게 설명할 수 있어야 한다는 지론을 가지고 있었다. READERS RETREAT를 찾는 고객들은 언제든지 주인에게 책을 추천받을 수 있었고, 읽은 책에 관해서 토론을 할 수 있었다. 서점의 안주인은 귀신같이 손님이 원하는 책을 재빨리 찾아주었고 바깥주인은 책과 서점을 찾는 고객을 탐독했다. 서점에 진열된 책만 열람한 것이 아니고 '다른 독자'들도 열람한 것이다.

서점의 바깥양반은 책과 독자를 열람하는 것을 서점을 운영하는 가장 큰 행복으로 여겼다. 밴쿠버의 READERS RETREAT는 작은 서점이었지만 책을 좋아하는 사람들이 모여서 함께 읽고 토론을 나누는 거대한 문화공간이었다. 서점을 지식인들이 모여서 토론을 하는 문화공간으로 승화시킨 서점 주인에게는 꽤 오래된 선배가 있었다.

『19세기의 여자』를 통해서 페미니즘 운동의 원류를 만든 마거릿 풀러가 그의 롤모델이었다. 마거릿 풀러는 자신이 편집 책임을 맡았던 잡지 『다이얼』로 수익이 전혀 나지 않자 1841년에 '부업'을 시작했다. 그 부업은 '대화' 모임이라는 무형의 상품을 파는 것이었다. '대화' 모임 사업은 풀러와 함께 『다이얼』을 출판한 동료 엘리자베스 피보디가 1839년에 보스턴의 웨스트 스트리트에 개업한 서점을 무대로 삼았다.

이 서점은 당시 미국 어디에서도 찾기 어려운 낭만주의 시대를 대표하는 외국 문학과 시집을 모아둔 지식인의 안식처였다. 풀러는 이 서점에 지식인들을 모아 10차례의 토론회를 열었고 상당한 액수의 입장료를 받았다. 입장료는 20달러였는데 이는 보스턴 문화회관에서 개최된 강연료의 열 배에 가까운 금액이었다. 당시 이 토론 모임에 참석한 인사들을 살펴보면 자연, 신, 인간은 결국 하나로 연결되어 있다는 초월주의 철학을 주창한 랠프 월도 에머슨, 서점 주인이자 유치원이 정규학교 체제로 편입되도록 노력한 피보디, 훗날 유명한 노예제 폐지론자이자 여성권 옹호주의자 캐럴라인 힐리 등이었다. 피보디의 서점은 보스턴의 지식인들이 모여서 토론을 벌이는 문화 공간으로 발전했다.

은 입장료를 받지 않는 밴쿠버 지식인들의 사랑방이 되었다. 비록 대규모 자본을 등에 업고 등장한 서점 때문에 문을 닫긴 했지만, READERS RETREAT가 남긴 사람의 향기는 오래 기억되었다.

READERS RETREAT의 주인은 1969년 고국인 한국을 떠나서 캐나다에 이민한 사람이었다. 그는 이민 간 지 5년이 된 해인 1974년 잠깐 한국에 들렀는데 그의 손에는 분실이 두려워 차마 화물로 발송하지 않은 원고 2천 7백 장이 들려 있었다. 영안실 청소부로 일할 때 쓴 원고였다. 그 원고를 토대로 출간된 책에 『죽음의 한 연구』라는 제목이 붙여졌다. 밴쿠버 지식인들의 문화 공간이었던 READERS RETREAT의 주인은 소설가 박상륭1940~2017이었다.

유령출판사에서 낸 신경림의 첫 시집

『농무』

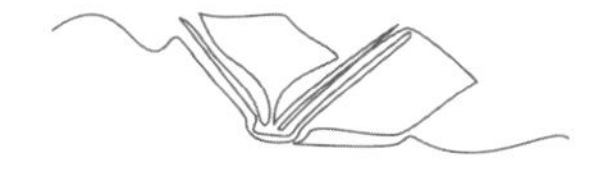

1973년 3월, '월간문학사'라는 등록되지 않은 유령출판사를 통해 시집 『농무』를 출간한 신경림 시인은 선배 시인과 원로 시인들에게 연락을 돌렸다. 시집을 선물하고 싶으니 주소를 확인하고 싶다는 신경림 시인의 연락에 많은 선배와 원로 시인들은 안 그래도 시집이 너무 많이 오니까 보내지 말라고 대답했다고 한다.

예나 지금이나 시인들은 새 시집이 나오면 동료 시인들에게 증정하는 관례가 뚜렷하니까 원로 시인들의 말은 아예 거짓말은 아닐 것이다. 다만 이 당시 문단에서 신경림의 시를 '이상한 시'라고 치부해서 일부러 무시하는 분위기가 있었다고 한다. 1960년대 이래로 김수영과 신동엽이라는 예외가 있긴 했지만 대체로 시詩는 현실 세상과 거리를 두는 것이 당연하다고 여겼었다.

이런 문단의 분위기 속에서 수출과 공업을 최우선으로 하는 국가 정책에 밀려 피폐하기 시작한 농촌 현실을 고발하고 농민의 울분을 토로하는 그의 시가 환영받지 못한 것은 어쩌면 자연스러운 일이긴 했다. 그래서 그런지 철저하게 민중의 목소리를 담은 신경림의 시집을 출간해 주겠다는 출판사가 없었다.

그런데 신경림의 시 「농무」는 다른 그의 시 4편과 함께 『창작과비평』 1971년 가을호에 실렸는데 왜 창작과비평사에서 시집을 내지 않았을까? 이 의문은 염무웅 선생이 직접 설명해 주시기를 당시 창작과비평사는 신구문화사의 명의를 빌려 잡지만 내고 있었다고 한다. 즉 시집을 내고 싶어도 낼 자격이 되지 못했던 것. 1974년이 되어서야 신구문화사에서 독립해서 출판사를 설립했고 『농무』를 출간하기에 이른다.

1973년 시집을 낼 만큼 시가 모이자 신경림 시인은 자비 출판을 할 수밖에 없었다. 다만 신경림 시인은 자비 출판을 하면서 『농무』의 발문을 백낙청 선생에게 부탁했는데 발문이 좋아서 시집이 잘 나가겠다는 농담이 있을 정도로 명문이었다고 한다. 창작과비평사와 신경림 시인의 빗나간 인연은 결국 백낙청 선생이 써준 발문과 만해문학상으로 다시 이어졌고 1974년 재판본을 출간함으로써 완성된다.

어쨌든 그건 나중의 일이고 1973년 당시 출판사를 구하지 못한 신경림은 한국문인협회의 기관지 『월간문학』의 이름을 따서 월간문학사라는 출판사의 이름으로 『농무』를 출간했다. 자비로 300부를 찍은 『농무』를 선배 시인과 원로 시인들에게 마구 보내다 보니 어느 날 정작 본인 수중에 한 권도 남아 있지 않은 것을 알게 되었다.

문단에서 애써 무시당한 그의 시를 독자들은 열화와 같이 환영했다. 서점에 깔린 『농무』는 금방 다 팔렸고 급기야 서울 시내의 대형서점 종로서적이 다급하게 신경림 시인에게 시집 열 부를 보내 달라고 요청한다. '보내지 말라'는 핀잔을 듣고도 『농무』를 동료 시인들에게 열심히 증정한 신경림 시인은 서점의 요청을 수락할 수 없었다. 본인 수중에 시집이 있어야 보낼 것 아닌가 말이다.

출간해 줄 출판사가 없어서 유령출판사 이름을 걸고 낸 것은 전화위복이 되었다. 『농무』가 처음 나온 1973년 당시는 유신헌법 체제의 살벌한 군사정권이었다. 더구나 '긴급조치'가 발동 중이어서 마땅히 판금 조처가 내려졌어야 함에도 이를 피해간 것은 월간문학사가 등록되지 않은 유령출판사였기 때문이다.

이런 사정으로 검열을 피해간 『농무』는 창작과비평사에서 재판이 나올 때는 이미 출간되었던 시집을 다시 냈기 때문에 검열을 피해간 것이 아니냐고 신경림 시인 본인은 추측했다. 300부 한정으로 월간문학사 이름을 달고 나온 그의 시집 『농무』가 지금은 500만 원에도 거래가 되는 귀한 몸이 되었다.

모르긴 몰라도 그 당시 신경림 시인에게서 자필 서명본으로 『농무』를 증정받은 시인이나 그 후손 중에 아직도 잘 소장하고 있는 경우는 많지 않을 가능성이 높다. 헌책 수집을 하면서 자연스럽게 느끼게 되는 것인데 유독 시집은 자필 서명본이 많이 보인다. 신경림 시인이 『농무』를 처음 출간한 1970년대 초반에도 아예 시집은 자비로 출간하는 것이 관례였다고 한다. 다른 장르도 사정이 크게 다르지는 않지만, 시집은 더욱 더 팔리지 않으니 요즘에도 자비로 시집을 출간하는 경우가 많다.

자비로 출간하면 본인의 시집 몇백 부를 떠안는 경우가 많은데 그 많은 시집을 어떻게 할 것인가? 자연스럽게 시인들은 출간한 부수의 상당 부분을 동료 시인에게 증정하는 것으로 소진하게 되는 것이다. 헌책방에서 유독 저자 서명본 시집이 흔한 또 다른 이유는 시인들이 출간하고 나면 본인의 시집으로 인세를 정산받는 경우가 흔치 않았기 때문이다.

이래저래 출간하면 집에 본인 시집이 가득하게 되니 지인이나 동료 시인들에게 증정하는 경우가 많아지기 마련이다. 헌책방에 작가 서명본 시집이 많이 보일 수밖에 없다. 그만큼 시를 써서 생계를 유지하는 것이 어렵다는 방증도 되겠다.

다시 신경림 시인의 『농무』로 돌아가 보자. 민중의, 민중에 의한, 민중을 위한 그의 시집 『농무』를 발표함으로써 그는 단박에 민중문학의 아버지로 평가받았다. 1973년 창작과비평사가 제정하고 1974년에 첫 수상작을 배출한 제1회 만해문학상이 『농무』로 결

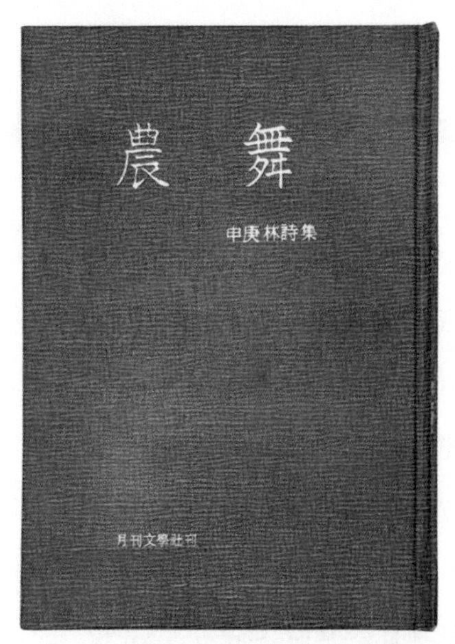

『농무』 월간문학사 초판

엄동섭 제공

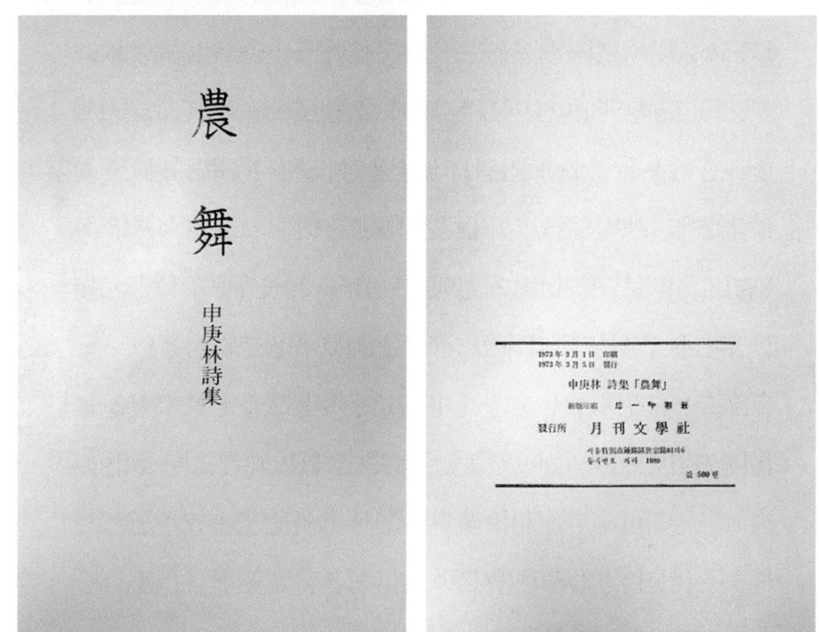

정된 것은 당연한 결과였다. 기존 문단에 대한 비판의식에서 출발한 창작과비평사는 민족문학을 대표하는 인물로 만해 한용운 선생을 손꼽았고 민중의 목소리를 사실 그대로 전달한 『농무』를 그 첫 수상작으로 결정했다.

제1회 만해문학상의 심사위원은 김광섭, 김정한, 염무웅이었다. 창작과비평사에서 『농무』를 제1회 만해문학상의 수상작으로 결정한 것은 앞으로의 나아갈 방향을 대내외에 알리는 상징적인 의사표시이기도 했다. 당시 신경림 시인은 상금으로 현금 5만 원과 부상으로 금 열 냥짜리 메달을 받았다. 참고로 그쯤 시인이 출판사에 다니면서 받는 월급이 2만 원 정도였다고 한다.

어쨌든 만해문학상을 수상한 것을 계기로 『농무』는 1974년 5월 20일 창작과비평사 이름을 걸고 재출간되었다. 월간문학사의 판본과 내용은 같았다. 창작과비평사에서 출간한 재판도 지금 한 헌책방에서 80만 원의 가격이 책정되어 있다. 이 판본이 귀하게 평가되는 이유는 『농무』가 창작과비평사 시인선 시리즈의 제1번이 되는데, 그만한 가치가 있기 때문이다.

그 다음 해인 1975년 3월 5일 기존의 판본에서 시 17편을 더해 증보 초판을 내기에 이른다. 이 증보 초판도 대략 20만 원에 거래되는 형편이다. 『농무』의 출간 연역을 요약하면 1973년 3월 5일에 나온 초간본월간문학사 300부 한정판, 1974년 5월 20일에 나온 재판창작과비평사』을 거쳐 1975년 3월 5일『창작과비평사』 현재 우리가 접하는 증보판으로 출간되었다.

신경림 시인의 『농무』가 반응이 워낙 좋았고 창작과비평사에서 다른 시집들도 연이어 출간하게 되면서 『농무』는 당연히 창작과비평사 시인선 시리즈의 제1번이 되었다. 참고로 2020년 5월 444번째 창비 시선집인 고형렬 시인의 『오래된 것들을 생각할 때에는』이 출간되었다. 신경림 시인이 이름을 빌린 한국문인협회의 기관지 『월간문학』은 현재에도 여전히 발행되고 있다. 월간문학사 이름으로 나온 『농무』의 가격은 50원이었고, 이름을 빌려준 『월간문학』 1968년 창간호의 가격은 180원이었다.

2016년 창작과비평 설립 50주년을 맞아 창비의 역사를 다룬 단행본 『한결같되 날로 새롭게』에 수록된 신경림 시인의 인터뷰를 읽다 보니 책 수집가로서 흥미로운 부분이 있었다. 신경림 시인의 자택에서 대담을 나눈 박성우 시인이 자리를 파할 때쯤 시인의 서재가 궁금한데 도무지 스위치를 찾을 수 없었다. 잠시 뒤에 그 장면을 본 시인은 책 틈 사이로 손을 넣어 불을 켜주더라는 것이다.

내 서재의 4면 중 3면은 책으로 꽉 차 있다. 책이 없는 한 면은 소파와 여닫이 출입문 그리고 스위치가 있어서 차마 책으로 채울 수 없었다. 서재에 책이 점점 쌓이면서 그 한 면이 왜 탐나지 않았겠는가. 소파를 치우고 책장을 대신 넣으면 될 것 같은데 문제는 스위치였다. 스위치가 있는 부분만 사각형으로 공간을 비운 모양으로 책장을 맞추겠다고 다짐한 것이 십 년이 다 되어간다.

신경림 시인은 서재에 불을 켤 때마다 책 사이로 손을 깊숙이 밀어 넣어야 하는 불편함 따위는 개의치 않고 책을 들인 것이다. 신경림 시인의 한 강연회에서 한 청중이 소장하고 있던 월간문학사판 『농무』를 가지고 와서 직접 서명을 해주었다고 하는데 당신에게도 없는 시집에 서명을 해주는 심정은 어떠할지 궁금해진다.

책을 수집하는 입장에서 신경림 시인은 『민요 기행』이라는 사냥감을 제공한 분으로도 유명하다. '민요연구회'를 만들어 전국을 민요를 채집하기 위해 발품을 팔았는데 그 첫 결과물이 1985년 한길사에서 나온 『민요 기행』 1이었고 1989년에는 『민요 기행』 2를 세상에 내놓았다. 한 때 『민요 기행』 1은 흔적도 없이 사라진 전설적인 희귀본이었다. 그러던 2005년 『민요 기행』은 다소 생뚱맞게도 문이당 출판사에서 '청소년 현대문학선' 시리즈의 일부로 재출간됐다. 청소년용이라고 해서 내용을 쉽게 구성하고 고친 것이 아니고 내용만 골라서 줄인 것이라 그나마 수집가의 입장에서는 다행이라면 다행이겠다.

‘풍년상회’ 막내 따님의 추억

『구멍가게』

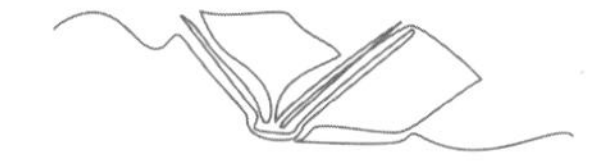

직장동료나 주변 사람들에게 내가 책을 낸다는 것을 말하지 않는 편이다. 집안 내력이다. 오죽했으면 숙부님이 월남 파병을 하러 가게 되었으면서도 집안 어른들에게 알리지 않았을까. 내 입으로 말하지 않아도 7권을 출간한 꼬리는 길다. 직장 동료 한 분이 자신의 오빠도 책을 냈다고 하면서 내가 낸 책을 이야기했다.

반갑고 궁금한 마음에 오빠라고 하는 그분의 함자를 인터넷 서점에서 검색을 해봤다. 과연 그분의 저작을 확인할 수 있었는데 적잖이 놀랐다. 내가 찾아낸 그분의 저서는 『구멍가게』인데 표지가 낯익었기 때문이다. 한눈에도 그 표지가 닮은 책이 기억이 났다. 이미경 작가가 그리고 쓴 『동전 하나로도 행복했던 구멍가게의 날들』이다. 이 책은 한마디로 ‘전국 구멍가게 답사기’쯤 되겠다. 글도 글이지만 전국에 있는 구멍가게를 일일이 찾아 그린 구멍가게 그림이 눈부시게 아름답다. 물론 나는 『동전 하나로도 행복했던 구멍가게의 날들』의 서평을 쓰고 매체에 기고했었다. 직장 동료 오빠인 정근표 선생이 쓴 『구멍가게』의 삽화를 그린 이가 바로 이미경 작가다. 2003년에 출간된 『구멍가게』는 구멍가게를 꾸려서 5남매를 키운 정근표 선생의 추억담이다.

『구멍가게』를 읽다가 혼자서 폭소를 터트리게 된 부분이 있는데 내용을 간추리면 이렇다.

늦게 귀가한 아버지를 저자의 형은 기다리기로 하고 저자는 '아버지가 언제 맛있는 것을 사 오신 적이 있냐?'며 먼저 잠자리에 들었다. 마침내 아버지는 돌아오셨는데 저자의 예상과는 달리 군고구마가 들려져 있었다는 것. 자신의 끈기를 군고구마로 보상을 받은 형은 유난히 쩝쩝거리면서 군고구마를 맛있게 먹는다.

달콤한 군고구마의 향기가 코를 찔러 침을 삼키느라 정신이 혼미했지만, 저자는 자존심 때문에 자리에서 일어나지 못한다. 형이 깨워주기를 기다렸지만 야속한 형은 고구마를 먹기 바쁘지 깨워줄 생각을 하지 않는다. 조바심이 들어서 뒤척이는 척하면서 일부러 발로 형을 건드렸지만, 형은 계속 혼자서 군고구마를 먹기 바쁘다. 침을 삼키느라 목젖이 다 아플 지경이 되었고 배가 고파서 꼬르륵 소리가 날 지경이 되었다.

마침내 혼자 고구마를 먹던 형이 목이 막혀서 물을 마시러 나간 사이 이때다 싶어 일어나 군고구마 봉지를 열었는데 빈 껍질만 남아 있더란다. 화가 난 저자는 물을 마시고 들어오는 형에게 머리로 가슴을 들이박았고 물 사발이 넘어져 이불이 흠뻑 젖고 만다. 이불이 물에 흠뻑 젖는 바람에 형제는 그 이불을 덮지도 깔지도 못하고 한겨울 추운 방에서 오들오들 떨면서 잠을 청했다는 이야기다.

여기까지는 그저 웃기고 슬픈 이야기이지만 감동적인 결말이 기다린다. 다음 날 아침 동생의 책상 서랍 안에 어젯밤 형이 먹었던 것보다 더 큰 두 개의 고구마가 들어 있었단다. 이 에피소드의 주인공은 아니지만, 이 형제의 막냇동생이자 내 직장 동료의 따뜻한 배려가 생각난다.

내가 없는 사이에 간식을 내 책상 위에 가지런히 올려 놓았던 일, 내가 몹시 어려운 처지에 빠졌을 때 보내주었던 따뜻한 위로의 말씀들, 대수롭지 않은 나의 업무 처리에 해주셨던 과분하면서도 따뜻한 칭찬들. 이 모두가 따뜻하고 자상한 것이 '풍년상회' 집안 내력임을 말해준다.

'버드나무 집 둘째 아들' 정근표 선생이 쓴 『구멍가게』는 '삼진기획'에서 2003년에 출간되었다. 이때는 김병하 선생이 삽화를 그렸는데 1970년대 교과서 삽화 같은 느낌이다. 선이 가는 흑백이지만 해학미가 느껴지는 그림이다. 『구멍가게』는 2009년에 샘터에서 다시 나왔는데 삼진기획에서 나온 판본에서 뺄 꼭지는 빼고

더할 꼭지는 더해졌다.

샘터판 저자의 에필로그를 읽어보니 이 책을 마냥 재미나게 읽을 것은 아니라는 생각이 든다.

『구멍가게』가 출간되고 나서 정근표 선생은 자랑스럽게 부친에게 책을 보여드렸는데 당신은 이 책을 읽지 않았을 뿐만 아니라 도로 가져가라고 하셨단다. 섭섭한 마음에 재차 권하자 아버지는 그 책을 반기지 않은 이유를 밝히셨다. 한마디로 그 당시는 먹고 살 방책이 없어서 할 수 없이 구멍가게를 했지만, 아내를 너무 고생시킨 것 같아서 후회된다고 하셨단다.

내 경우를 말하자면 첫 책을 냈을 때는 어머니에게 말씀을 드렸는데 정작 어머니 이야기가 가득한 책을 내고서는 어머니에게 알리지 않았다. 어머니 살아생전에 당신의 이야기를 책에 썼다면 어떤 반응이셨을까? 당신이 살아오신 이야기, 투병생활의 시시콜콜한 이야기를 내가 책으로 냈다는 이야기를 들으셨다면 아마도 그리 기뻐하시지는 않았을 것이라는 생각에 생전에 그 이야기를 꺼내지 않은 것이 다행일지도 모르겠다는 생각을 하게 되었다.

'풍년상회'로 가족을 지키고 자식을 키웠던 어머니는 2018년에 돌아가셨다. 당신의 막내딸도 올해 퇴임을 하셨다. 유난히 정이 많고 따뜻한 '풍년상회' 막내딸이 더 이상 직장 동료가 아니게 되었다는 것이 슬프다. 『구멍가게』가 절판되었고 헌책방에서 구했다는 이야기를 들려주었을 때 '빌려주면 읽어 보겠다'고 하셨던 기억이 난다.

'풍년상회' 안주인이었던 당신의 어머니처럼 가족들을 보살피느라 미처 오빠가 쓴 가족사 이야기를 읽을 시간이 없으셨던 것일까? 아니면 아버님처럼 그다지 추억하고 싶지 않았던 이야기라고 생각을 하셨던 것일까? 어쨌든 풍년상회 식구는 사랑과 정 그리고 배려심이 도타운 사람들이라는 것은 분명하다.

삼진기획판 『구멍가게』(2003), 샘터사판 『구멍가게』(2009)와

『동전 하나로 행복했던 구멍가게의 날들』

조훈현, 가와바타 야스나리 그리고 바둑 명인

『조훈현, 고수의 생각법』

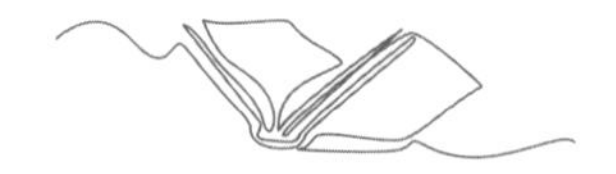

국수國手라고 불리는 조훈현이 쓴 『조훈현, 고수의 생각법』인플루엔셜(주), 2015은 읽을 만한 책이다. 바둑은 인생의 축소판이라는 말이 틀리지 않다는 것을 증명이라도 하듯이 조훈현은 이 책을 통해서 인생의 여러 가지 지혜를 들려준다. 물론 정치적인 색깔은 없다. 9년 동안 일본의 전설적인 프로기사 세고에 선생의 집에서 같이 살면서 가르침을 받은 이야기, 내기 바둑을 했다가 파문을 당할 뻔한 이야기, 제자인 이창호 9단에게 타이틀을 모두 뺏긴 이야기 등을 비롯해서 진솔한 일화가 가득하다.

제자 이창호와 결승전에서 맞붙은 1999년 춘란배에서 '간절히 이기고 싶었고' 상금을 받아서 자신이 건재하다는 것을 가족들에게 보여주고 싶었다는 고백은 그가 얼마나 솔직한 사람인지를 잘 알려준다. 언제 돌아가실지 모르는 어머니에게 '장하다 내 새끼'라고 칭찬받은 것만큼이나 15만 달러라는 상금 때문에 더욱 뿌듯하더라는 사연도 그렇다.

한편 『조훈현, 고수의 생각법』에는 문학을 좋아하는 사람이라면 반가운 인물이 등장한다. 모든 방문객을 무덤덤하게 대하며, 일상 신문을 읽고, 마당에서 느릿하게 산책을 하며, 바둑을 연구하는 것으로 보냈다고 하는 조훈현 국수의 스승 세고에 선생이 유일하게 반가움을 숨기지 못한 인물이 있었다. 그가 바로 세고에 선생의 친구인 가와바타 야스나리다. 『설국』의 그 가와바타 야스나리 말이다. 두 사람은 바둑과 문학에 대해서 고요하게 대화를 주고받았다 한다.

우리나라에서는 일본 최초로 노벨문학상을 받았으며 『설국』과 『산소리』를 쓴 작가라고 주로 알려진 가와바타 야스나리는 사실 바둑과 깊은 인연이 있다. 1954년에 쓴 그의 또 다른 대표작 『명인』은 그를 단순한 바둑 애호가가 아니라 바둑계 인사라고 불러도 틀리지 않다는 것을 알게 한다.

가와바타 야스나리는 1938년 6월 26일부터 12월 4일까지 치러진 당대 최고의 기사 즉 명인인 슈사이와 기타니 미노루 7단(소설에서는 오타케라는 이름으로 나온다)과의 관전기를 쓰게 되었다. 기타니 미노루는 도전자로 결정되기 위해서 약 1년에 걸친 '명인 은퇴기 도전자 결정전'을 거쳐야 했다. 이 대국은 슈사이로서는 인생 최후의 승부 바둑이었다. 이 대국을 관전한 경험을 소설로 쓴 작품이 『명인』이다.

지금은 구하기 힘든, 민병산 선생이 번역한 『명인』 표지

당시 가와바타 야스나리는 도쿄 니치니치 신문사현 마이니치 신문에 적을 두고 있었는데 이 역사적인 대국의 관전 기자로 선택되었다. 총 64회에 걸쳐서 가와바타 야스나리의 관전기가 신문에 실렸다. 야스나리가 연재한 관전기는 독자들에게 엄청난 인기를 끌었고 심지어는 바둑을 둘 줄 모르는 사람들도 챙겨 읽었다고 한다. 야스나리는 이 관전기를 쓴 공로를 인정받아 바둑 '초단'이 되었다.

바둑을 잘 모르는 사람은 바둑 한 판을 두는 데 왜 반 년 가까이 걸리는지 궁금할지도 모른다. 요즘에야 속기 바둑이 유행하지만 슈사이 명인과 기타니 미노루 7단이 겨룬 1930년대 일본의 바둑은 각자 제한 시간이 보통 10시간이 주어지는 장고 바둑이었다.

슈사이 명인과 기타니 미노루 7단의 대국은 특별히 무려 4배가 증가된 40시간의 제한시간이 부여되었었다. 게다가 당시 건강이 좋지 않았던 슈사이 명인은 수시로 대국을 멈추었으니 바둑 한 판을 두는 데 무려 158일이 걸린 신선놀음이 이어졌다. 당대 최고의 바둑기사가 충분한 시간적인 여유를 가지며 둔 바둑이니 얼마나 아름다운 대국이었는지 기보를 볼 필요도 없다. 그야말로 신들의 기보였을 것이다.

흥미로운 사실은 『명인』솔출판사, 1992에 나오는 당시 일본 바둑계의 관습과 야스나리의 바둑관에서 일본 바둑의 몰락을 예견할 수 있다는 사실이다. 야스나리의 글에서 병환으로 고통을 받으며 대국을 이어나가는 슈사이 명인(실제로 이 대국을 마친 얼마 뒤에 사망한다)에게는 연민을, 꾸준히 평등한 경기 진행을 요구하는 도전자에게는 섭섭함이 배어나온다.

야스나리는 바둑을 하나의 작품으로 보고 예의를 중시하는 일본의 전통적인 바둑 관습을 중요하게 생각하는 듯하다. 또 일본 바둑에 대해서 큰 자부심을 가지고 있었다. 비록 중국에서 전래되긴 했지만 바둑을 한결 더 고상하고 깊이 있게 발전시킨 것은 일본인이라는 주장을 했다.

슈사이 명인과 미노루 7단과의 대국에서 상수의 특권을 가능한 줄이고 평등하게 진행하려는 상황을 그리 반기지 않는 눈치다. 평등한 경기 진행을 위해 '자잘한' 규칙을 많이 정하는 것에 대해서 법을 만들면 법을 빠져나가기 위한 잔머리를 많이 굴린다며 비판을 하니까 말이다.

당시 일본 바둑에서 명인에 대한 특혜라는 것은 이런 것이다. 대국을 두다가 명인이 유리한 상황에서 '오늘은 여기까지'라고 선언하며 대국을 멈추는 권리, 중단된 대국을 다시 시작하는 시기를 결정하는 권리, 시간에 제한을 받지 않는 권리 등. 야스나리는 대국을 관전하면서 지금까지 누려왔던 특권을 내려놓고 동등한 조건으로 대국을 치러야 하며 병환이라는 또 다른 적과 싸워야 했던 슈사이 명인에 대한 연민을 느낀 듯하다. 반면 명인의 위세에 눌리지 않고 평등하고 공정한 경기 진행을 요구하며 툭하면 이 대국을 포기하겠다며 고집을 부리는 미노루 7단에게는 예절이 부족하고 환자에 대한 따뜻한 배려가 부족하다는 심기를 은근히 내비친다.

물론 슈사이 명인은 오랫동안 몸에 밴 특권을 쉽게 포기하지 않았다. 미노루 7단이 대국 장소로 정한 여관에서 이틀 내내 계곡 물소리가 나서 잠을 못 잤다고 불평하면서 대국을 연기한 것이다. 미노루 7단은 계곡 물소리가 나는 대국 장소를 정한 죄에 대해서 머리 숙여 사과를 해야 했다. 미노루 7단은 숙고를 해서 장소를 정했는데 마침 폭우가 쏟아진 것이다. 그렇다고 해도 계곡 물소리 때문에 잠을 못 잤다고 불평하면서 대국을 연기한 처사는 야스나리조차도 옹호를 하지 못하고 비판을 한, 상수가 누리는 횡포였다. 결국 이 대국은 미노루 7단의 승리로 끝난다. 흑을 쥔 기타니 미노루가 5집 차이로 이긴 것이다. 먼저 두기 때문에 유리한 흑을 쥔 기사에게 핸디캡을 주는 현대 바둑의 기준으로는 백이 이긴 대국이긴 하다. 그러나 당시에는 그런 제도가 없었기 때문에 미노루 7단이 승리한 것으로 인정되었다. 미노루 7단의 승리를 계기로 세습되었던 바둑 명문가문의 명칭인 혼인보는 마이니치 신문사가 주최하는 대회의 우승자에게 주어지는 타이틀이 되었다.

여기에서 흥미로운 사실은 당시 30대 패기만만한 기사였던 기타니 미노루 7단이 후에 조치훈 프로 기사의 스승이 된다는 사

슈사이 명인(오른쪽)과 기타니 미노루 7단(왼쪽)의 대국 장면

실이다. 또 '혼인보本因坊' 타이틀을 두고 펼쳐지는 대회에서 기타니 미노루의 제자 조치훈이 무려 10연패를 기록하고 이는 가장 긴 연패로 기록된다.

예의를 중요하게 생각하는 일본 바둑의 실상을 조훈현 국수의 경험을 통해서도 잘 알 수 있다. 세고에 선생의 제자로서 일본에 머물던 소년 조훈현에게 머리가 희끗희끗한 정치인, 고위 공직자, 기업가들이 "조 선생님, 한 수 가르쳐 주십시오"라며 극진하게 예우하더라는 것이다. 그러다가 한국에 돌아왔는데 어딜 가나 나이를 묻고 19살이라고 밝히면 졸지에 어른아이 취급해서 '문화 충격'을 받았다고 한다. 대국 요청도 "어이, 조 군, 이리 와서 한판 하자"로 바뀌었다.

역설적이게도 예의를 중요하게 생각하는 일본 바둑은 쇠퇴하기 시작했고 격의 없이 실전 바둑에 몰입한 한국 바둑은 날로 발전한다. 지나치게 형식에 몰입한 일본 바둑은 몰락했고 경쟁 바둑을 즐긴 한국 바둑은 번성했다.

바둑과 사람을 사랑한 민병산 선생

『으능나무와의 대화』

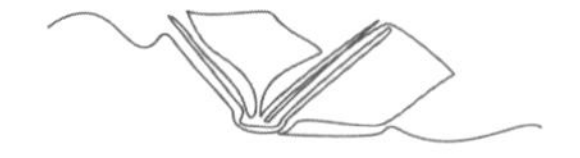

노벨상 수상 작가 가와바타 야스나리가 쓴 바둑소설 『명인』에 대해서 평화스럽게 이야기를 마무리하려는 순간 뜻밖에 우리가 꼭 기억하고 본받아야 할 우리 시대의 위인을 알게 되었다. 내가 읽은 『명인』은 2019년에 유숙자가 번역한 판본인데 이게 초역이 아니었다. 예전에 바둑에 조예가 깊은 한 문인이 번역한 『명인』이 존재했다는 사실을 알게 된 것이다.

그 문인이 민병산 선생이다. 서지 정보를 찾아보니 민병산 선생이 번역한 『명인』은 1992년 1월 1일 자로 솔출판사에서 출간되었는데 선생은 1988년에 돌아가셨으니 어찌된 일인지는 모르겠다. 1928년 청주에서 출생한 선생은 1960~1970년대에 신경림, 구중서, 김성동 등의 문인과 교류를 하면서 활동한 문인인데 헌책 수집가이기도 했다. 문인이 헌책을 수집하는 것은 특별한 일은 아니지만 그는 특이하게도 '인물 평전'을 수집 대상으로 삼았다고 한다. 그가 인물 평전을 주목표로 삼고 1톤 트럭 분량의 고서를 사들

민병산 선생 글씨

민영기 제공

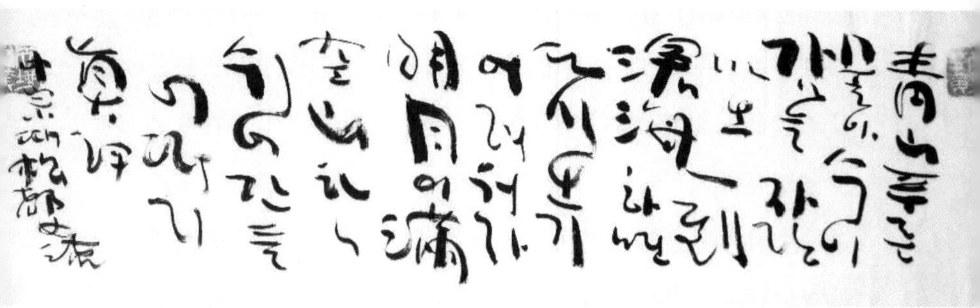

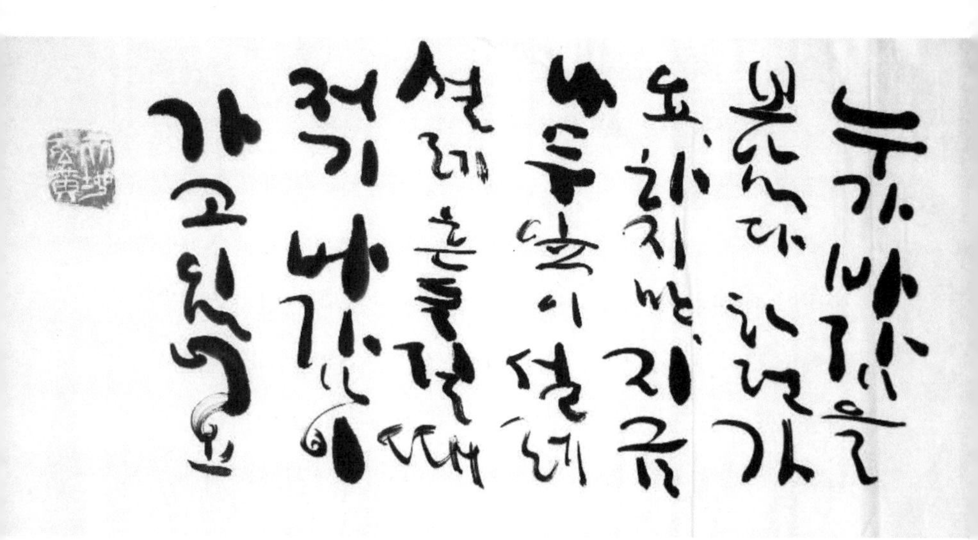

인 것은 뚜렷한 이유가 있었다. 기존에 나와 있는 위인전이 아니고 역사 속에 사라져버리고 잊혀진 위인들의 평전을 새로 발굴해서 쓰는 것을 평생 소원으로 삼았기 때문이다.

본래 운전기사가 달린 승용차를 타고 등교할 정도로 부유했던 갑부집의 아들이었던 그는 문학 청년이 되면서부터 전혀 다른 삶을 살았다. 일제강점기 당시 민병산 선생 집안의 저택은 현재 청주 중앙공원 자리이며 그 자리에 서 있는 1,000년 된 은행나무가 민병산 선생 집안 저택의 마당에 있던 것이라고 한다. 선출판사에서 2008년 9월 선생의 20주기를 기념으로 나온 『으능나무와의 대화』의 제목이 은행나무의 충청도 사투리 '으능나무'를 따서 지은 것이다.

선생은 유산을 포기했으며, 가족과도 인연을 끊고 오직 책을 줍고, 읽고, 쓰는 일로 여생을 보냈다. '인사동의 디오게네스, 인사동 거리의 철인哲人'이라는 별명을 얻게 된 이유다. 한국전쟁 때 할아버지 때부터 모아왔던 책을 모두 잃어버린 충격 탓인지 유산도, 연애도 포기하고 오직 책 욕심 하나로 살았다. 와세다대학 사회학과를 수학한 그의 부친 또한 엄청난 장서가여서 그의 집에는 문학, 역사, 철학, 예술, 과학책들이 가득했다. 민병산 선생은 이 책들을 마음껏 읽고 독서가와 문학가로서의 꿈을 키웠으니 그가 받은 상실감은 대단했을 것이다.

민병산 선생이 말하는 헌책 수집의 묘미는 그가 남긴 유작 『철학의 즐거움』신구문화사, 1999을 통해서 잘 알 수 있는데 귀한 책이 폐지로 팔려나가려는 찰나에 그 책을 발견하는 것이 헌책을 수집하는 사람의 가장 큰 기쁨이라는 것이다. 전쟁통에 집안이 모아온 책을 모두 잃어버린 불행을 겪은 민병산 선생은 자신이 평생에 걸쳐서 수집한 책마저도 가난 탓으로 단칸방을 자주 옮겨 다니다 보니 아는 사람의 집에 맡겨두었다가 모두 사라져버리는 불행을 당하고 만다. 그 이후로는 '글씨'에 전념했는데 구불구불해서 '호롱불체'라고 불렸다고 한다.

민병산 선생의 글씨는 얼핏 보기에도 익살과 해학이 넘치는 자유분방한 서체다. 선생에 대한 애정을 담은 찬사일수도 있겠지만 추사 이래로 자신만의 독특한 서체를 발전시킨 유일한 서예가라는 평가도 있다.

인사동 문인들의 존경을 한 몸에 받으며 활발하게 활동을 한 선생은 불행하게도 회갑 전날 별세하고 만다. 원래는 문인들이 돈을 모아서 회갑연을 치러주기로 했었다. 정작 본인은 회갑연을 치러주겠다는 주변의 제안에 펄펄 뛰면서 거절했다고 한다. 따지고 보면 그는 언제가 생일인지도 알려주지 않아서 주변 사람들이 수소문을 해서 간신히 알아냈다.

인사동 문인들은 당사자가 거절하는 회갑연을 몰래 준비해야 했다. 회갑연 당일 집을 나서던 인사동 문인들은 '누님국수집'에 올 때 회갑 축하 부조금이 아닌 조의 부조금 봉투를 새로 준비해오라는 연락을 받게 된다. 역시 선생을 존경하던 '누님국수집' 주인이 회갑연에 입히려고 준비한 한복이 선생의 수의가 되고 말았다. 당신을 내세우고 야단스러운 것을 싫어하는 탓에 회갑연을 거절했던 민병산 선생은 결국 아무도 찾을 수 없는 저승으로 떠남으로써 회갑연에서 벗어났다. 회갑연을 치러주겠다는 사람들에게 '어디로 꺼져버리겠다는' 자신의 말을 지키려는 것처럼.

선생의 장례 때 '멋진 오빠였는지 조문객이 문우보다 술집 여주인과 여종업원들이 더 많았다'고 한다. 인사동의 많은 처녀들이 스스로 밤을 새워가면서 그의 장례를 도왔다. 민병산 선생이 그들과 연애를 한 것은 아니었다. 젊은 여자에게 인기가 많은 이유를 묻자 선생은 이렇게 대답했다고 한다. '늑대라도 이빨이 빠지면 애완동물이라네.' 틈만 나면 선생의 붓글씨를 주변 사람들에게 나누어 주었는데 처음 보는 다방 여종업원, 식당의 종업원들에게도 예외가 아니었다. 아무 데서나 기분이 내키면 '개인전'이 열렸고 구경꾼들이 모여들었다. 어려운 한자는 풀이까지 해주었다. 그가 늘 메고 다니는 괴나리봇짐 속에는 붓글씨가 적힌 한지뿐만 아니라 아이들에게 나눠줄 과자 부스러기가 항상 들어있었다. 나누어 주며 무소유를 실천하며 말년을 보낸 것이다.

인품이 뛰어나 선생의 주변에는 늘 문인들로 북적거렸다. 마치 모세를 따르듯 인사동 문인들은 그를 따라다녔다고 한다. 그가 앉기만 하면 식당이든 카페든 그날 매상 걱정은 안 해도 될 정도로 그의 주변에는 사람들이 모여들었다. 번역 일거리가 생기면 여러 문인들에게 공평하게 나눠주고 심지어는 문인들의 번역을 꼼꼼하게 살펴서 잘못된 부분을 고쳐서 출판사에 넘겨주었다고 하니 동료 문인들이나 출판사로서는 얼마나 고마운 존재인가 말이다.

민병산 선생이 야스나리의 『명인』과 『오청원 기담』을 번역하게 된 것은 우연이 아니었다. 1960년대 당시 문인들의 활동 무대였던 인사동 건너편 즉 관철동에 '한국기원당시 이름은 송원기원'이 있었다고 한다. 그 기원에서 많은 문인들이 죽치고 바둑을 두었는데 신경림 선생도 민병산 선생도 그 일원이었던 것이다. 관철동 한국기원의 출석 성적을 따지면 민병산 선생이 개근상 황명걸 선생이 정근상이었다고 하니 민병산 선생의 바둑에 대한 애정은 남달랐다. 지금으로 따지면 아마 5~6단이라고 평가받는 선생은 당시 『월간 바둑』에 기고하기도 했다. 번역은 민병산 선생의 생업이나 다름없었는데 소설 번역 청탁이 들어오면 핑계를 만들어서 동료 문인들에게 일감을 넘겼는데 『명인』만은 본인이 직접 번역했다는 것 자체가 선생의 바둑에 대한 애정을 보여주는 대목이다.

한국기원은 바둑을 좋아하는 문인들의 놀이터였다. 한때 전

위) 책장 앞에서 메모를 살펴보는 민병산 선생

아래) '공간' 화랑 초대전 전시장에서의 모습

민영기 제공

국 소득세 10위를 차지할 만큼 거부였지만 모든 재산을 분배하고 후학에만 전념하고 있으며 "노인들이 저 모양이란 걸 잘 봐두어라……, 노인 세대를 절대 봐주지 마라"라는 요지의 『한겨레신문』과의 인터뷰로 유명한 채현국 선생도 관철동 한국기원의 멤버였고 민병산 선생을 깊이 존경한 사람 중 한 명이었다. 또 당시 문인 중에서 최고수로 평가받던 신동문 시인과 민병산 선생의 대결은 문인들의 큰 구경거리였다. 신동문 시인과 민병산 선생은 평생 두터운 우정을 나눴다. 조훈현 국수도 민병산 선생과 바둑으로 인연을 맺었고 선생의 장례 때 문상을 했다.

무소유를 실천한 민병산 선생의 책들도 주인의 뜻을 따랐다. 원작자인 야스나리보다 번역자인 민병산 선생의 글을 더 좋아한다는 고백으로 시작되는 신경림 시인의 작품 해설이 붙어 있는『명인』은 흔적조차 찾기 어렵다. 선생이 한 때 근무했던 신구문화사에서 나온『철학의 즐거움』, 20주기를 추모하기 위해서 관철동 한국기원 멤버가 주축이 되어 엮은『으능나무와의 대화』도 절판되었다. 민병산 선생이 번역한『설국』도 지금은 찾아볼 수가 없다.

청주시 발산공원에는 문인 바둑의 '라이벌'이자 일생의 친구였던 신동문 시인의 시비와 민병산 선생의 문학비가 나란히 서 있어서 그리움을 달래준다.

예술의전당 서울서예박물관에서 〈조선·근대 서화전〉이 열렸다2019.12.21~2020.3.15. 조선 및 근대 서화 작품을 무상 기증한 가나아트 이호재 회장 뜻을 기린 기증 특별전이었다. 추사 김정희, 퇴계 이황, 석봉 한호, 교산 허균, 흥선대원군, 위창 오세창, 고암 이응노 선생을 비롯한 조선시대와 근대를 대표하는 서화가와 함께 민병산 선생의 서화 작품이 전시되었다.

영문학자 피천득의 빛나는 업적

『내가 사랑한 시』

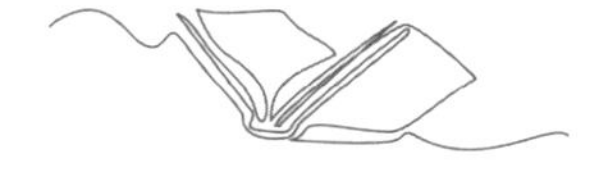

많은 한국인에게 피천득1910~2007 선생은 수필이나 『인연』이라는 한마디로 요약된다. 선생에게는 억울한 일이다. 선생은 번역으로도 일가를 이룬 분이기 때문이다. 국어 교과서에 실린 작품 중에서 황순원 선생의 「소나기」만큼이나 인상적이었던 호손의 『큰 바위 얼굴』이 바로 피천득 선생의 번역이었다. 명번역이었다.

1910년생인 피천득 선생은 소금 상인인 할아버지와 신기료 상인인 아버지를 두었는데 그의 집안은 구한말의 거부였다고 한다. 조부와 부친 모두 거상이었던 모양이다. 7살 때 유치원에 입학했고 동시에 서당에서 한문 공부도 함께 했다. 타고난 천재여서 10살이 되기 전에 당시 서당의 한문 교육의 입문서로 사용된 『통감절요』를 3권까지 익혔다. 서울고보 부속초등학교를 마친 후 무려 2년을 월반하여 1923년에 현재 경기고등학교의 전신인 서울 제일고등보통학교에 입학했다. 이때 선생의 나이가 13세였는데 고리야마라는 일본인 영어교사에게 영시를 처음 접하게 된다.

당시 『동아일보』의 편집국장이었던 이광수의 집에 거주하였고 그의 추천대로 많은 조선 유학생이 선택한 일본이 아닌 중국으로 유학을 떠났다. 당시 이광수는 영어 실력이 뛰어나서 영역된 러시아문학을 탐독했는데 영어에 대한 중요성이 피천득 선생에게도 어느 정도 전파가 되었던 것으로 보인다. 피천득 선생의 필명 금아琴兒는 '거문고 아이'라는 뜻으로 이광수가 지어준 것이다. 부모가 모두 세상을 떠나는 등의 집안 사정 때문에 고보를 졸업하지 못하고 이광수 선생의 조언대로 상하이에 소재한 귀족학교 토마스 한베리 공립학교Thomas Hanbury Public School에 다녔는데 이 학교는 모든 과목을 오로지 영어로만 수업했다고 한다.

미국인 교사에게 혹독하게 영어교육을 받은 피천득 선생은 당시 한국인으로서는 보기 드물게 뛰어난 영어 실력을 갖추었고 이것이 후일 뛰어난 번역가가 되는 토대가 되었다. 1929년 상하이 후장대학에 입학한 선생은 애초에 상업경영학을 선택하였지만 이내 '돈 버는 일에 관심이 없었고, 좋아하는 공부를 하고 싶다는 생각'에 영문학과로 전과한다. 당시 후장대학의 영문학과 학생은 총 네 명이었는데 그중 여학생이 세 명이었고 피천득 선생은 유일한 남학생이었다.

학생이 네 명이다 보니 수업은 주로 교수의 자택에서 진행되었고 차나 케이크를 간식 삼아 먹으면서 셰익스피어와 토머스 하디, 찰스 디킨스를 비롯한 영문학을 공부했다. 학생 수가 적다 보니 수업은 밀도 있게 진행되었고 과제는 혹독했다. 지금으로 말하자면 일대일 첨삭식으로 교수의 지도 아래 영문으로 작성된 과제를 고치고 또 고쳐야 했다.

피천득 선생은 20세의 나이로 1930년 4월 7일 자 『동아일보』에 서정시 「차즘」을 발표한 시인으로서 문인이 되었다. 피천득 문학의 기본과 영혼은 시에 있다. 시를 사랑했던 피천득 선생은 영문학자로서 영시의 번역에 몰두했다. 샘터사에서 출간된 피천득 문학 전집 네 권 중 두 권이 번역 시집인 것만 보아도 그의 문학 인생에 차지한 번역의 비중을 알 수 있다.

애당초 시라는 장르는 해당 민족만의 고유한 정서와 배경을 담고 있기 때문에 완벽하게 번역하는 것을 불가능하다고 진단했지만, 선생은 당신이 좋아했던 시를 좀 더 많은 사람과 함께 나누고 싶다는 소박한 바람을 가지고 외국시를 번역했다. 외국시는 원문으로 읽는 것이 가장 좋지만 그럴 만한 외국어 실력을 갖춘 독자는 많지 않다는 현실을 감안한 것이다.

외국시를 열심히 번역한 선생이 염두에 두었던 자신만의 번역 원칙은 다음 세 가지다.

첫째, 원작자가 심어둔 원래의 의미를 손상하지 않으면서

둘째, 번역시지만 마치 우리나라 시를 읽는 것처럼 친근한 느낌을 주고

셋째, 누구나 읽기 쉽고 재미있는 번역을 하자.

피천득 선생의 『내가 사랑하는 시』와 『셰익스피어 소네트 시집』은 이와 같은 원칙대로 번역되었기 때문에 오랜 세월이 지나도 독자들에게 사랑받고 있다. 『셰익스피어 소네트 시집』은 영문학자 피천득 선생의 가장 빛나는 업적 중 하나이며 가장 공을 많이 들인 저작물이다. 우리나라 시를 읽는 듯한 자연스러움을 느낄 수 있도록 직역보다는 의역에 충실했다.

선생은 자신이 정한 원칙과 자신이 가지고 있는 역량을 총 발휘해서 셰익스피어의 소네트를 마치 한 편의 우리나라 시로 재창작하려고 시도했다. 소천할 때까지 무소유에 가까운 삶을 살았고 가족을 사랑했던 영문학자 피천득 선생은 외국시를 번역할 때는 실험적이고 자유분방한 '홀로서기 번역'을 했다.

이런 노력의 결과로 많은 독자는 피천득 선생의 번역시를 읽으면서 마치 우리나라 시를 읽는 듯한 느낌이 들고 따로 알려주지 않으면 외국이라는 것을 모르는 경우가 드물지 않다. 피천득 선생의 번역시집이 우리에게 유독 친근하게 읽히는 또 다른 이유는 '내가 사랑하는'이라는 제목에서 알 수 있듯이 영문학자로서 문학사적 작품성이 뛰어난 것보다는 시를 좋아하는 독자 개인으로서

좋아했던 시를 골라서 번역했기 때문이기도 하다. 선생이 번역한 사라 티즈데일Sara Teasdale, 1884~1933의 시 「잊으시구려」를 보자.

잊으시구려 꽃이 잊혀지는 것 같이
한때 금빛으로 노래하던 불길이 잊혀지듯이
영원히 영원히 잊으시구려
시간은 친절한 친구. 그는 우리를 늙게 합니다.

누가 묻거든 잊었다고
예전에 예전에 잊었다고,
꽃과 같이 불과 같이 오래전에 잊혀진
눈 위의 고요한 발자국같이

피천득 선생의 삶과 문학에서 딸 서영이를 빼놓을 수 없다. 피천득 선생은 어느날 백화점에서 딸 서영이를 위해서 인형을 샀다. 피천득 선생의 일생에서 두 여성이 있는데 그중 하나는 엄마이고 나머지 하나가 서영이라고 했을 정도로 아끼고 또 아꼈다. 서영이는 선생에게 딸이며 친구이기도 하고 존경하는 여성이기도 했다. 선생은 서영이에게 줄 인형을 마치 아기처럼 조심스럽게 안고 집으로 향했다.

그 인형을 서영이는 소중히 여겼고 선생도 마찬가지여서 인형을 마치 서영의 동생처럼 돌림자를 써서 난영이라는 이름을 지어주었다. 세월이 지나 서영이는 자라서 미국으로 유학을 갔고 선생은 언니를 따라 미국에 가지 못한 난영이를 안타깝게 여겼다. 난영이는 서영이처럼 나이를 먹지 않았고 늘 아기로 남았다. 평생을 아이처럼 순수한 마음을 지녔던 피천득 선생은 난영이를 마치 살아 있는 아기로 대했다.

은유적인 표현이 아니고 '실제로' 매일 얼굴을 씻기고 일주일에 한두 번은 목욕을 시켜주었으며 빗질도 해주었다. 사람처럼 여름에는 얇은 옷을 겨울이면 두툼한 털옷을 갈아입혔다. 데리고 놀지만 않았을 뿐 음악을 들려주었고 잘 시간이 되면 아이처럼 재웠다. 난영이의 살아 있는 언니 서영이는 어떤 사람이 되었을까?

이론 물리학자로 유명한 한국계 미국인 이휘소 박사가 스토니브룩 대학에 재직할 당시 한국인 유학생이 많았는데 그중 한 명이 피천득 선생의 딸이자 난영이의 언니인 피서영이었다. 이휘소 박사의 지도로 박사학위를 받은 피서영 선생은 천재적인 물리학자 앨런 구스와 함께 우주가 빅뱅을 통해서 탄생하는 미스터리를 설명하고, 우주에는 우리가 알지 못하는 또 다른 거대한 공간이 있다는 인플레이션 이론을 확립하고 검증을 한 대단한 물리학자가 되었다.

딸 피서영은 아버지 피천득의 '퀴리 부인처럼 돼라'는 조언대로 보스턴대학의 물리학과 교수가 되었고 피서영의 아들 스테판 피 재키브는 유명한 바이올리니스트가 되었다. 2006년 어머니의 나라 한국을 찾아 공연을 한 외손자의 공연을 피천득 선생은 뜨거운 박수로 맞았다. 선생이 세상을 떠나기 한 해 전의 일이었다.

책을 너무 많이 사는 사람이 만나게 되는 문제

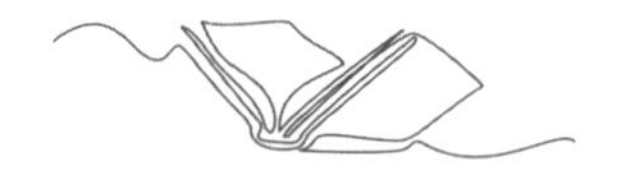

좋다는 책은 그때 그때 바로 사둔다. 좋은 책은 사두면 언젠가는 읽게 된다(언젠가 내 책에 이렇게 쓰긴 했다)는 이성적인 판단보다는 얼른 실물을 영접하고 싶다(이게 더 솔직한 내 속마음이다)는 원초적인 본능 때문이다. 이 버릇이 생각지 않은 책읽기의 또 다른 재미를 알려주더라.

방학이 되어서 집콕하고 있는 상황이라 자주 서재를 들락거리는데 옛날에 사두고 읽지 않았던 책을 한 권씩 발굴해서 읽는 재미가 쏠쏠하다. 그런 책을 발견할 때마다 그 책을 산 이유가 떠오른다. 어떤 책은 내가 참 싫어하는 서평가가 좋다고 했고(아무리 사이가 안 좋아도 좋은 것은 따라 산다), 어떤 책은 집필하는 데 참고하려고 샀는데 읽지 않은 책이고, 또 어떤 책은 SNS 친구가 썼거나 만든 책이라서 샀었다.

마치 앨범 속 옛 사진을 보는 것처럼 그 책을 주문하고 받았을 때의 즐거움이 되새겨진다. 일단 탐이 나는 책은(나는 좋은 책보다는 탐나는 책을 더 좋아한다) 무조건 사두는 버릇은 순기능만 있는 것은 아니다. 어제만 해도 『해저 2만리』를 주문하기 전에 내 서재에 이미 있는 책은 아닌지 20분간 서재를 수색하고 나서야 주문을 했다. '작가정신'에서 나온 『해저 2만리』는 자료 삽화가 아름답고 가치가 있으며 장정도 훌륭한데 가격이 비싼 편이라 책이라면 물불을 가리지 않는 나로서도 약간의 심사숙고를 해야 했기 때문이다.

그러지 말았어야 했다. 사람이 평소에 하지 않았던 일을 하면 분명 탈이 생긴다. 실체가 불분명한 『해저 2만리』를 찾다가 나의 어둠의 과거를 스스로 들추어냈기 때문이다. 우리 집의 비무장지대인 서재 구석을 수색하다가 얼핏 『빵의 역사』를 본 것 같았다. 마치 못된 건설업자가 공사를 하다가 문화재를 발견하고 공사를 중단해야 할지도 모른다는 생각에 화들짝 놀라 얼른 현장을 덮어버리는 것처럼 일부러 눈길을 돌렸다.

『이토록 재미난 집콕 독서』의 한 꼭지인 '잃어버린 빵을 찾아서'의 주요 자료가 되었던 2만 4천 원짜리 『육천 년 빵의 역사』가 자연스럽게 오버랩되었다. 소파에 누워서 가만히 생각해보았다. 두 빵 책이 다른 책이고 진작에 발견했더라면 더 풍부한 빵 이야기를 쓸 수 있었을 것이다. 어떤 경우도 스스로 바보임을 인증하는 꼴이니 굳이 사실 관계를 확인하고 싶지 않았다.

날이 바뀌니 없던 용기가 생겼다. 내가 어떤 종류의 바보인지 확인해보기로 했다. 기억력도 바보인지 어제 『빵의 역사』를 어디서 봤는지 기억이 나지 않는다.

수색 끝에 『빵의 역사』를 드디어 다시 찾아서 내가 『이토록 재미난 집콕 독서』를 쓸 때 참고한 『육천 년 빵의 역사』 옆에 나란히 눕혔다. 출판사도 원저자도 심지어 번역가도 같은데 표지와 제목만 달리한 같은 책이었다. 개정판이었으면 좋겠다는 소박한 희망도 부서졌다. 한 가지 위안은 구판이 2005년에 나왔으니 누구라도 기억력이 소진될 만한 시간이라는 점이다.

『성문종합영어』의 저자,
송성문 선생의 노블리스 오블리제

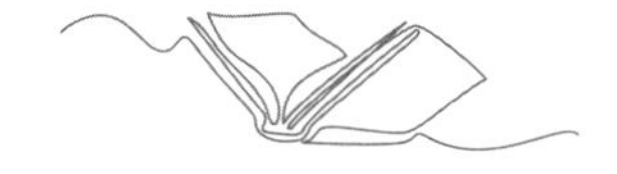

2003년 새해 벽두, 국립중앙박물관 유물관리부에서 일하는 문화재 수증 업무 담당자에게 한 노인이 찾아왔다. 용건은 문화재를 기증하기 위한 절차를 알아보기 위한 것이었고 기증 절차와 서식을 받아 쥔 그 노인은 '얼마 뒤에 놀라운 일이 생길 것'이라는 말만 남기고 조용히 떠났다. 그 말만 듣고 곧이곧대로 믿을 수 만은 없어서 담당 직원은 그저 그러려니 하면서 지냈다고 한다. 얼마 뒤 그 노신사가 국보 4건, 보물 22건이 포함된 목록을 가지고 박물관을 다시 올 때까지 말이다.

기절초풍할 일이었다. 정신을 차리고 목록을 하나씩 정리해 나갔다. 당시 시가 1억 원이 넘는 국보 246호 『대보적경』을 비롯해서 보물 1801호 『묘법연화경』 등 보물 22점이 포함된 101점의 희귀 고문서가 그 면면이다. 고려 후기에서 조선 전기에 이르는 고인

송성문 선생이 기증한 문화재

보물 929호에서 국보 325호로 승격한 〈기해기사계첩〉과 보물 1138호 「감지금니묘법연화경」

송철 제공

송성문 선생

쇄사의 소중한 문헌들이다. 고인쇄사에 관한 문헌뿐만 아니라 세종 시대의 왕지, 선조 시대 한석봉 선생의 서첩도 있었다. 보물의 연속이었다. 이 노인은 고인쇄 분야의 전문가였고 송성문 선생을 도와 인쇄에 관한 문화재를 수집하고 관리하는 것을 도와준 분이었다. 전문 선생은 송성문 선생을 대신해서 문화재 기증 일을 맡은 것이었다. 선생은 자신의 공을 드러내는 것을 피했고 기증식은 물론 심지어 정부 훈장국민훈장 모란장을 받는 자리에도 모습을 드러내지 않아 장남인 송철 선생이 대신 받았다.

이 의문의 기증자는 바로, 『성문종합영어』의 저자 송성문 선생이다. 평생 수집하고 관리해 온 문화재를 중앙박물관에 기증한 것이다. 2003년 당시 그가 기증한 자료는 국립중앙도서관 보물문화 자료의 5분의 1을 차지했다. 중앙박물관은 송성문 선생이 기증한 101점으로 〈빛나는 옛 책들－혜전 송성문 기증 국보〉 특별전을 2003년에 개최하였다. 이때 발행한 도록이 『빛나는 옛 책들』인데 지금은 간혹 헌책방에서만 볼 수 있다. 이 도록은 기증한 목록의 규모에 걸맞게 174쪽이며, 장정이며 내지 인쇄가 아름답고 고급스럽다. 또 이 도록만 보아도 국립중앙박물관이 선생의 기증에 대해서 얼마나 감사했는지 잘 알 수 있다.

송성문 선생의 기증 규모와 그 질은 국립중앙박물관이 생긴 이후로 최초이자 최고였으며 최대였다. 당시 중앙박물관장 지건길 박사가 '꿈인지 생시인지 모를 사건'이라고 하고, 학예실장 이건무 박사는 '자다가도 벌떡 일어날' 사건이라고 놀란 것이 당연한 일이었다.

『성문종합영어』의 저자와 국립중앙박물관의 문화재는 얼핏 연결이 되지 않는다. 어찌된 일일까?

대한민국의 40대 이상이 영어 공부를 파고 들어가면 결국 『성문종합영어』와 조우하게 된다. 『성문종합영어』의 위엄을 말하자면 두터운 책으로 모자랄 지경이다. 영어 공부 그 자체이며 영어 공부의 바이블이자 알파와 오메가라고 해야겠다. 『성문종합영어』는 단순히 영어 학습서를 넘어서서 대한민국에서 유학이나 해외 거주를 거치지 않은 영어 도사들의 고향과도 같은 책이다. 선생이 말년에 암 치료를 위해서 미국의 존스홉킨스 대학병원에 입원했을 때 담당이었던 한국인 의사가 선생을 알아보고 '저도 『성문종합영어』로 공부했습니다'라고 선생에게 말했다고 한다.

지나치게 문법 위주의 학습서라는 비판을 받았지만 따지고 보면 저자 송성문 선생도 밝혔거니와 『성문종합영어』은 문법보다는 독해에 치중한 책이다. 러셀, 뉴턴을 비롯한 서양을 대표하는 석학들의 고매한 저서를 인용한 지문은 그 자체로 훌륭한 인문학 저서라고 해도 무방하다.

중세 시대 전염병이 극심하게 퍼진 주요 원인을 설명한 이야기를 나는 그 출처도 모른 채 막연하게 어디 옛날에 읽었던 책에 나오겠구나 생각하고 교사생활을 하는 25년 동안 종종 학생들에게 들려줬었다. 전염병이 돌면 성직자들은 신도들을 교회에 모아놓고 전염병이 물러가도록 기도하라고 시켰다. 결국 좁은 공간에서 많은 사람들이 모여있다 보니 전염병이 더욱 더 퍼졌다는 이야기다. 결국 사랑이 없는 지식도 위험하지만 지식이 없는 사랑 또한 위험하다는 교훈으로 귀결되는 이 에피소드는 지금에야 알고 보니 『성문종합영어』에 나오는 지문이었다. 내가 고등학교 시절 공부했던 『성문종합영어』의 예문을 수십 년 동안 교사를 하면서 써먹었던 것이다. 『성문종합영어』는 그런 책이었다. 영어가 문제라면 답은 『성문종합영어』다.

독해 위주의 책이지만 앞서 말했듯이 통역 없이 외국인과 자유자재로 의사소통이 가능한 영어 도사의 상당수가 학창시절 『성문종합영어』를 읽고 또 읽었다는 이야기는 흔하디 흔하다. 이 책은 선생의 살아 생전에 이미 1천만 부가 넘게 팔렸고 누구나 가늠할 수 있듯이 송성문 선생은 엄청난 돈을 벌었다.

송성문 선생은 1931년 평안북도 정주에서 태어났다. 백석과 선우휘, 서정주와 동향인 셈이다. 선생은 고향 정주에서 어린 시절부터 이미 천재로 소문났다. 자연스럽게 그 지역의 엘리트 코스를 거쳤다. 정주고급중학교를 졸업한 다음 신의주 교원대학을 졸업하고 교사가 되었는데 얼마 후 한국전쟁이 발발했다. 얼마 후 인천상륙작전을 거쳐서 북진한 미군이 정주까지 진출했는데 여기서 선생은 한 미군과 만나게 되었고 그 앞에서 중학교 영어 교과서를 낭독하는 기지를 발휘하였다. 선생의 영어 실력을 높게 평가한 그 미군은 선생에게 통역 장교를 제안한다. 1·4후퇴 때 차를 얻어 타고 부산으로 간 선생은 결국 통역 장교로 근무하게 되었고 제대 후 일자리를 고민하던 차에 친구가 권한 교원자격검정고시 영어과에 응시하였다. 당시 송성문 선생은 논두렁에 나가 해가 어둑해질 때까지 작은 콘사이스를 전체 통째로 외웠다. 종이를 4등분 접어 연필로 단어를 새까매지도록 쓰며 외운 것이다.

이 시험은 중등과정과 고등과정으로 나누어지는데 당시로서는 매우 어려운 시험이었다고 한다. 송 선생은 서울대 문리대를

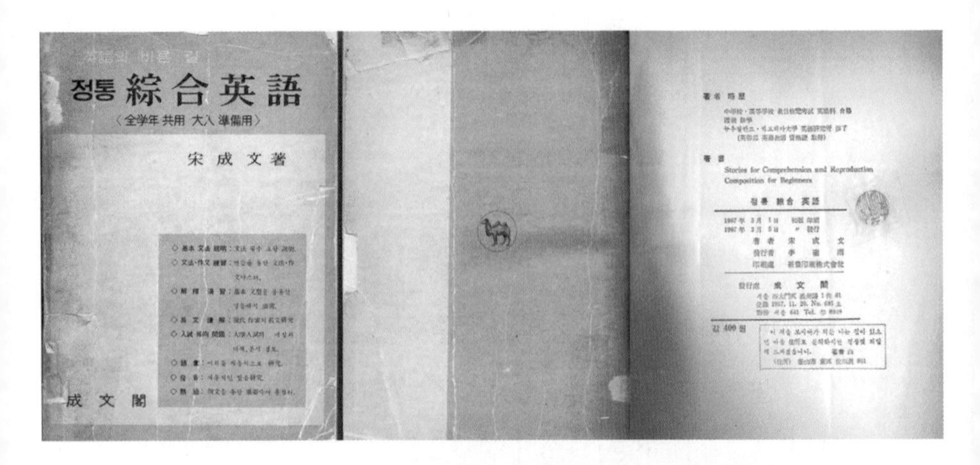

1967년 3월 출간된 『정통종합영어』와

1976년 출간된 『성문종합영어』 초판본

송철 제공

나와도 어렵다는 중등과정과 고등과정을 단번에 합격했다.

대위로 예편 후 선생은 부산고등학교를 거쳐 마산고등학교에서 영어교사로 근무하였는데 그 당시 제자 중 한 명이 먼 훗날 한나라당 원내대표를 지낸 안상수 국회의원이다. 영어회화라는 말조차 생소했던 1960년대의 영어 수업 시간에 새로 나오는 영어 단어나 숙어와 관련된 문장을 무작위로 갑자기 지명해서 영어로 말하기를 시켰다고 한다. 어쨌든 송성문 선생은 요즘으로 치면 일타강사를 능가하는 명성을 떨쳤다. 어찌나 유명했던지 서울에 있는 출판사 성문각 사장에게 이 소문은 들어갔고 서울에서 마산까지 달려와 '기가 막히게 영어를 잘 가르치는' 선생에게 영어 교재를 써줄 것을 청탁한다.

당신 학생만 잘 가르칠 것이 아니라 전국에 있는 다른 학생들도 영어를 잘할 수 있도록 책을 써달라는 것이었다. 이 부탁과 함께 계약금 200만 원을 건넸는데 당시 집 한 채를 살 수 있는 거금이었다. 집필 기간은 1년이었는데 마침 선생은 영어교재를 집필할 수 있는 절호의 기회를 맞이한다. 문교부에서 우수교사를 선발해서 해외연수를 보내주는 제도를 시행하고 있었는데 여기에 선발된 것이다. 이 연수는 선생이 『성문종합영어』의 주옥같은 지문

자료를 수집하고 정리하는 데 큰 도움이 되었다. 송 선생의 마산고 제자 박용수(『영어기초완성』, 『영어단어숙어 3000, 5000』의 저자)도 후에 이 해외연수 시험에 1등으로 합격한다.

책을 저술할 때의 집은 온통 밤이고 낮이고 어지러운 영문원서 책더미 먼지와 커피향과 타이프 라이터 소리뿐이었다.

1967년 3월 『정통종합영어』라는 제목으로 출간이 되었는데 나오자마자 이 책은 베스트셀러가 되었다. 급기야 서울대 본고사 시험에 이 책에 수록된 지문이 그대로 출제가 됨으로써 그 명성은 하늘 높이 치솟았다. 1976년에는 제목을 『성문종합영어』로 바꾸고 성문출판사를 직접 경영하기 시작했다.

마산고등학교에서 서울고등학교로 자리를 옮긴 선생은 얼마 뒤 경복학원에 적을 둔 사교육 선생이 되었다. 당시에도 사교육의 쌍두마차였던 종로학원이나 대성학원을 선택하지 않은 것은 의외였다. 선생이 선택한 경복학원의 원장이 소설가 황순원 선생의 동생 황순필이었는데 그가 서울고등학교 출신이며 친구 간이었기 때문이다.

명성과 부를 함께 누린 선생은 수석과 고서 수집에 몰두한다. 1950~1960년대 귀한 문헌자료가 제지공장에서 폐지로, 가정집의 벽지로 사용되는 것에 충격을 받고 고인쇄 문화재를 수집하기 시작했다.

자식들이 먹고 사는 데 지장이 없는 정도의 재산만 남겨두고 이 두 가지에 돈을 쏟아 부었다. 선생의 생활은 소박했다. 멸치를 고추장에 찍어서 소주 마시기를 즐겼고 고구마줄기 무침을 좋아했다. 원래는 통일이 되면 고향인 정주에 박물관을 세우고 그곳에 전시할 꿈을 가졌지만 그 꿈이 실현되기가 어렵다고 판단하고 국립중앙박물관에 기증하기에 이르렀다. 선생의 마지막 꿈은 고려의 금속활자본을 구하는 것이었는데 아쉽게도 그는 그 꿈만은 이루지 못하고 80세의 나이로 2011년 9월 21일 16시 30분, 분당 보바스병원에서 가족이 보는 가운데 세상을 달리했다. '학생들에게 성문 영어 시리즈 동영상과 자습서 콘텐츠를 무료로 사용하게 하라'는 유언을 남긴 얼마 뒤였다.

송성문 선생이 학교를 떠나 학원으로 가서 큰돈을 벌었을 때 장사꾼으로 생각한 선생의 제자들은 그 떼돈을 들여서 수집한 문화재를 국민 모두가 볼 수 있도록 기증하는 것을 보고 스승의 큰 뜻을 알아차리지 못한 안타까움을 소회했을 것이다.

선생은 나라를 사랑한 만큼 살아생전에 가족에 대한 애정이 남달랐는데 그가 아내에게 바치는 두 편의 시로 그에 대한 이야기를 맺는다.

나의 아내

어젯밤 꿈에 본 당신

환히 웃으며 집에 들어서는 당신

여보 나 왔어, 치매병 다 나았대

이제 우리 집에서 같이 살아도 되지

근데 당신 왜 폭삭 늙었어?

– 아파서

어디가?

– 지금은 괜찮아

머리도 백발이네, 내 염색해 줄게

– 그래 고마워

뭐 먹고 싶어?

– 두부찌개, 고구마줄기 볶음

그래 내 어서 해 줄게, 시장 갔다 와서

– 아냐 아냐, 혼자 가면 안 돼, 같이 가야지

여보 당신 아프지 마

– 그래 안 아플게

나 혼자 두고 죽지 마

– 그래 안 죽을게

집에 오니 이렇게 좋다

– 하느님 감사합니다

당신 나 사랑하지?

– 그럼, 사랑하고말고

나의 아내 당신

치매병 나았다고 좋아하는 당신

당신으로 해 그동안 흘린 눈물

그만 다 메마른 줄 알았는데

아직도 남아 이렇게 베개를 적시네

사랑하는 나의 아내 당신

나 죽지 않고 당신을 지킬게

진정 당신을 사랑하오

사랑하오 당신을.

인연

멀리 이국 땅에서 온

돌

우리 이렇게 만난 것도

인연이 아닌가

내 삶의 끝자락에서 맺은

인연이 너무 짧아 아쉽네

잠시 왔다가는 우리 인생

생을 초월한 자네가 부러우이

만나면 헤어지게 마련

내 가거든

부디 고운님 만나

만 년을 사시게.

올 여름에 낸 『이토록 재미난 집콕 독서』가 2쇄를 찍게 되었다는 소식을 듣고 기분이 좋아서 자주 들르는 인터넷서점 서재(게시판)에 글을 남겼다. 책을 내 본 사람은 안다. 재판을 찍는 것이 얼마나 힘들고 감격스러운 일인지 말이다. 저자로서는 책을 내준 출판사가 손해를 볼 수도 있다는 걱정 때문에 노심초사하게 되는데 일단 재판을 찍게 되면 작가로서 덜 미안하다는 안도를 한다.

책을 낼 때마다 나의 첫 책 『오래된 새 책』이 떠오른다. 책을 여러 권 내더라도, 더 많이 팔리는 책이 있더라도 나에게는 첫 책이 가장 애착이 가고 기억에 남는다. 새로운 책이 성공하거나 실패를 할 때 즉 어떤 경우라도 첫 자식에 대한 기억은 항상 떠오른다.

새 책을 내고 이런 저런 이유로 전전긍긍하다가 감회가 새로워서 『오래된 새 책』 이야기도 인터넷서점 서재에 간단하게 적었었다. 글을 올리고 몇 시간 뒤 대구에서 볼일을 보다가 내가 올린 글에 달린 댓글을 보고 심장이 터지는 줄 알았다. 대구에서 집으로 돌아오는 길이 왜 그렇고 긴 것일까. 한 회원이 남긴 댓글은 이랬다.

내가 몇 년 전에 『오래된 새 책』을 읽고, 불났을 때 꼭 한 권만 챙겨 나와야 할 책이 있다면 『숨어사는 외톨박이』라는 책이라는 대목을 읽으면서 어라~ 이 책 낯이 익은데 싶어서 찾아보니 우리 집 책장에 있더라고요. ㅎㅎ

『뿌리 깊은 나무』에서 나온 전집의 부록으로 나온 것으로 알고 있었는데 이렇게 다른 책에 그토록 귀중한 책이라고 소개된 것을 보고 이 책이 그렇게 중요한 책이구나 싶어서 흐뭇했었죠.

이걸 딸내미한테 자랑했더니 어느새 집어갔더군요. 딸도 글 쓰는 직업이라 이 책을 보고 한창기 님에 대한 글을 한 편 썼더군요. 님이 쓴 책이 어느 곳에서 어떤 상황을 낳는지 짐작도 못하셨죠? 자부심을 가지셔도 됩니다. 2쇄 축하드립니다.

댓글을 쓰신 분도 댓글에 등장하는 딸도 누군지 알겠다. 모를 리가 없다. 그러니까 지난 2017년 당시 고등학교 1학년이었던 내 딸아이가 『안녕, 돈키호테』라는 책을 사왔다. 학교 공부에 정신이 없는 아이가 서점에서 읽고 싶은 단행본을 사오는 경우가 자주가 아니라서 눈여겨보았다. 그 책은 광고인들이 모여 창의력은 어디에서 나오는 것인가라는 질문에 대한 나름의 해결책을 담았다.

딸아이는 중학교 시절부터 광고인에 대한 꿈을 키우고 있었기 때문에 그 책을 골랐으리라. 딸아이가 읽고 싶어서 고른 책인데 아버지로서 당연히 관심이 갔다. 책에 관해서는 부모 자식 간도 없는 모양이다. 내가 더 빨리 읽고 싶어서 딸아이 방에서 그 책을 서재로 가져와서 읽기 시작했다. 책장을 넘기자마자 깜짝 놀랐다. 김하나 선생이 쓴 첫 꼭지의 제목이 '이상한 책 이상한 잡지 이상한 사람'인데 내가 낸 첫 책 『오래된 새 책』이 등장했다.

'본가에 갔더니 엄마가 박균호라는 사람이 쓴 『오래된 새 책』을 읽어 보니까 그 양반이 집에서 불이 난다면 꼭 챙겨오고 싶은 책이 『숨어사는 외톨박이』라더라. 나도 그 책이 있다'라고 말씀하더라는 것이다. 따님은 그 책을 냉큼 가져와 읽어 봤는데 과연 참 신기한 책이고 그 책을 펴낸 한창기 선생님에 대해서 알고 싶었고 그 분에 대한 이야기를 글로 썼다. '이상한 책'은 『오래된 새 책』에서 내가 극찬한 『숨어사는 외톨박이』였고, '이상한 잡지'는 『뿌리 깊은 나무』였으며, '이상한 사람'은 '한창기' 선생이었다. 선생은 서울대 법대를 졸업하고 브리태니커 백과사전의 한국지사를 세웠다.

선생은 우리나라 최초로 현대적인 세일즈 방식을 도입해서 대성공을 거두었고, 이 세상에서 브리태니커 백과사전을 가장 많이 판매한 사람이 되었다. 마침내 한글 전용과 가로쓰기를 앞세운 잡지 『뿌리 깊은 나무』를 1976년 3월에 창간했다. '양놈'들 것인 브리태니커 백과사전을 팔아 우리 문화를 지키고 소외받는 이웃을 조명하는 잡지를 펴내기 시작했다. 판소리와 민요를 재발견해서 민중들에게 알리고 전통사회에서 소외받고 천대받았던 백정, 기생, 땅꾼, 내시를 찾아 생생한 르포 기사를 발표했다. 이 르포 기사를 모아 단행본으로 펴낸 것이 『숨어사는 외톨박이』다. 뿐만 아니라 팔도를 돌아다니며 평생 고달프고 한 많은 삶을 살았던 평범한 민중들의 구술을 담은 20권 전집의 『민중 자서전』도 펴냈다. 『민중 자서전』은 절판된 후에 수많은 희귀본 수집가들의 표적이 되었다. 한창기 선생의 모든 시도는 당시로서는 파격적이었다. 유명인사가 아니고 평범한 민중들을 주인공으로 모신 잡지였다.

이런 행보가 군사정권에는 눈엣가시로 보였다. 사회 불안을 만든다는 이유로 군사정권에 의해서 폐간을 당하는 고초를 겪었지만 선생은 '혀끝과 붓끝은 같아야 하는데 왜 독재자를 대통령 각하라고 부르냐'며 굴복을 하지 않았다. 김하나 선생은 『오래된 새 책』에 등장하는 『숨어사는 외톨박이』로 시작해서 그 책을 펴낸 한창기 선생을 만났으며 결국 한창기 선생을 자신의 영웅으로 삼았다.

『안녕, 돈키호테』의 첫 문을 장식한 김하나 선생의 글을 읽고 감격스럽고 자랑스러웠다.

당장 딸아이에게 자랑했더랬다. '봐라, 아빠가 쓴 책이 이렇게 유명한 사람이 쓴 책에 나와'라고 말이다. 김하나 선생에게 연락을 해서 내 책에 대해서 말씀해 주셔서 고맙다고 인사를 하고 싶었는데 연락처를 알 수가 없었다. 나처럼 『숨어사는 외톨박이』를 좋아하신다는 그 엄마는 그냥 미지의 세계에 사는 먼 분이라고 생각을 할 수밖에 없었다.

그로부터 3년이 지났다. 내가 참새가 방앗간 들르듯 자주 가는 인터넷서점 서재에서 그저 미지의 세계에 사는 것으로 생각했던 '딸에게 『숨어사는 외톨박이』이야기를 했다가 그 책을 딸에게 빼앗긴' 엄마를 만났다. 그러니까 내 글에 댓글을 남긴 분은 김하나 선생의 모친이다. 물론 엄마의 자랑을 듣고 슬며시 엄마의 『숨어사는 외톨박이』를 데리고 온 딸이 김하나 선생이다. 그 사이에 김하나 선생은 『여자 둘이 살고 있습니다』와 『말하기를 말하기』를 비롯한 베스트셀러를 쓴 작가가 되어 있었다. 김하나 선생이 공저한 『안녕, 돈키호테』를 읽으며 광고인을 꿈꾼 내 딸아이는 소원대로 전공을 잘 찾아가 대학교 2학년이 되었다.

김하나 선생의 어머니는 내가 '글을 쓰는 직업을 가진 딸'이 누구인지 내가 모른다고 생각을 하셨지만 위에 설명한 이유로 나는 김하나 선생을 알고 있었던 셈이다. 내가 당신의 딸이 누구인지 잘 알고 있다고 설명했고 어머니 또한 반갑고 신기해 하셨다. 급기야 어머니는 김하나 작가에게 우리의 재회(?)를 들려주셨다. 김하나 작가 또한 어머니 못지않은 열렬한 반응이었다.

김하나 선생은 후배 광고인이 될지도 모르는 내 딸아이에게 저서를 보내주었고 나 또한 내 딸아이의 멘토가 되어준 김하나 선생에게 내가 쓴 책을 선물했다. 우리 모두는 우리의 인연을 신기하고 좋은 것으로 여겼고 기뻐했다. 지금에서야 알게 된 사실인데 딸아이는 이미 2015년에 나온 『내가 정말 좋아하는 농담』부터 충실한 김하나 작가의 팬이었다. 그러고 보니 중학교 2학년이던 딸아이가 광고인이 되고 싶다고 선언한 것이 그때쯤이었다. '공부라는 것을 해봐야겠다'고 작정했던 때라고 술회한 것도 중학교 2학년쯤이었다.

한 권의 책을 읽음으로서 본인도 인식 못하는 긍정적인 영향이 있다는 것을 딸아이를 보면서 알게 되었다. 책은 독자로 하여금 또 다른 책으로 안내해 주고 또 다른 인연을 만들어준다. 책이 맺어줄 인연이 얼마나 넓고, 책에 얽힌 사연이 얼마나 많은지 우리는 알 수 없다. 세상에 좋은 인연이 많지만 책으로 맺어진 인연만큼 다정하고 귀한 인연도 드물다. 김하나 선생에게 한창기 선생이 영웅이듯이, 내 딸아이에게 김하나 선생이 영웅이 되리라는 것을 의심하지 않는다.

한 권의 책은 단지 지식이나 정보의 전달 또는 읽는 재미만을 가지고 있는 것은 아니다. 책은 독자로 하여금 어떤 인연을 맺어줄지 모른다. 한 권의 책은 사람마다 읽히는 방식도 다르고 느끼는 감상도 다르다. 책은 고구마 줄기처럼 여러 갈래의 인연과 즐거움을 우리들에게 선사한다.